英雄变格

孙悟空与现代中国的自我超越

［增订本］

白惠元 著

生活·讀書·新知 三联书店

Copyright © 2024 by SDX Joint Publishing Company.
All Rights Reserved.

本作品版权由生活·读书·新知三联书店所有。
未经许可,不得翻印。

图书在版编目(CIP)数据

英雄变格:孙悟空与现代中国的自我超越/白惠元著. —2版(增订本). —北京:生活·读书·新知三联书店, 2024.6 (2024.10 重印)
(三联精选)
ISBN 978-7-108-07840-7

Ⅰ.①英… Ⅱ.①白… Ⅲ.①《西游记》研究
Ⅳ.① I207.414

中国国家版本馆 CIP 数据核字 (2024) 第 099033 号

责任编辑	王振峰　崔　萌
装帧设计	鲁明静
责任印制	董　欢
出版发行	生活·讀書·新知 三联书店
	(北京市东城区美术馆东街 22 号 100010)
网　　址	www.sdxjpc.com
经　　销	新华书店
印　　刷	三河市航远印刷有限公司
版　　次	2017 年 11 月北京第 1 版
	2024 年 6 月北京第 2 版
	2024 年 10 月北京第 2 次印刷
开　　本	850 毫米 × 1092 毫米　1/32　印张 11.125
字　　数	202 千字　图 42 幅
印　　数	3,001 - 5,000 册
定　　价	49.00 元

(印装查询:01064002715;邮购查询:01084010542)

目录
Contents

序：" 变 " 中的大历史 / 陈晓明 1

引　言 9

第一章　闯入现代：孙悟空与滑稽小说 50

第二章　金猴奋起千钧棒：新中国猴戏改造论 95

第三章　行者漫游：重读 1986 版电视剧《西游记》130

第四章　英雄降落：孙悟空与中国青年亚文化 173

第五章　多元中国："离散"视野下的孙悟空符号 238

第六章　民族话语里的主体生成：中国动画电影中的
　　　　孙悟空形象 266

结 语 287

附 录

1 连环画《孙悟空三打白骨精》:1962版与1972版对照表 301
2 哥特、怪兽与3D:魔幻西游电影的学术坐标 304
3 全球化的中国,怎样讲述孙悟空? 322

参考文献 340

后 记 350

序:"变"中的大历史

陈晓明

孙悟空的形象永远是年轻人的英雄偶像,不是因为他有多高大威猛,而是因其外表貌似弱小,实则法力无边,身怀绝技,降魔除妖,率性潇洒又自由自在,这正是年轻人最为喜爱的生命形式。

1961年11月,毛泽东写下一首《七律·和郭沫若同志》,其中有这样的诗句:"金猴奋起千钧棒,玉宇澄清万里埃。"这可是"文革"时期我这辈人耳熟能详的诗句。初读《西游记》,我虽十分喜爱,但并未沉迷,因自知猴性不足、木讷有余,虽心向往之,然实不能至。白惠元以"孙悟空"形象为题,开始我还有些狐疑:孙悟空是我这代人的经验,对他这代人难道还有影响力吗?后来我才了解到,孙悟空形象在随后的历史展开中,依然以不同的方式影响了几代人,使得这部书稿的意义不可小觑。只是这个题目难度大,做好不易,做深更难。现在看来,白惠元干得不错。

这部书稿主题虽然有"英雄"二字,但并非讨论孙悟空的英雄主义,而是在历史化的梳理中,去考察孙悟空这个无所不能的英雄在20世纪的形象变迁,重点去探讨其"背后的民族意识形态建构"。显然,激发起白惠元学术兴趣的,是孙悟空这个形象的历史丰富性与复杂性,是他的七十二变在20世纪中国史中的千变万化。把这两个"变"以历史修辞学的方式联系起来,这里面的文化政治、政治美学意蕴实在是丰富异常。

如白惠元所说:"正如其'七十二变'的法术一样,孙悟空的文化传播同样充满了变异性,而这种变异性又可以历史化为现代中国的诸多激变时刻。……毕竟,在经历了所有形式的'革命'之后,我们已经很难发出同一种声音,但是孙悟空却依然可以询唤出一种共同体认同——这种认同究竟是如何生成的?"这部书稿展现出了真实的问题意识。他处理问题的可贵方式在于,他把符号表征系统作为一个完整文本,这就是历史的文本化;他没有把这些问题概念化去凌驾于历史表征系统之上,因而孙悟空就不只是研究对象,更是问题意识的聚焦。对于白惠元来说,孙悟空伴随着他这一代人的成长。从儿童时代直到长大成人,孙悟空也以其不断变幻的形象投射于他们的内心,这也是他用雷蒙德·威廉斯的"感觉结构"(structure of feeling)这一概念作为他的理论参照的理由之一。在探讨孙悟空对他们这代人成长的影响时,他并没有采用精神分析学,回避了内省式的理论路径,而是着眼于对孙悟空形象的历史化进行文化政治的阐释。"感觉结构"只是表明他是在真实的个人

序：“变”中的大历史

经验基础上提出历史的理论问题。当然，这也未必构成提出问题的理论特权，但无疑构成其特点。尤其是在今天，年青一代学者的学理问题与个人经验存在隔膜，既缺乏热情，也没有沉醉于其中的兴趣。显然，白惠元避免了这样的尴尬。

白惠元的处理方式是按年代学的时间结构展开，也是以小见大，从孙悟空自身的"变"再投射于孙悟空形象在不同年代的"变"，进而揭示出现代中国的求变。他从孙悟空的小变中来看历史之大变——中国文明的千年之变，尤其是现代的激进之变。其历史梳理正是追本溯源——从明代的"儒释道"来看孙悟空形象早期的哲学和佛学含义，这些梳理表明孙悟空形象在其起源的意义上如何为不同的思想所投射。尽管这个形象的象征意义很难在漫长的历史阶段里产生相互的关联——当然，这也并非白惠元的任务，但他显然也不是要探讨孙悟空形象的承接脉络，而是探讨孙悟空形象如何受到时代政治文化的投射，或者反过来说，孙悟空形象表现出的时代政治文化心理。及至晚清及现代，随着中国社会的演进，孙悟空形象与现代初起时的景观联系在一起，构成了现代景观中最为神奇的一幕，这也表明了孙悟空形象所具有的创生性——他总是和新兴的、变革的、叛逆的新文化联系在一起，或者说这正是他的寓言性意义。白惠元的考察表明，胡适、鲁迅等启蒙大师观看孙悟空时，也在表露时代感，其中也透示出复杂的现代性和民族文化重构的心理意义。在包天笑、张恨水笔下,以及"滑稽小说"中,在看与被看的颠倒中,不管是那种无所适从的状态,还是对西洋景物的"嘲弄",孙悟空的形象为晚清及现代中国提供了一双凝视物质现代性的"眼睛",那种新旧对峙的不和谐感其实是一种现代性建构。进而在沦陷危机之下,白惠元从孙悟空的形象中读出了民族主义、国家主义与国际主义三副面孔。虽然白惠元尚不能通过孙悟空的形象建立起中国进入现代的完整图谱,但却勾画出一幅生动而另类的中国早期审美现代性的景象。

当然,白惠元更用力要解决的是在新中国成立以来的时代中孙悟空的形象。20世纪五六十年代,孙悟空的形象十分活跃。1956年的京剧《大闹天宫》,1961年的绍剧《孙悟空三打白骨精》,按白惠元的分析,这是"推陈出新"所需要的猴戏的现代转型。尽管如此,这依然是令人惊异的。中国的社会主义革命及文化想象,是砸烂封资修,而《西游记》里面都是妖魔鬼怪;孙悟空的千变万化,要么是封建迷信,要么属于唯心主义,是可忍,孰不可忍!在这一点上,毛泽东对孙悟空形象的青睐,或许是其重要原因。猴戏在江青的"京剧革命"中被驱逐了,却以连环画的形式在青少年中流行。白惠元称之为吉登斯式的"脱域",这"脱域"之能脱成,还是因为有毛主席的诗词作为背书。孙悟空形象在五六十年代乃至"文革"期间的变异沉浮,表征着中国传统文学资源在激进革命现实中的重构。当然,问题并没有这么简单，在白惠元的分析中，文学与政治的关系是其实质，孙悟空的形象变革正是对应了传统、美学与政治之间的博弈。在激进的革命年代，文学艺术正如孙悟空的"七十二般变化"在自我缩减中玩弄着巧计，既进去又出来：审美是政治的剩余，正如政治也是审美的附加值一样。例如，革命主体的塑造，民族身份的指认，阶级话语的生成，人民性和民间性的建立，知识分子的有用无用，还有国际政治的暗喻明讽等。正因激进革命的需要，一个艺术形象获得了历史症候学的意义。在这一意义上，白惠元考察的重点在于揭示出现代中国如何通过激进的文化政治完成自我超越。当文学被表述为"无产阶级革命事业的组成部分"时，当文学被作为"团结人民、教育人民、打击敌人"的有力武器时，文学并非都是以概念化的政治脸谱的形式发挥功效，它有时还以非常巧妙的艺术形象，以人民群众喜闻乐见的方式来深入人心。白惠元对孙悟空形象在新中国的多次改编和重现的分析就表明了这点。

尽管有着方法论的利器，但白惠元对20世纪五六十年代还是隔着直接经验，到八九十年代的《西游记》的改编分析时，他下了功夫并且更加出彩。在重读1986版电视剧《西游记》、电影《大话西游》以及网络小说《悟空传》时，白惠元紧扣文本分析，把理论、历史及文本结合在一起，精要机敏的阐释层出不穷，可谓见解不凡。在揭示出文本的时代感和当代性方面，做得细致而有深度，纵横捭阖，也更自由。确实，从明代到晚清，从现代到新中国，再从20世纪八九十年代及至当下，这样的时间跨度显得有点大。对于白惠元来说，并非追踪历史的全部过程，历史化的踪迹只是"变"的着眼点，正是历史的年代学提供了"变"的背景与依据。有这些年代学的时间支点就足够了，它们构成了汇聚问题的时间容器。如此看来，其时间的线性结构并不显得简单，反倒有一种明晰性存在。固然，要达到黑格尔的历史与逻辑统一并非易事，也不是白惠元追求的方法，他只需要时间变化去彰显孙悟空形象的"变"，这就足够了。显然，八九十年代的分析提出不少新的理论要点，有些是借用，有些是阐释的深化，可再加以展开讨论的余地还是挺大的。不过，我倒是想学着孙悟空"自我缩减"，跳出他的论述框架，从相反的方面来审视他的方法论。

很显然，白惠元的方法既可以说是意识形态的分析方法，也可以看成是历史化的知识考古学。他把文本作为一种表征，将社会历史本身作为其对应的内涵。其背后的理论支撑乃是现实主义的基本原理，即所有的文学艺术都是社会意识形态的反映。实际上，20世纪70年代被福柯演绎为"新方法"的知识考古学，实际上也是意识形态的分析方法，只是将宏观的原理判断先在地确认为权力的决定作用，具体分析则在关注知识的历史线索及其联系方式。知识考古学的方法或许也可以说是"按图索骥"，文本是"图",具体的社会历史事件、活动、言行,构成了解释那些文本图谱的线索,也可视为其缘由。这里的理论逻辑还是因果律。福柯作为变革的大师当然不会这么简单,他把文本直接放置到历史过程中,把文本拆散打开与那些历史线索(谱系)建立起同等的关联。后期福柯更乐于自诩为"系谱学"方法,大约也是他并不再把文本与历史背后的决定力量称为"权力形势",而是专注于去看历史碎片之间的偶然联系,重构它们之间的关联形式。白惠元虽然在某种程度上受到福柯的影响,但他并不偏执于福柯的方法,他的历史分析聚焦在文本与现实事件之间的关联性上。他把文本与现实看作一个事件,审视这个事件的展开和运作方式:哪些是关键的行动,矛盾何在,动力何在,发生了哪些冲突,形成了何种局面?显然,这里有一个现实化的大文本,或者说一个"超级文本"。把历史"超级文本"化,如此一来,我们可以清晰地看到文本只是最后删节的一个提纲而已。某种意义上来说,这样的分析方法既是重构历史化的"超级文本",也是在拆解文本,使之成为一个历史叙事的纲要。

白惠元喜欢戏剧,他对戏剧性当然有着深切的理解。在文本与现实的关联之间建立起一种分析机制时,白惠元也是寻求一种历史叙事的戏剧性效果。打散文本再重建一个历史化的"超级文本",这就像是在讲述一个历史故事——他的"英雄变格"就是在讲述孙悟空形象在现代以来如何变化的故事,那些"变"

也有如历史故事中的戏剧性要素。白惠元显然受惠于他在戏剧方面的训练和创作经验，他把握这些历史节点上的"变"可谓精准恰切，历史跨度如此之大，但我们并不觉得有断代拼接之嫌。那个"变"的主线围绕着现代以来中国社会的激进变革轴心来展开，不管是民族国家的政治需要，还是缓释历史压力而要投射出去的自我想象，这个变中之"变"都是由孙悟空的无限之变来完成的，其内里的心理动力则是现代中国渴求完成自我超越，完成"赶英超美"的自我更新——这种心理直至今天还没有终结，其可贵之处同样也不能忽略。

当然，也并非是说白惠元初入学门就做得完美无缺，这部书稿还是有这样或那样的问题和疏漏遗留下来。比如，或许是过于追求历史之"变"，白惠元对理论的原生逻辑追溯就显得有些简单和实用主义，没有深挖一种理论原初的意义和后来的深化意义。可能过于依赖对手边书籍的引述借用，替代了对经典权威的讨论辨析，这未免有些可惜。时间所限可能是原因之一，但学理上对自己提出更高的要求则是必须有的精神。毕竟他还年轻，且聪慧如他，今后的研究当可加强经典理论的研习，使自己的学术能得到进一步的提升。这是我所期待的。

是以为序。

2017 年 6 月 25 日

引　言

谁是孙悟空？

答案并不像问题那么简单。起初，他是古典小说《西游记》里的一只猴子，调皮机智；后来，他被搬上了清廷的戏曲舞台，成为《昇平宝筏》里的短打武生；再后来，他的视觉形象开始广泛传播，遍及连环画、动画、电视剧、电影，最终实现了文学人物在媒介社会的经典化。以孙悟空为研究对象，其学术机趣倒不在"英雄"二字，而在于这个漫长的"经典化"过程，及其背后的民族意识形态建构。

正如其"七十二变"的法术一样，孙悟空的文化传播同样充满了变异性，而这种变异性又可以历史化为现代中国的诸多激变时刻。考察现代中国视阈内的孙悟空形象嬗变，一方面要关注其"形式"层面的变异性，即孙悟空如何被讲成了新故事；另一方面更要挖掘"形式的意识形态"，即孙悟空为什么被讲成了新故事。如此说来，孙悟空已然成为国民文化心理的有机组成部分，他的每一次再现都能够有效激起中国民众的英雄主义激情，召唤出中国民众心底关乎正义、自由、尊严的朴素欲求，这对于充满激变的20世纪中国而言尤其难得。毕竟，在经历了所有形式的"革命"之后，我们已经很难发出同一种声音，但是孙悟空却依然可以询唤出一种共同体认同——这种认同究竟是如何生成的？

因此，孙悟空又不只是研究对象了，更是一代人的问题意识所在，这一论题源自一种真实的代际情感立场，雷蒙德·威廉斯称之为"感觉结构"（Structure of feeling）。对"文革"后出生的中国人而言，"孙悟空"是其成长史的重要组成部分，其面目时常变幻，却总能"接合"（articulation）于这一代际的"感觉结构"。1986年，电视连续剧《西游记》在中央电视台播出；1995年，电影《大话西游》于高校大学生文化圈口耳相传；2000年，网络小说《悟空传》开启网络时代文学大幕；2015年，动画片《西游记之大圣归来》激起全民的大圣情怀……正如威廉斯所说，"感觉结构"是要将流动的社会经验沉淀为某种构形，生成全新的形象表述方式，这一过程正是"接合"："这类接合表述（articulations）乍出现时，常常呈现出某种相对孤立的样态，只是到了后来人们才把它们看作是有重大意义的一代（实际上当时它们常常居于少数），而这种'代'也必然常常同其前代有着实质上的联系。"[1]"感觉结构"呼唤研究者真诚地回到自己的代际，因为任何问题意识都无法超越代际的情感立场：童年的美好偶像？成年的情怀寄托？抑或中年疲惫生活里的英雄梦想？

引 言

从标题看去，孙悟空与现代中国的对撞本就充满张力，种种张力又可凝聚为一个核心问题意识，即古典资源如何转化为现代中国的文化表述，孙悟空何以成为"中国故事"。以上问题无法在古典小说《西游记》的文本内部得到解答，我们必须突破版本学、源流考、宗教阐释等成规，把孙悟空重新带入晚清以来的中国历史文化进程，从"内部"走向"外部"。因此，跨学科视野恐怕是展开讨论的基本前提，其根本目标是走出《西游记》的文本局限，也超越学院派知识分子的专业主义局限，在更广阔的社会历史空间中描绘出"孙悟空"的文化生成，这种方法也就是"文化研究"（Cultural Studies）。在"文化研究"的视野中，孙悟空或可看作透视现代中国的一种方法。通过勾勒这一英雄形象的嬗变历程，我们试图揭示其背后的社会意识形态运作，重新思考百余年来中国的历史处境与现实机遇，重新审视中国古典文化的当代价值，进而重建文化自信。

事实上，跨学科视野正是全球化时代对人文知识分子的一种内在要求，也就是说，当代人文知识分子必须具备将学科内部论题转化为公共议题的能力。只有如此，知识分子才不至于局限在学院体制之内自说自话，其提出的问题才具有社会实践价值。跨学科视野意味着坚持"文本化"的基本策略，对纯文学、通俗小说、戏曲、电视剧、电影、网络文学、动漫等不同艺术形式一视同仁，将其并置于社会思想史的同一平台上，思索其叙事模式的转型与裂变；也只有如此，当今时代的文学问题才可能具有公共议题的价值。贺桂梅将此称为"人文学的想象力"："一方面是从'文学研究'当中走出去，获取某种跨学科的能介入当代社会讨论的公共视野；另一方面是把文学问题放置于一种新的批判视野当中，重新加以理论化，并与公共议题形成某种互动关联。所谓'走出去'，涉及如何获得较为开阔的文化视野、不同学科/领域的知识累积和某种'知识分子'的介入意识，亦即某种相对于文学研究的'局外人'视野；所谓'返回来'，则意味着将文学问题重新理论化或转化为公共议题的能力，或许可以说是实践将局外人视野'内里'化。"[2]

当然，"走出去"的起点依然是文本细读，问题的提出也必须扎根于文本之中。"文化研究"的兴起固然打破了传统文学研究的封闭性，但这并不意味着二者是截然对立的；或者说，"新批评"式的文本细读正是"文化研究"得以着陆的第一步。在"中国故事"的视阈内，我们有必要重返古典小说《西游记》，重新思考孙悟空形象的文化寓言性。

一、"闹天宫"与"取经记"：孙悟空的结构性困境

关于孙悟空的第一个问题是，大闹天宫的孙悟空与西天取经的孙悟空是同一个人吗？对此，日本学者中野美代子从孙悟

空形象的源流上给出了解答。她认为,"坏猴"(大闹天宫)与"好猴"(西天取经)正是构成元刊本《西游记》以来孙悟空形象的两个侧面,其源流分别为宋代话本《陈巡检梅岭失妻记》("劫女人的猴")与《大唐三藏取经诗话》("求法的猴")。"宋代的这种混同,对于孙悟空的诞生准备下了两个几乎起决定性作用的因素。"〔3〕正是这一成书结构上的断裂性,使得孙悟空自相矛盾,这种矛盾也成了研究者的主要争论场域之一。

20 世纪 50—70 年代的解读方式典型如张天翼的《〈西游记〉札记》,作者通过马克思主义式的阶级话语进行政治阐释,并批判这种自反的矛盾性:"你看,胜利总是在统治阶级神的那一方面。连孙悟空那样一个有本领的魔头,终于也投降了神——叫作'皈依正道'。他保唐僧到西天去取经,一路上和他过去的同类以至同伴做恶斗,立了功,结果连他自己也成了神——叫作成了'正果'。"因此,《西游记》就成了这样一种作品:"在那原来的卫护封建正统的故事主题和题材里,却多多少少表现了人民的反正统情绪。同一主题和题材,也是可能写出意义不同、作用不同的有时甚至是相反的作品来的。《西游记》就是这么矛盾的一部作品。"〔4〕

新时期以来,研究者尝试使用新的理论话语来阐释、弥合这种矛盾。例如,就有论者将《西游记》的前后断裂性解读为孙悟空的成长过程,〔5〕也就是从青春期到成年期的生命历程。

也有论者指出,孙悟空的思想性格始终是统一的,并不存在断裂。"所谓弃道从僧、取经成佛的既定形式已被作者淡化为表层结构。小说并不着意描写孙悟空怎样成为英雄,而是突出地渲染他是一个怎样的英雄。所以,几乎一开始作者就赋予了他非凡的英雄品格,此后也没有因为参加取经有所泯灭或变异。激励孙悟空的不是那种虚幻的崇高目标,而是降妖伏魔的战斗本身。他带着一如既往的战斗精神成为'斗战胜佛',这是对他英勇斗争行为的表彰、肯定,而不是它的结果。"[6]如果真正变化的只是一种"表层结构",那么在这种"表层结构"的背后,恐怕必然存在着一个更为深层的文化结构。

为什么大闹天宫的猴子就是"坏猴",而西天取经的猴子就是"好猴"呢?好坏的标准何在?这种价值判断背后是怎样的社会文化意识形态?在批判反思的维度上,戴锦华将孙悟空视作"后革命的幽灵":"《西游记》基本上是两部分,前一部分叫造反,后一部分叫取经。在前一部分当中,孙悟空代表着造反有理,代表着涤荡一切、不尊重任何权威的这样一种大无畏力量,而后一半代表的是艰苦卓绝、不屈不挠、忍辱负重这样的一种文化态度。"[7]前者是"王侯将相宁有种乎",后者却是"忠孝节义",这或许反映出儒教中国的内在矛盾,尤其是在君民关系的层面上。"王侯将相宁有种乎"是秦末陈胜、吴广农民起义喊出的口号,在这一口号的背后,既有降神、事鬼的巫术成分(直接影响了早期道教的形成),也有些墨家"非命"论(针对儒家"天命"论)的意味。而历数中国古代史上的"造反"事件,农民多次以道教为旗号反抗皇权,这更加折射出儒教中国的文化困境。因此,孙悟空表面上是弃道从佛,深层意义却是弃道从儒,他是在取经路上皈依了"忠孝节义"。当然,孙悟空的理论延伸性不止于此。当我们把这种断裂性放置于当代中国的语境之内,我们就会发现,这种内在矛盾其实就是50—70年代社会主义中国的文化困境:一面是"革命",是不破不立;另一面却是国家秩序、向心力与共同体认同,这种情势在帝国主义包围之下显得尤其紧迫。

因此,"闹天宫"与"取经记"的结构性断裂,恰恰是重新思考古典小说《西游记》及孙悟空形象的起点。带着这个问题,我们必须回到孙悟空形象的嬗变历史之中,细察孙悟空形象在《西游记》之后的每一次再现,这种辩证的历史思考也就是后文展开的历史逻辑。

二、从"哈奴曼"到"中国故事":孙悟空的源流争论及其自我超越

面对孙悟空这一经典文学形象,我们必须问出那三个同样经典的哲学问题:他是谁?他从哪里来?他要到哪里去?如此,

我们便不可避免地遭遇孙悟空的源流考辨，事实上，这一直是《西游记》学术史上争论不休的话题，最早可追溯至20世纪20年代鲁迅与胡适的争论。鲁迅在《中国小说史略》中考证，孙悟空的原型应是中国古代神话里形状像猿猴的水怪"无支祁"："宋朱熹（《楚辞辩证》中）尝斥僧伽降伏无支祁事为俚说，罗泌（《路史》）有《无支祁辩》，元吴昌龄《西游记》杂剧中有'无支祁是他姊妹'语，明宋濂亦隐括（檃栝）其事为文，知宋元以来，此说流传不绝，且广被民间，致劳学者弹纠，而实则仅出于李公佐假设之作而已。惟后来渐误禹为僧伽或泗洲大圣，明吴承恩演《西游记》，又移其神变奋迅之状于孙悟空，于是禹伏无支祁故事遂以堙昧也。"[8]

然而，胡适却在《〈西游记〉考证》一文中提出，孙悟空具有印度血统，其原型可能是神猴哈奴曼："但我总疑心这个神通广大的猴子不是国货，乃是一件从印度进口的。也许连无支祁的神话也是受了印度影响而仿造的。因为《太平广记》和《太平寰宇记》都根据《古岳渎经》，而《古岳渎经》本身便不是一部可信的古书。宋元的僧伽神话，更不消说了。因此，我依着钢和泰博士（Baron A. von Staël Holstein）的指引，在印度最古的纪事诗《拉麻传》[9]（Rām-āyaṇa）里寻得一个哈奴曼（Hanu-mān），大概可以算是齐天大圣的背影了。"[10] 显然，鲁迅与胡适的争论焦点在于孙悟空究竟是来自本土传统还是外来影响。后来，鲁迅在讲稿《中国小说的历史的变迁》中，再次回应了胡适的"哈奴曼说"："我以为《西游记》中的孙悟空正类无支祁。但北大教授胡适之先生则以为是印度传来的；俄国人钢和泰教授也曾说印度也有这样的故事。可是由我看去：1. 作《西游记》的人，并未看过佛经；2. 中国所译的印度经论中，没有和这相类的话；3. 作者——吴承恩——熟于唐人小说，《西游记》中受唐人小说的影响的地方很不少。所以我还以为孙悟空是袭取无支祁的。"[11]

鲁迅与胡适的论争，事实上折射出"五四"一代中国知识分子的民族本位焦虑，他们很关心这个神奇的英雄人物究竟是不是本土制造，因为其本土性关乎中国知识分子的民族自信心。在这里，我们不妨将孙悟空的血统论争暂时搁置，而是把这一论争本身事件化。诚然，孙悟空的文化源流问题将中国与印度两个文明古国紧密联系在一起，在世界现代史的视阈之内，我们至少可以说孙悟空是诞生于"东方"的内部。然而，需要注意的是，当我们使用"东方"来自我指称的时候，我们或许已经陷入了"西方"所设置的二元对立话语的陷阱，这一陷阱使我们不自觉地将空间"转译"为时间，并将自我重置于历史进化论的内部。换言之，我们不只是"东方"，而且是"落后的东方"，这是使用"东方"作为话语时所遭遇的风险。

在"西方"先进而强悍的阴影之下，"东方"如何才能表述自我？这种焦虑感使得身处"东方"或具有"东方"血统的学者不断地质疑反思"现代性"。印度裔学者杜赞奇在其著作《从民族国家拯救历史：民族主义话语与中国现代史研究》中，对比分析了印度与中国的现代民族国家体系及相关历史问题，提出了"复线的历史"这一概念。所谓"复线的历史"，正是相对于大写的"线性历史"而言的，杜赞奇的真正目的是要拆除西方"历史"叙述的权威性。"线性历史"依赖"进化的叙述结构"来建构一种整体性："它通过历史主体为未来增加了一层稳定感：进化的事物（不管在道德上是进步的还是中性的）在变化中保持不变。"[12]而"复线的历史"则强调历史的多元性与协商性："复线的历史不仅用多样性替代了单一体的演化，而且否认历史是因果性的、线性发展的，否认只有在因果的链条中才会前因产生后果。复线的历史视历史为交易的（transactional），在这种历史中，现代通过利用、压制及重构过去已经散失的意义而重新创造过去。"[13]可以说，杜赞奇的理论立场和叙述动机都与他的印度经验直接相关，西方现代性所建立的"线性历史"及进化论视野，并无法解释印度本身的现代史问题，这种"失效"恰恰成为反思的起点。因此，"复线的历史"也可理解为"东方"学者对于西方中心主义的一次抵抗，而破除"中心"的方法，就是把"线性"变成"复线"，把"一"变成"二"。但是，在解构主义的立场之下，我们必须追问：

难道"东方/西方"的二元对立不是一种话语建构吗?真正要拆除的,或许正是这个话语结构本身。

破除二元对立的最直接方法,就是找到第三元。在这个意义上,"第三世界"理论是对"东方/西方"的话语突围。毛泽东在1974年2月22日会见赞比亚总统卡翁达时,提出了"三个世界"的划分:"我看美国、苏联是第一世界。中间派,日本、欧洲、澳大利亚、加拿大,是第二世界。咱们是第三世界","亚洲除了日本,都是第三世界。整个非洲都是第三世界,拉丁美洲也是第三世界"。[14]在此之前,处于"冷战"时代的一些经济欠发达国家已经开始用"第三世界"一词来界定自己,为了表示它们不靠拢北约或华约任何一方。1973年9月,不结盟国家在阿尔及尔通过的《政治宣言》中正式使用了"第三世界"这个概念。可以说,"第三世界"理论对于全球左翼知识分子影响甚大,美国学者詹姆逊(又译詹明信,所引著作译名不改)的著名论文《处于跨国资本主义时代的第三世界文学》就是例证。他试图提出的问题是:作为后发现代化国家,第三世界在取得政治独立之后,该如何清理那些文化意义上的殖民债务?尤其需要注意的是,这些殖民债务很可能不再以"殖民"的面目出现,而是消融于第三世界国家的日常生活的各个层面。归根结底,"第三世界"理论关注的仍是"主体性"问题:在这个跨国资本主义时代,第三世界国家该如何讲述自己的故事?

在这层意义上，孙悟空就是"第三世界"的文化象征，即便其文化渊源是印度神话，也不影响其作为"第三世界"文学形象的"原生性"。孙悟空从印度到中国的文化旅行过程，甚至还打开了"第三世界"的丰富性。作为一个英雄形象，孙悟空在战斗中的反抗性与游击性或许正代表着"第三世界"精神。

对此，日本学者竹内好的论述更为深刻，他将后发现代化国家的反抗性解读为"自我抵抗"，也就是著名的"回心"论。竹内好在《何谓近代——以日本与中国为例》一文中指出，所谓"近代"（也就是汉语中的"现代性"）是欧洲资本主义的扩张过程，是西洋的近代，而东洋则是通过对西洋的"抵抗"才实现了自身的近代化。但是与中国不同，日本为了摆脱世界体系中的"奴才"地位，选择向"主人"学习，并最终成为另一个扩张侵略的"主人"；在这一历史过程中，日本丧失了主体性。"这种主体性的缺失，是主体并不具备自我所造成的。主体不具备自我，是因为主体放弃了自我成为自我的可能，即放弃了抵抗。从开始的起点上，这种可能性就被放弃了。对于抵抗的放弃正是日本文化优秀性的表现（因此日本文化的优秀性乃是奴才的优秀性，是堕落方向上的优秀性）。"[15]相比之下，中国则是不同的，孙中山的民族主义从一开始就强调，必须跳出主人/奴才的二元结构，寻求更为和平的国际政治手段，即使有一天实现民族富强，也绝不做侵略者。竹内好将这种特质回归为一个文化问题,即日本与中国的文化差异正在于"转向"与"回心",而"回心"的案例举的正是鲁迅:"如果说转向是向外运动,回心则是向内运动。回心以保持自我而反映出来,转向则发生于自我放弃。回心以抵抗为媒介,转向则没有媒介。发生回心的地方不可能产生转向,反之亦然。转向法则所支配的文化与回心法则所支配的文化,在结构上是不同的。"[16]在竹内好看来,面对西方现代性的压迫,后发现代化国家的民族文化只有"回心",只有朝向内部的自我否定,才能真正确立起主体性,而这种向内运动本身已是对于"东方/西方"二元结构的超越。在这个意义上,异质性的"中国"成为当今时代理解多元世界的一个全新起点,这也是另外一位日本学者沟口雄三所谓"作为方法的中国"[17]的真正内涵。

竹内好的"回心"理论或可用来阐释《西游记》中孙悟空所面临的文化困境,即"取经记"是对"闹天宫"的自我否定。事实上,如此坚决的自我检视、自我批判与自我否定,是从辛亥革命、五四新文化运动就确立起来的,但是这种自我怀疑的焦虑感所带来的却是现代中国在文化层面的主体性匮乏,这在新世纪以降表现得尤其突出。特别是2008年以后,伴随着中国在全球金融海啸中的强势表现,"大国崛起"成为一个经济事实,于是,中国愈发需要与其强势经济事实相符的文化表述,但我们却悄然陷入了无法表述自我的困境。从《南京!南京!》

（2009）到《金陵十三钗》（2011），我们总是习惯性地用"他者"的视点来审视"自我"的历史。

同样是在2008年之后，"中国故事"日益成为文学研究界被反复征引的批评话语，这一话语用来回应这种无法自我表述的文化焦虑。在"大国崛起"的经济事实面前，"中国"迫切地需要从主体性出发，在世界舞台上讲出自己的"故事"，也只有通过自我表述，才能抚慰后发现代化国家的历史伤痛。贺桂梅较早审视了重讲"中国故事"的历史语境："可以说，决定着'中国'叙事以这样而不是那样的形态出现的更关键因素，并不是诸多有关中国的历史故事和文化符号，而是特定时期的中国在全球体系中所处的位置以及关于这一位置的认知。正是后者决定着对前者的选择和叙述，或者毋宁说，前者恰是后者所构造出来的'想象的共同体'的具体表征。从这样的思考角度出发，当我们观察新世纪中国社会的变化时，恐怕没有什么比经济全球化和'中国崛起论'，以及与之相伴的国族叙事发生的变化，更引人注目的文化现象了。"[18]或许可以这样理解，"中国故事"直到目前为止仍处于进行时而非完成时，它仍是一个正在讲述的过程，也就是说，当下中国文艺界仍在寻找讲述"中国故事"的恰当方法。2012年底，随着"中国梦"这一国家意识形态的全面推行，"中国故事"日益成为文艺批评热词。2014年，张颐武又将"中国故事"题解为"命运与梦想"：

"一个民族的丰富历史当然是故事的一部分,但近代以来这个民族的失败、屈辱、奋进和求索,更是这个故事的关键篇章。而三十年来中国的全球化和市场化所产生的巨大变化更是这个故事的核心。"[19]

作为一种民族符号,"孙悟空"近年来的频繁再现正是当下中国文化的一种表征。把"孙悟空"视作"中国故事",这意味着对古典资源的回溯。当然,回溯绝非复制。我们有必要在全球化的语境内,重新审视中国古典文化的当代价值,特别是要关注从古典到现代的"文化转化"问题。"孙悟空"并不天然是"中国故事",他只有被当下的文化逻辑所表述,才具有了"中国故事"的意味,这也是动画片《西游记之大圣归来》(2015)取得票房成功的根本原因。同时,"中国故事"的"故事"二字要求研究者打破学科壁垒,把不同媒介形态的"故事"一视同仁,这种跨学科视野是展开深度讨论的基本前提。这意味着,我们必须突破文学研究的专业主义局限,也超越学院派的文本中心主义,把所有与之相关的再现形态都"文本化",也只有如此,孙悟空才具有公共议题的价值,他才能真正成为"中国故事"。

当我们在"中国故事"的立场上讲述"孙悟空"时,这本身就是对"主体性匮乏"的文化困境的一次自我超越。所谓"自我超越"至少有以下三个可供参考的思考向度:

其一,从中国古典文化的内部看,"自我超越"是儒释道三教文化的通约点。孙悟空形象诞生的历史背景正是三教合一，而《西游记》能同时被三教文化视作经典，或许是因为它找到了儒释道可以兼容并蓄的某种文化诉求。这种诉求体现在孙悟空身上，就是哲学意义上对"自由"的追求。为了获得"自由"，孙悟空必须突破自我的局限，不断地进行自我超越，一如其七十二般变化，以及越翻越高的筋斗云。事实上，"自我超越"在儒释道三家思想中都具有相应的阐释方式：孔子强调"四毋"，即毋意、毋必、毋固、毋我，也就是说不凭空臆测、不主观武断、不拘泥固执、不唯我独是，减少对自我的依赖，这是儒家思想对于突破自我局限的一种建议；佛家讲"破我执"，即破除自我的执念，其根本原则是要破除自我与世界的对立，而将自我真正与世界合为一体；庄子则强调"至人无己，神人无功，圣人无名"，做人的最高境界就是无我，而道家思想正是通往一种极限的"无"——"无"即大道。因此，孙悟空的"自我超越"首先是扎根于中国传统文化内部的。

其二，从"现代性"的理论语境来看，自我超越又是一个时间概念，它指向一种作为存在状态的"变异性"，而这种"变异性"恰恰是现代性的内在动力。正如法国理论家利奥塔所说："现代性就是现代的时间性，它自身就包含着自我超越，改变自己的冲动力。现代性不仅能在时间中自我超越，而且还能在其中分解成某种有很大限度的稳定性，比如追求某种乌托邦的计划,或者解放事业的大叙事中包含的简单的政治计划。"而当这种变异的时间性变成了"历史",也就是"历史分期"的产生:"历史分期是一种方法,它将事件置于历时性中;历时性是受变革原则支配的。现代性在同样的原则下含有对超越的承诺,它同样被责令标出一个时代的结束和下一个时代的开端,并为它们定一个日期,因为要开创一个称得上全新的时代,就应让时钟以新的时间从零开始运转。"[20]因此,所谓孙悟空的"自我超越"也是指他在现代中国不同历史时期中的文化变异性,每一次"再现"都是一种变异,都是对此前形象的自我超越,这恰恰是本论题内在呼唤的"现代性"视野。

其三,从世界体系与全球格局的角度看,孙悟空的自我超越更可以理解为"超克",即对西方现代性的"超越"与"克服",其根本方向是寻找一条属于自己的独特发展道路。作为后发现代化国家,中国自晚清以来一直怀着赶超欧美的深切焦虑,而一个跟头可翻十万八千里的孙悟空成为这种现代化焦虑的心理投射,那种强大的速度能力形构了"现代中国"对于英雄的根本想象。但是,随着新世纪中国崛起成为一个基本事实,我们开始更多地思考与之相应的文化结构问题:通过孙悟空,我们如何讲述自己的故事?"在据说是'亚洲时代'的21世纪,在如今又一次面临世界政治秩序重组和霸权结构变动的危机时代,东亚地区特别是曾经拥有中华帝国记忆的中国大陆,能否于发展的同时有效抑制19世纪以来霸权结构中那个谋求中心国家地位的欲望,能否从总体上超越源自西方现代性而另寻一条生存发展之路,能否真正致力于文明多元共生的世界政治生态之达成,这恐怕将是21世纪最大的政治哲学课题。"[21]因此,孙悟空的自我超越本身就意味着一种"超克"。如竹内好所论述的,这种"超克"具有两个层次:其一是对"历史主义的克服或者发展阶段论的克服",其二是"对文明开化的否定",[22]具体说来,就是对西洋近代性的克服,并在"超克"中找到主体的发声位置。

那么,回到《西游记》的文本内部,孙悟空究竟是如何实现"自我超越"的?再具体一些,孙悟空的"七十二变"究竟有何特征?"自我超越"针对的是何种困境?在小说中,孙悟空的"自我超越"首先是通过"自我收缩"来实现的:面对危险,他总是悄然变作飞虫,轻巧地逃脱了妖魔的困厄,这背后究竟有何文化哲学意义?

三、自我收缩:孙悟空的"释厄"之道

> 混沌未分天地乱,茫茫渺渺无人见。
> 自从盘古破鸿蒙,开辟从兹清浊辨。

引 言

覆载群生仰至仁,发明万物皆成善。

欲知造化会元功,须看《西游释厄传》。[23]

如开篇诗所云,《西游记》又名《西游释厄传》,其中"释厄"二字可谓题眼,却在封面上悄然略去。何谓"释厄"?根据人民文学出版社1980年版注释,"释"指唐僧,"厄"即灾难,也就是说,《西游记》讲述的是唐僧在西天取经途中所遭遇的厄难。然而,前人批点却有不同意见:"'释厄'二字着眼。不能释厄,不如不读《西游》。"[24]也就是说,这种看法将"释厄"解读为一个动词,取"消除灾祸"之意。在此,我无意比较哪种解释更为恰切,只能说,两种解释对《西游记》真正主角的判定存在着根本差异:前者是为唐僧作传,后者却指向了孙悟空。因此,从孙悟空的立场出发,我们或可将"厄"解读为一种总体性困境,而"释厄"也就是对困境的解脱。那么,孙悟空究竟是如何"释厄"的?第四十二回中,孙悟空假变牛魔王,劝红孩儿知难而退,这段模拟他者口吻的自我表述或许点破了孙悟空的"释厄"之道:

> 行者笑道:"我贤郎啊,你只知有三昧火赢得他,不知他有七十二般变化哩!"妖王道:"凭他怎么变化,我也认得。谅他决不敢进我门来。"行者道:"我儿,你虽

然认得他,他却不变大的,如狼犺大象,恐进不得你门;他若变作小的,你却难认。"妖王道:"凭他变甚小的。我这里每一层门上,有四五个小妖把守,他怎生得入!"行者道:"你是不知。他会变作苍蝇、蚊子、虼蚤,或是蜜蜂、蝴蝶并蟭蟟虫等项,又会变我模样,你却哪里认得?"[25]

孙悟空自知"不变大的",却"变作小的",诸如各种飞虫,语气中还透着骄傲,可见,他的"自我收缩"绝非被动策略,而是一种自觉的方法。美国汉学家浦安迪认为,取经师徒面对的困境更多是概念性的,而非物质性的,于是克服困境的方式也往往是抽象的:"破除包容魔力的方法不是依靠自我扩张,反而是仰仗自我收缩。"[26]面对困境时,孙悟空的"自我收缩"具有东方哲学意味,这与西方超级英雄式的力量扩张是完全不同的,其背后的文化逻辑差异也就更加引人深思。在对"自我收缩"进行文化哲学讨论之前,我们有必要把《西游记》中孙悟空进行"自我收缩"的相关情节做一个简要梳理,这样,也方便我们将抽象的哲学议题放置于具体的文本情境之内:

引 言

表1 小说《西游记》中孙悟空的"自我收缩"方式

回目	地点	主要相关情节
第六回	花果山	孙悟空与二郎神斗法,先后变作麻雀儿、大鹚老、鱼儿、水蛇、花鸨,二郎神则相应变作饿鹰儿、大海鹤、鱼鹰儿、灰鹤,最终,孙悟空惊险逃脱。
第十七回	黑风山	孙悟空变成一粒仙丹,被熊黑怪服下,孙悟空大闹其腹,使其求饶。
第三十三回	莲花洞	孙悟空变成一只蟭蟟虫儿,跟踪猪八戒巡山,防止其偷懒。
第四十六回	车迟国	孙悟空与虎力、鹿力、羊力大仙斗法,先后变作蜈蚣、蟭蟟虫儿,终于取胜。
第五十一回	金洞	孙悟空变成一只麻苍蝇,飞进了兕大王的金洞,一探究竟。
第五十二回	金洞	孙悟空变成促织儿,跳进金洞;又变作黄皮蛇蚤,咬得兕大王不得安睡。
第五十五回	琵琶洞	孙悟空变作蜜蜂儿,飞进蝎子精的琵琶洞,一探究竟。
第五十九回	芭蕉洞	孙悟空变作一只蟭蟟虫儿,飞进罗刹女的茶碗内,被饮入,进而大闹其腹。
第六十五回	小雷音寺	孙悟空变作一只蝙蝠,飞进黄眉怪的舍窗,一探究竟。
第六十六回	小雷音寺	孙悟空变作一颗西瓜,被黄眉怪吃下,孙悟空大闹其腹,使其求饶。
第六十七回	七绝山	孙悟空被红鳞大蟒吞下,大闹其腹,终于将其降伏。
第七十一回	獬豸洞	孙悟空先变作苍蝇飞入洞中,又变作虱子、蛇蚤、臭虫,痒得赛太岁不得安宁。
第七十五回	狮驼洞	孙悟空被狮子精吞入腹中,孙悟空大闹其腹,使其求饶。
第八十二回	无底洞	孙悟空变成一颗青桃,被玉面老鼠精吞入腹中,孙悟空大闹其腹,使其求饶。
第八十六回	连环洞	孙悟空变成一只带翅的蚂蚁,飞入花皮豹子精的连环洞,一探究竟。
第九十二回	青龙山	孙悟空变成一只火焰虫儿,飞入犀牛怪的青龙山,一探究竟。

作为一种解脱术,孙悟空的"自我收缩"真可谓屡试不爽,且套路相似。以上种种策略,或许可以在儒释道三个层面进行深度讨论。

其一,孙悟空的自我收缩与轻盈逃逸是一种"守弱"的道家哲学。在这些变化中,孙悟空大多变作有翅膀的飞虫,以"蟭蟟虫儿"(蝉的一种)尤甚,其功能主要是逃脱束缚。每当孙悟空自我收缩为飞虫,作者通常会另附一首诗词对孙悟空的此番变化进行审美化的描写。例如,第八十六回中,在孙悟空变作一只有翅的蚂蚁之后,作者另附一首诗:"力微身小号玄驹,日久藏修有翅飞。闲渡桥边排阵势,喜来床下斗仙机。善知雨至常封穴,垒积尘多遂化灰。巧巧轻轻能爽利,几番不觉过柴扉。"[27]显然,作者对孙悟空的"轻巧"不吝溢美之词,这种"轻巧"的迷人之处正在于其主动展示的弱者姿态。当然,孙悟空绝不是主动示弱的性格,他只是习惯性地采用弱者的战斗策略,目标仍是以弱胜强、以小胜大。不仅如此,每当孙悟空无法依靠自身力量降伏妖魔,进而求助于佛祖菩萨时,帮助者总是要求孙悟空先主动与妖魔交战,"许败不许胜"[28],然后诱敌深入,一举制伏。从轻妙灵活的逃逸,到反败为胜的战斗策略,孙悟空的"自我收缩"散发着道家哲学的辩证意味。

其二,孙悟空变作飞虫的另一动机是到妖魔洞中一探究竟,这恰恰回应了"孙行者"名字里面的"行"字,而这个"行"

也正是儒家精神。例如,第九十二回,孙悟空为到犀牛怪的青龙山一探究竟,变作一只火焰虫儿,作者再附一首词进行描写:"展翅星流光灿,古云腐草为萤。神通变化不非轻,自有徘徊之性。飞近石门悬看,旁边瑕缝穿风。将身一纵到幽庭,打探妖魔动静。"[29]在这里,孙悟空的"打探"可以理解为战术上的调查,更是一种实践论,是积极介入现实世界。因此,"自我收缩"的根本目的之一正是保障孙悟空的"行"。《中庸》所说的"笃行之"正是要把知识落实到实践中去,这也就是"知行合一"的意义所在。因此,孙悟空的自我收缩成为关于"体悟"的隐喻:只有先身体力行地实践,才能把握事物的内在精神。

其三,孙悟空的自我收缩是返回至"心"字,这里的"明心见性"正是禅学思想,也是佛教中国化后的哲学范畴。所谓"灵台方寸山""斜月三星洞"正是一个"心"字。对此,李安纲这样解读:"悟空是元心,心当居舍,自然邪魔祛退,所以他有个本事钻人肚子。观音收服熊罴怪时,他变成金丹钻入妖怪肚子,使其就范。在翠云山芭蕉洞,他变蟭蟟虫钻入铁扇公主罗刹女的肚里,而调出了芭蕉扇。在小雷音寺,他变成西瓜钻入黄眉老怪肚里,帮助弥勒佛缚住了妖魔。在七绝山稀柿洞,他钻入蟒妖肚内,而除了一害。在狮驼山狮驼洞,他被老魔吞入肚内,'心神居舍魔归性',使老魔回心。"[30]李安纲用"回心"来解释孙悟空的自我收缩,是具有启示性的。当然,他的"回心"

仍是禅宗意义上的佛教用语,而日本学者竹内好则在后发现代化国家的历史进程中使用"回心",即抵抗他者、回归自我。

四、儒释道:明代孙悟空形象嬗变的三重坐标

从"自我收缩"的角度理解孙悟空形象,我们会发现,儒释道是其哲学内涵的基本维度,这也是中国古典文化不可动摇的三大坐标。其实,明代小说中的孙悟空形象并不限于《西游记》,还有《西游记》的三大续书。古典小说《西游记》的诞生背景固然是三教合一,但是,其文本内部的核心逻辑却是弃道从佛,尤其是孙悟空的弃道从佛,这也折射出中国历史语境内长久以来的"佛道论衡"。当然,"佛道论衡"并非简单的宗教思想争论,它还涉及国族身份认同的复杂议题,这也就是南朝宋末齐初思想家顾欢所著《夷夏论》的价值所在。顾欢的核心论点是:"佛道齐乎达化,而有夷夏之别。"也就是说,道教是本土产生的,而佛教则是舶来品,虽然二者皆可教化世人,但风俗文化切不可全面佛教化,这样会丧失中华文化的根基。因此,顾欢从发型、衣着、礼节、丧葬风俗等方面列举了夷夏之别,警惕全面夷化:"是以端委搢绅,诸华之容;剪发旷衣,群夷之服。擎跽磬折,侯甸之恭;狐蹲狗踞,荒流之肃。棺殡椁葬,中夏之制;火焚水沉,西戎之俗。"[31]在顾欢的排佛言

论背后,或许正是"尊王攘夷"的儒家正统,也就是说,即使是在"佛道论衡"最激烈的时代,儒家思想依然缠绕其中。

从顾欢的《夷夏论》出发,我们再反观《西游记》:孙悟空做出弃道从佛的选择绝不仅仅是个体意义上的自由选择,也不仅仅是单纯的宗教信仰转折,而是具有民族寓言的意味。这暗示着,中国唯我独尊的本土强势姿态开始转变(或与明王朝末期的崩解之势有关),并在文化上正面遭遇了"世界",更重要的是,这种遭遇不再是硬碰硬的,而是更具柔性的,这才是"玄奘西行"复现于明代小说《西游记》的根本原因。在中华文明的大视野里,儒释道三教合一及其内在张力成为读解孙悟空形象的基本路径,这一路径在《西游记》的明代三大续书中得以延续,也就是《续西游记》《后西游记》《西游补》三部。

《续西游记》讲述的是师徒四人取到真经后回东土大唐的故事,颇有些"奥德修斯"的意味。小说甫一开篇便取消了"自我收缩"的合法性。灵虚子向佛祖问道,忽变作须弥大山,忽变作蚊蝇蠓虫,然而佛祖却批评那只是"不正幻法",是"变幻谲诈之术"。在佛祖眼中,所谓变大变小皆是虚幻的雕虫小技,其背后正是"机变心"。灵虚子或可看作《西游记》中孙悟空形象的延续,而《续西游记》却要将其"机变"否定。佛祖认为,只要孙悟空还有"机变心",真经便不可取得,须再历劫难,正所谓"机心生怪":

行者乃向如来前抓耳挠腮，打滚撒泼道："弟子这机变心，纵不如师父的至诚，却胜似八戒的老实。就是机变，也不过临机应变，又不是奸（古代此字通'奸'）心、盗心、邪心、淫心、诈心、伪心、诡心、欺心、忍心、逆心、乱心、反心、诬心、骗心、贪心、嗔心、恶心、瞒心、昧心、夸心、逞心、凶心、暴心、偏心、疑心、奸心、险心、狠心、杀心、痴心、恨心、争心、竞心、骄心、媚心、谄心、惰心、慢心、妒心、忌心、贼心、谀心、怨心、私心、忿心、恚心、残心、兽心……"行者一气随口说出许多心，如来闭目端坐，只当不闻。比丘僧到彼乃屈指说道："悟空，不可多说了。你说一心，便种了一心之因；种种因生，则种种怪生。"[32]

机变乃佛家大忌。为了防止孙悟空心生机变，佛祖甚至收去了他的金箍棒，也同时收去了其他人的武器，这是有趣的一笔。可见，《续西游记》旨在剔除小说中的儒、道成分，而将佛理提纯，突出"明心见性"的禅学正宗，将所有的情节都集中在"心"字上。如此说来，所有的妖魔都是心魔，皆因孙悟空的"机变心"而生，于是，孙悟空不再是《西游记》原著中的伟岸英雄，而是被心魔困扰的普通修炼者，这显然是孙悟空形象的一次降落。而在另一部续书《后西游记》中，孙悟空虽然有了后人孙小圣,只可惜,威力全面削弱,且不说降妖除魔,就连书中篇幅也少得可怜,是名副其实的配角。而那已经成佛的大圣却似乎彻底失去了先前的活泼本性,颇似中年:

> 容虽毛脸,已露慈悲之相;眼尚金睛,却含智慧之光。雷公嘴,仗佛力渐次长平;猴子腮,弄神通依稀补满。合眼低眉,全不以力;关唇闭口,似不能言。善痕可掬,疑不是出身山洞;恶气尽除,若未曾闹过天宫。[33]

在《后西游记》里,孙悟空形象遭遇了又一次降落,其根本原因是这部小说对佛教采取了抨击态度,这是对《西游记》本身的逆写。有趣的是,小说的叙事焦点并非佛道矛盾,而是儒释矛盾,作者在笔端不时流露出尊儒抑释的思想倾向。《后西游记》描绘了唐宪宗年间贪僧敛财的丑态,并全文引用韩愈的《谏迎佛骨表》抨击社会怪状。鉴于真经不再,如来遂令取经师徒的后人(唐半偈、孙小圣、猪一戒、沙弥)再取真经,普度众生。虽然取经动机是为佛法正名,但取经团队所遭遇的磨难却也大多以"释"为名,这种自反性也使得孙悟空形象无法落地,倒是唐半偈全无唐僧的性格弱点,成为全书的灵魂人物,并寄托了作者"儒释本一家"的美好希冀。

有趣的是,到了董说的《西游补》里,孙悟空终于成为绝对主角,并且是身居士大夫阶层的真儒士。题目中的"补"字正是补入《西游记》第六十一回"三调芭蕉扇"之后,写孙悟空误入小月王(鲭鱼精)所幻化的"青青世界",进行了一场梦境之旅,并最终悟到了虚空。起初,为寻找秦始皇的伏妖利器"驱山铎子",孙悟空上下探索,却不慎跌入"万镜楼台",往返于"古人世界"与"未来世界"之间,为情所困,却当局者迷。小说的题眼正是"青青世界",这个"青"字究竟作何解?一方面,"青"可以通"情",而董说的儒士立场恰恰是反抒情的,他将孙悟空视作儒教理性的化身;另一方面,"青"又可通"清",其中暗含了作者置身于明末清初政权交替时期的乱世之悲与故国之思,因此孙悟空又被赋予了某种民族情绪。孙悟空在感性与理性之间纠结,也在佛教与儒教之间摇摆,这种自我怀疑与自我矛盾也是另一种意义上的英雄降落,最终的"虚空"正是主体性的"空"。在视觉现代性的维度上,《西游补》意外揭示出了孙悟空之"空"字的全新意涵,其背后正是一种"照镜子"式的观看机制。在第四回中,孙悟空不慎跌入"万镜楼台",此中细节颇值得玩味:

> 行者定睛一看,原来是个琉璃楼阁,上面一大片琉璃作盖,下面一大片琉璃踏板;一张紫琉璃榻,十张绿色琉璃椅,一只粉琉璃桌子;桌上一把墨琉璃茶壶,两只翠蓝

引 言

琉璃钟子;正面八扇青琉璃窗,尽皆闭着,又不知打从那一处进来。行者奇骇不已,抬头忽见四壁都是宝镜砌成,团团约有一百万面。镜之大小异形,方圆别致,不能细数,粗陈其概:

天皇兽纽镜、白玉心镜、自疑镜、花镜、凤镜、雌雄二镜、紫锦荷花镜、水镜、冰台镜、铁面芙蓉镜、我镜、人镜、月镜、海南镜、汉武悲夫人镜、青锁镜、静镜、无有镜、秦李斯铜篆镜、鹦鹉镜、不语镜、留容镜、轩辕正妃镜、一笑镜、枕镜、不留景镜、飞镜。

行者道:"倒好耍子!等老孙照出千万亿模样来!"走近前来照照,却无自家影子。[34]

在这"万镜楼台"中,单单是"我镜"与"人镜",就可读解为自我与他者的镜像关系。而孙悟空自照之时,竟无法找到自己的影子,这正是主体的中空。曾有论者指出,对《西游补》里的孙悟空而言,其现代性正是"通过种种视觉体验,其自我意识逐渐觉醒,并在视觉迷途上不断挣扎的过程中完成自我救赎"[35]。在"青青世界"中,孙悟空并无实体化的敌手,他的真正敌人是自我,因此他的困境就是如何在"镜城"中发现自我,进而"觉醒"。这一视觉情境的真正意义不再是传统情节中的降妖伏魔,而是占据一个可以自我观看的视点,"看"

也正是《西游补》全篇的重要动作。这种视觉现代性的观看机制,成为晚清《西游记》系列"翻新小说"的核心:孙悟空如何穿越至上海?他如何使用前现代中国的目光来审视现代都市?这些内容都会在本书第一章进行详细讨论。

五、想象现代中国:晚清以来孙悟空形象嬗变概述

贺桂梅提出的"人文学的想象力"是很有启发性的。"想象",或许是连接"孙悟空"与"现代中国"的有效动词。由此,我们将再次回到美国学者本尼迪克特·安德森对于"民族"的经典论断:"它是一种想象的政治共同体——并且,它是被想象为本质上有限的(limited),同时也享有主权的共同体。"[36]那么,民众展开想象的媒介又是什么呢?我们究竟通过什么才能体验到"民族"这一当今时代最具合法性的普遍价值?安德森给出的答案是小说与报纸:"如果我们思考一下最初兴起于18世纪欧洲的想象形式——小说与报纸——的基本结构,就能够明白何以这个转型对于民族的想象共同体的诞生会是如此重要了。因为这两种形式为'重现'民族这种想象的共同体,提供了技术上的手段。"[37]为此,他援引了菲律宾小说《社会之癌》的开头:数以百计互不相识的人,在某个特定月份里,在马尼拉的不同地区都在讨论一场晚宴,正是这个意象召唤出人们想象

的共同体。"认得出房子的人",就是"我们",就是菲律宾人,也就是所有读者。随之,小说的内部时间移向了读者日常生活的外部时间,于是,书中角色、作者、读者形成了共同体般的坚固存在。

因此,正如那场马尼拉的晚宴一样,"孙悟空"或许也是想象现代中国的一种有效中介,这个意象的每一次再现都能够召唤出中国人的共同体认同。需要注意的是,这里的"现代中国"固然是一种历史时间线索,但绝不是进化论意义上的"历史分期",而且充满激变与断裂的 20 世纪中国也绝不可能生成一种"历史进化论"。具体到后文展开的历史观,我们仍要回到竹内好,在他看来,历史是由诸多"紧张的瞬间"构成的:"所谓瞬间,与其说意味着作为极限状态的不具有延伸性的历史上之一点,不如说是历史从那里涌现的点(而不是历史的扩展)。"[38]因此,历史不是空洞而均质的时间,而是一次次挣扎搏斗的产物:"对于进步史观而言,不断'进步'的时间过程构成了历史,而对于竹内好而言,每一个紧张瞬间通过主体而被连接才构成历史。"[39]那么,对于现代中国历史的诸多紧张瞬间而言,"孙悟空"恰恰是这样一种连接瞬间的主体,他在不同瞬间的"连接"呈现为不同的文本形式。

从晚清到 20 世纪 40 年代,孙悟空的再现形式是"滑稽小说"。作为现代通俗小说的一支,"滑稽小说"因其玩世意味甚少被学术界提及，可恰恰是在这一边缘文类中，诞生了大量的"新西游记"，这些作品主要包括冷血（陈景韩）的《新西游记》（1909），奚冕周、陆士谔合著的《也是西游记》（1914），包天笑的《新西游记》（1926，单行本）、耿小的的《新云山雾沼》（1948，单行本；另有刊载本，名为《云山雾沼》）等。这些"滑稽小说"通过对《西游记》的"拟旧"，进而达到"翻新"的目的，尤其是对于40年代以前的文本来说，它们共同使用了"孙悟空游上海"的叙事策略。这种把旧人物（如孙悟空）与新环境并置的手法制造了一种现代性的震惊体验，孙悟空作为一个来自古代中国的"闯入者"，提供了一种认知现代性的视点，并在有关主体/客体的"认识论"意义上具有了寓言效果。而到了40年代，战时沦陷区的孙悟空想象重建了英雄主义叙述，民族主义、国家主义和国际主义成为其英雄形象的三副面孔。从晚清到20世纪40年代，"新西游记"中的孙悟空形象发生了本质上的变化：他从一个被西方现代性所规训的"观看者"，蜕变为反抗帝国主义的民族英雄。从"欲望之眼"到"正义之心"，这也是"中国"在现代认识论结构中寻找自身位置的过程，只有找到了那个主体位置，"中国"才能询唤出现代民族—国家意义上的文化认同。如果把20世纪前半叶看作一个整体，那么正是这个现代化进程催生了"滑稽小说"。因此，"滑稽小说"的现代性，与孙悟空形象的文学再现，本质上是同构的问题，或者说，一体两面。孙悟空形象的激进化与政治化，恰恰折射出"滑稽小说"本身内蕴的社会政治动能，这也就是其现代性所在。从晚清时期新旧对撞的解构，到40年代反抗帝国主义霸权的戏谑，抑或飞向太空的奇思异想，"滑稽"总能为我们提供不同于社会主调的"另一种声音"，它以嬉笑怒骂的姿态提供了反思现代性的别样视角，生成着多元的文化价值取向。因此，我们可以说，"滑稽西游"及其孙悟空形象，正是认知"现代中国"的一把钥匙。

进入20世纪50—70年代，"戏曲"成为社会主义中国的典型形式，而"猴戏"（又称悟空戏）恰恰是其中一个极具文化意味的类型。50—70年代的猴戏改造真正实现了孙悟空形象的现代转型，而其戏曲形式风格更是直接影响了孙悟空在新时期大众文化场域内的再现。作为新中国"感觉结构"的组成部分，猴戏形构了孙悟空形象的接受方式，戏曲化的孙悟空也就成为不断复制再生产的形象模板。在"新中国猴戏改造"这一历史事件中，我们首先必须认识到这是一个自上而下的过程，"推陈出新"的官方政策保证了《西游记》在戏曲场域的合法性。两个典型案例分别是京剧《大闹天宫》（1956）和绍剧《孙悟空三打白骨精》（1961）。京剧《大闹天宫》改编自《昇平宝筏》中的折子戏《安天会》，从剧名变化就可看出"主体"发生了颠倒，从天庭变成了孙悟空，这正是毛泽东所说的"把颠倒的历史再颠倒过来"。绍剧《孙悟空三打白骨精》在1961年被拍成了彩色戏曲片，剧本曾先后修改二十四次，同年进京演出时受到了毛泽东、董必武、郭沫若等国家领导人的关注，并引发了四首政治唱和诗的写作。其中，毛泽东明确将白骨精解读为"妖雾"，矛头指向了苏联修正主义。京剧与绍剧两相参照，其"猴戏"的形式风格也发生了变化，即从北派猴戏沉稳的王者气质转向南派猴戏的轻巧灵活，从"形式的意识形态"角度分析，这恰恰是从"历史是由人民创造"的唯物论向"区分人民内部矛盾与敌我矛盾"的辩证法的转变。"文革"以后，由于"样板戏"的兴起，猴戏逐渐被禁止，但是绍剧《孙悟空三打白骨精》的戏曲程式却"脱域"为连环画。通过对比1962年和1972年两个版本，我们就会发现，"三突出"的"文革"美学固然确立了孙悟空的绝对主体位置，但却抽空了故事本身的民间情感伦理，孙悟空成为相当抽象的、不可感知的意识形态符号。

80年代的典型案例是1986年央视版电视剧《西游记》。电视剧《西游记》产生轰动效应的媒介前提是电视在中国的普及，而电视作为一种家庭媒介，它生产着一种"看电视"的家庭仪式，因而以家庭为单位建构着一种现代民族国家认同，这种基于"景观—观众"关系的生产机制令我们必须回到居伊·德波的"景观社会"理论，这是电视时代的基本语境。具体到电视剧《西游记》的叙事层面，其全新的实景拍摄策略将故事场景一个个

引 言

具体化为中国各地的风景,因而重建了一种关于"祖国"的认同,故可称之为"实景"的政治学。而正如柄谷行人提示我们的,"风景"塑造了主体,这个主体在电视荧幕上展现为"行者",在其背后则是一种知识分子的自我想象,那是混杂着崇高的英雄主义与悲喜交集的理想主义的一种"情感形态"。在这种自我想象之中,孙悟空成为真正意义上的"美猴王",其造型之美与灵魂之美成为一种典型的80年代表述,也就是关乎人性的人道主义思潮,这一意识形态恰恰是80年代知识分子一种自我选择与自我表述。最后是对主题曲《敢问路在何方》的讨论,作为对"摸着石头过河"这一理论的音乐表述,《敢问路在何方》的"路"既是中国的现代化之路,也是中国的全球化之路,虽不知路在何方,却依然乐观地伸向未来,是谓"面向现代化、面向世界、面向未来"的80年代。

讨论20世纪90年代的新视野是"青年亚文化",我们需要关注的是,孙悟空如何成为中国青年亚文化的重要符号。从李冯的小说《另一种声音》(1993),到周星驰的电影《大话西游》(1995),再到今何在的网络小说《悟空传》(2000),英雄主义的降落成为一种时代基调,孙悟空成了妓女、山贼抑或精神分裂病人。李冯消解了西天取经的旅行意义,让孙悟空终日嗜睡,最终失语。周星驰呈现了至尊宝/孙悟空的主体分裂形态,用叛逆/皈依这两副面孔揭示了一种犬儒主义的两难选择:要么快快乐乐做山贼,要么老老实实做条狗;保持天真则注定无能,成为英雄则必然虚伪。而从至尊宝到孙悟空的转变,正是90年代中国青年不可避免的社会化过程。今何在将叛逆与皈依两副面孔有效缝合为同一个主体,其策略是"成长论",也就是说,那些叛逆冲动不过是青春期心理,"老男孩"总有一天会走向成熟,只是不要丢失当年的热血与梦想才好。从某种程度上说,90年代的西游故事都被解读为"在路上",这揭示出90年代与60年代的历史"接合术",而那个充满反叛性的60年代成为一种历史幻觉,成为想象性解决社会危机的抚慰方案,在其背后,则是不断发挥效用的"抵抗/收编"的青年亚文化机制。

进入新世纪以后,"全球化"语境内的中国电影颇具活力。在此,我们将以"跨语际中国电影"为研究对象,讨论其中孙悟空符号的文化翻译问题,进而拓展至"离散"(diaspora)的理论视阈。这部分将重点关注《刮痧》(2001)《静静的嘛呢石》(2006)、《孙子从美国来》(2012)三个电影文本。作为"多元中国"的文化象喻,跨语际中国电影里的孙悟空符号必然询唤出一种身份认同,但这种认同并不是预先给予的身份证实,而是一种身份"意象"的生产,是对扮演那个意象的主体的改造。在自我/他者的秩序结构中,"多元中国"提供了一种"内部的他者"的观看位置,力图在空间中触摸边缘,并重新审视中国,而那段观照距离也就是认同的过程。在晚期资本主义的文化逻辑之内,孙悟空成为主体中空的符号,一个可被不同话语填充的共用能指。一方面,作为身份意象的孙悟空彰显着空前的民族自信,成为"中国崛起"的回音,这个英雄人物的不断再现是对晚清以降民族之痛的有力逆转;另一方面,这一身份意象所生产出的文化认同却又是多元的、多中心的,或散居族裔,或少数民族,或文化寻根,充满了话语权力的斗争与协商,所谓"多元中国"正折射出了全球化时代"去领土化"的身份焦虑。

最后,我们有必要立足于"民族主体性"的基点,对晚清以来的孙悟空形象嬗变进行回望,同时,这也是对现代中国历史文化演变的一次回溯。这部分以"中国动画电影中的孙悟空形象"为论题,将民族话语里的主体生成视作一个永远在进行中的过程,而非结果。作为中国动画电影的经典名片,孙悟空的视觉形象几经变迁,在其造型嬗变的背后,是中国社会文化意识形态的更迭。本书以《铁扇公主》(1941)、《大闹天宫》(1961、1964)、《金猴降妖》(1985)与《西游记之大圣归来》(2015)为例,从历史叙述话语的角度重绘中国动画电影中的孙悟空形象。孙悟空在头身比例上呈现出身体的发育,这种现代性的线性时间观隐喻着中国历史的成长。同时,孙悟空的敌手形象反向定义了其自身的意涵,在对自我/他者的认知结构中,民族主体得以生成,并产生了独特的文化"观视方式"。作为文化政治场域,中国动画电影中的孙悟空形象是不同话语进行权力交锋的结果,其生成的背后是政治激进主义与文化民族主义的协商。而孙悟空的这种变异性本身,也就是一种自我超越的精神,也就是一则光谱丰富的"中国故事"。

〔1〕[英]雷蒙德·威廉斯:《马克思主义与文学》,王尔勃、周莉译,开封:河南大学出版社,2008,第143页。

〔2〕贺桂梅:《人文学的想象力——当代中国思想文化与文学问题》,开封:河南大学出版社,2005,第8页。

〔3〕[日]中野美代子:《西游记的秘密(外二种)》,王秀文等译,北京:中华书局,2002,第412页。

〔4〕张天翼:《〈西游记〉札记》,《人民文学》,1954年第2期。

〔5〕施战军:《论中国式的成长小说的生成》,《文艺研究》,2006年第11期。

〔6〕刘勇强:《奇特的精神漫游——〈西游记〉新说》,北京:生活·读书·新知三联书店,1992,第37页。

〔7〕戴锦华:《后革命的幽灵种种》,海螺社区,2017年3月12日。

〔8〕鲁迅:《中国小说史略》,《鲁迅全集》第九卷,北京:人民文学出版社,2005,第89页。

〔9〕《拉麻传》即《罗摩衍那》,与现今译法不同。

〔10〕胡适:《〈西游记〉考证》,陆钦选编:《名家解读〈西游记〉》,

济南:山东人民出版社,1998,第16—17页。

〔11〕鲁迅:《中国小说的历史的变迁》,《鲁迅全集》第九卷,北京:人民文学出版社,2005,第327页。

〔12〕[美]杜赞奇:《从民族国家拯救历史:民族主义话语与中国现代史研究》,王宪明、高继美、李海燕、李点译,南京:江苏人民出版社,2009,第29页。

〔13〕同上书,第224—225页。

〔14〕毛泽东:《关于三个世界划分问题》,中华人民共和国外交部、中共中央文献研究室编:《毛泽东外交文选》,北京:中央文献出版社、世界知识出版社,1994,第600—601页。

〔15〕[日]竹内好:《何谓近代——以日本与中国为例》,孙歌编:《近代的超克》,李冬木、赵京华、孙歌译,北京:生活·读书·新知三联书店,2005,第208页。

〔16〕同上书,第212—213页。

〔17〕[日]沟口雄三:《作为方法的中国》,孙军悦译,北京:生活·读书·新知三联书店,2011,第131页。

〔18〕贺桂梅:《重讲"中国故事"》,《天涯》,2009年第6期。

〔19〕张颐武:《中国故事:命运与梦想》,《解放日报》,2014年2月23日。

〔20〕[法]让-弗朗索瓦·利奥塔:《非人——时间漫谈》,罗国祥译,北京:商务印书馆,2000,第26—27页。

〔21〕赵京华:《"近代的超克"与"脱亚入欧"——关于东亚现代性问题的思考》,《开放时代》,2012年第7期。

〔22〕［日］竹内好:《近代的超克》,李冬木、赵京华、孙歌译,北京:生活·读书·新知三联书店,2005,第309页。

〔23〕［明］吴承恩:《西游记》,北京:人民文学出版社,1980,第1页。

〔24〕［明］吴承恩:《西游记（李卓吾评本）》,上海:上海古籍出版社,1994,第3页。

〔25〕［明］吴承恩:《西游记》,北京:人民文学出版社,1980,第509页。

〔26〕［美］浦安迪:《明代小说四大奇书》,沈亨寿译,北京:生活·读书·新知三联书店,2006,第222页。

〔27〕［明］吴承恩:《西游记》,北京:人民文学出版社,1980,第1040页。

〔28〕"许败不许胜",参见《西游记》第四十二回、第六十六回、第七十七回,孙悟空分别请观音菩萨、弥勒、如来收服红孩儿、黄眉怪、青狮白象大鹏三兄弟。［明］吴承恩:《西游记》,北京:人民文学出版社,1980,第516、802、940页。

〔29〕［明］吴承恩:《西游记》,北京:人民文学出版社,1980,第1100页。

〔30〕李安纲:《苦海与极乐:〈西游记〉奥义》,北京:东方出版社,1995,第127页。

〔31〕［明］萧十显:《南齐书（卷五十四）》,北京:中华书局,1972,第93页。

〔32〕［明］作者不详:《续西游记》,杨爱群主编:《西游记大系

(二)》,哈尔滨:黑龙江人民出版社,1996,第1175—1176页。

〔33〕同上书,第1924页。

〔34〕[明]董说:《西游补》,杨爱群主编:《西游记大系(二)》,哈尔滨:黑龙江人民出版社,1996,第2350—2351页。

〔35〕李梦圆:《论〈西游补〉的视觉现代性之维》,《理论界》,2015年第8期。

〔36〕[美]本尼迪克特·安德森:《想象的共同体:民族主义的起源与散布》,吴叡人译,上海:上海人民出版社,2005,第6页。

〔37〕同上书,第23页。

〔38〕[日]竹内好:《何谓近代——以日本与中国为例》,孙歌编:《近代的超克》,李冬木、赵京华、孙歌译,北京:生活·读书·新知三联书店,2005,第189页。

〔39〕孙歌:《在零和一百之间(代译序)》,孙歌编:《近代的超克》,李冬木、赵京华、孙歌译,北京:生活·读书·新知三联书店,2005,第49页。

第一章 闯入现代:孙悟空与滑稽小说

自"被压抑的现代性"肇始,"晚清文学"日益成为叩访现代中国的关键之匙。"没有晚清,何来'五四'?"[1]王德威这一句"天问",骤然将现代中国之起点提前了二十年。无独有偶,周蕾通过阅读"鸳鸯蝴蝶派"这一不为学界重视的通俗文学脉络,获取了"观看现代中国"[2]的新视角,并打开了现代通俗小说的研究场域。事实上,用"晚清现代性"对抗"'五四'现代性",用"边缘"解构"中心",已然成为海外汉学进入现代中国研究的基本路径。在这种全新视野的启发之下,我们不妨从通俗文学的另一分支出发,透过"现代滑稽小说"这一小视窗,管窥现代中国的别样风景。

那么,为什么是"滑稽小说"呢?一方面,作为通俗文学支脉,"滑稽小说"一直因其政治性与文学性的双重匮乏而遭受冷遇,即便是自居边缘的王德威、周蕾等海外研究者,也并未把这一类型纳入研究视野,"滑稽小说"成了"边缘之边缘",亟待阐释挖掘;另一方面,作为读者甚众的文学潜流,"滑稽小说"具备了贯通晚清与20世纪40年代的文学素质,它能够

第一章 闯入现代:孙悟空与滑稽小说

揭示出都市现代性的部署方式,从而提供了整合"现代中国"的可能性,在这个意义上,未尝不是"中心在边缘处"?的确,从晚清新小说对"政治小说"的推崇,到"五四"以降直面社会人生的写实主调,正襟危坐的现实主义已然成为现代中国的文化面孔。相较而言,"滑稽小说"的确是个异数,其关涉的"消遣""趣味""嬉笑"等种种理念,分量或许太"轻"了些。可是,如果从现代性的视阈出发,重新考察"滑稽小说"的发笑机制,我们就会发现这一切远非想象的那样简单。

以奚冕周、陆士谔所著滑稽小说《也是西游记》[3]为例,其第十回题为"小行者初乘电气车",听上去古今杂糅,颇有些怪诞,却又极具滑稽小说的范式意味。话说唐僧师徒西天取经之后,孙悟空受封"斗战胜佛",已是无为清净,可他当年在火焰山三借芭蕉扇时,却不小心种下了一段因果。孙悟空曾钻进铁扇公主的肚子中大闹一番,其时,在电子力的作用之下,阴阳之气相协,令铁扇公主怀了孕。多年后,她吸取天地之灵气,诞下孙行者第二(又称"小行者")。随后,在观音大士的帮助下,小唐僧、小八戒与小沙僧也分别投胎转世,四人重聚于20世纪初的上海,其任务是到天竺、南洋和西洋游历一番,推进佛法在世界范围内的传播。有趣的是,这部滑稽小说连载二十回,却并未真正"走向世界",而是停在了上海,作者试图借小行者等人的眼睛,目击都市现代性的洋洋奇观，于是便有了"小行者初乘电气车"这样的故事。可是，即便是孙悟空大闹上海，坐上了"电气车"，这场景又有何"滑稽"之处呢？

其实，与"贾宝玉坐潜水艇"（吴趼人《新石头记》）类似，晚清小说通常使用"旧人物/新时空"的并置策略，来表达历史转折时刻的焦虑与迷思。这些旧人物大多来自中国古典小说名著，以孙悟空为主人公的"新西游记"系列正是其中一个重要分支。在这些续写《西游记》的故事里，那种"新"与"旧"的对撞，具体表现为现代科技器物与神怪小说传统之间的对撞，正是旧人物对于新时空的愚蠢误认，构成了"滑稽小说"的发笑机制。换言之，"小行者初乘电气车"并不可笑，真正可笑的是他把电气车误认作玉皇大帝的辇车，因而行跪拜之礼，这种对国际大都会的惶惑不适，恰是"现代中国"发生期的普遍社会心态。若把"新西游记"视作一面文化哈哈镜，那么晚清读者势必照出自身的笨拙迟钝；进一步说，更可能由此被激发出对西方现代性的渴慕追寻。于是，阅读"滑稽小说"也就不再局限于一种茶余饭后的消遣，那或许是一次不甚严肃的社会变革实践，它隐秘地诱惑着古老的中华帝国，使其睁开双眼看世界，这才是"滑稽之现代性"的题中之意。

第一章 闯入现代:孙悟空与滑稽小说

一、滑稽西游:拟旧还是翻新?

作为与"现代中国"相伴而生的文学现象,"滑稽小说"的直接历史语境是晚清社会对于"笑"的推崇。"滑稽小说"与"谴责小说"相照,正是晚清文学形态的一体两面。例如,吴趼人就非常推崇"谐语""笑话"等喜剧表达方式,他还以笑话集闻名于世,代表作有《新笑史》《新笑林广记》《俏皮话》《滑稽谈》等;李伯元也撰写了数百则笑话与谐文,题为《时事新谈》与《幽默新语》。在这种轻松开怀的社会氛围中,真正意义上的"现代滑稽小说"终于诞生了,那就是作者署名"大陆"的《新封神传》。这部小说从1908年开始连载于《月月小说》杂志,主编吴趼人称其为"近世中国第一部滑稽小说"[4],故事主人公是猪八戒和姜子牙,他们化身游学东瀛的海外学生,逛青楼、染性病、办新学、购买假文凭,最终成了新学院中的教授。如此荒唐的情节恐怕难称文学性,但《新封神传》捏合《西游记》与《封神演义》的手法,真正替"滑稽小说"追认了一种写作脉络,即中国古典小说的神怪传统。此后,对神怪经典《西游记》的续写成为"现代滑稽小说"的重要生产方式。其间,"新西游记"系列大多依托于报纸杂志,篇幅较长的则呈现为连载形态,现将其刊载信息汇总整理如下。

表2 现代滑稽小说之"新西游记"系列的刊载情况

小说名称	作者署名	作者实名	刊载出处	刊载时间
《二十世纪西游记》	未署名	无	《大陆报》	上编:1904年第8期
			《广益丛报》	下编:1905年第87期
《新西游记》	冷、笑、伴	陈景韩、包天笑、狄葆贤	《时报》	1906—1908年
《无理取闹之西游记》	我佛山人	吴趼人	《月月小说》	1907年第一卷第12期
《妖怪斗法》	未署名	无	《申报》	1908年
《也是西游记》	铁沙奚冕周 青浦陆士谔	奚冕周、陆士谔	《华商联合报》	1909年第5期—1910年第24期
《新西游记》	珠儿	不详	《余兴》	1914年第3期
《西游记佚闻》	冥飞	陆费逵	《民权素》	1916年第14期
《新西游记》	半仙魏起予	魏羽	《余兴》	1916年第18期
《新西游记》	含寒	不详	《余兴》	1916年第21期
《(壬戌本)新西游记》	天笑	包天笑	《游戏世界》	1922年第9期—1923年第21期
《毫毛变相》	程瞻庐	程瞻庐	《红杂志》	1922年第11期
《云山雾沼》	小的	耿小的	《立言画刊》	1941年第150期—1942年第195期

纵观以上文本,若按照小说篇幅分类,大致可分为即兴而出的短篇小说与回目制连载的长篇小说。短篇创作形式不拘一格,大多嬉笑喧闹,在有限的字数中力求轻捷,不故作振聋发聩之声,典型如《月月小说》主编吴趼人亲自创作的《无理取

闹之西游记》。这则小故事套用《庄子》中"涸辙之鲋"的典故，描绘了一种危机状态，而拯救被困之鱼的关键人物正是花果山上的新霸主，名唤通臂猿。与孙悟空不同的是，通臂猿虽法力高强，却对自己的能力明码标价，只求发财，可谓腐败堕落；最终见鲋鱼一无所有，他竟见风使舵，成了使其陷入困境的帮凶。我们可以看到，正义在此是缺席的，更别提什么同情怜悯之心，没有出路，只有无限的危机。吴趼人如此"无理取闹"的写法，或可看作"滑稽小说"的前身，然而，在笑闹的表象之下，它是否潜藏着某种社会能动性呢？诚如汤哲声所言："如果我们把小说中的鲋鱼看作为安分守己的中华民族，庄生看作为救世救民者，麻鹰大王看作是英国侵略者，通臂猿看作是收括钱财无法无天的官僚们，作者的意思就很明白了。"[5]所以，"滑稽小说"的另一发笑机制是社会讽喻性，读者只有通过智性的参与，才能穿透笑闹的表象，识别出故事的真正所指。正是在能指的"轻松"与所指的"沉重"之间，"滑稽"构成了一种美学张力。

在接下来的讨论中，我们将把注意力集中在明确标识为"滑稽小说"的长篇西游故事，探讨其叙事模式及意识形态症候。事实上，长篇"新西游记"在连载之后，都无一例外地发行了单行本，扩大了其影响力。现将其出版信息整理如下。

表3 现代滑稽小说之"新西游记"系列的单行本出版情况

小说名称	作者署名	作者实名	出版单位	出版时间	回数
《新西游记》	冷血	陈景韩	上海：有正书局	1909年	五回
			上海：小说林	1909年	
《新西游记》	煮梦	李小白	上海：改良小说社	1909年	六卷三十回
《绘图新西游记》				1910年	
《也是西游记》	铁沙奚冕周 青浦陆士谔	奚冕周 陆士谔	上海：改良新小说社	1914年	二卷二十回
《新西游记》	吴门包天笑	包天笑	上海：大东书局	1926年	未分章节
《八十一梦》[6]	张恨水	张恨水	南京：新民报社	1942年	十四篇
《云山雾沼》	耿小的	耿小的	上海：励力出版社	1947年	六回
《新云山雾沼》					

图1 "滑稽西游"的几个版本（作者从左至右分别为煮梦、包天笑、耿小的、耿小的）

第一章　闯入现代:孙悟空与滑稽小说

在进入叙事层面的讨论之前,我们首先要对作为现代滑稽小说重要类型的"新西游记"(以下简称"滑稽西游",如图1)有一个总体性的认知,在此至少有三重坐标需要考量。其一是美学坐标,"滑稽"是怎样的美学范畴?作为一种中国式的文论话语,"滑稽"的本义是盛酒器:"滑"是泉水涌动的样子,"稽"则是持续不断的状态。司马迁在《史记》中首先设置了"滑稽列传",为那些机智巧辩、对答如流的宫廷俳优作传,俳优擅长表演"滑稽戏",他们逗人发笑的方式正是"通过(表演)一种司空见惯的事产生新意"[7]。因此,这种旧曲新弹的表意方式,也就是"滑稽西游"的妙处所在,其目的是让人发笑。但是,同样是发笑机制,"滑稽"和"幽默"并不相同。汤哲声认为:"滑稽"是客观事物的自我表演,是对丑的揭示,重点在于直露,因而是一种通俗美学,发源自中华民族传统;"幽默"(英文 humor 的音译词)则不同,它强调欣赏者的主观介入,是对美的呈现,倾向于含蓄,审美取向更为典雅,是从西方传入的美学范畴。而在日本作家鹤见祐辅看来,"幽默"始终与"理性"相关,那是一种"由悲哀而生的'理性底逃避'的结果"[8],与之相应,"滑稽"却是充满直面精神的。

其二是文学(史)坐标,即"滑稽西游"究竟是属于"拟旧小说"还是"翻新小说"?阿英在《晚清小说史》中首先将其归入"拟旧小说"。他指出,这些作品"大都是袭用旧的书名与人物名,而写新的事,甚至一部旧小说,有好几个人去'拟'"。对于其文学价值,阿英表示出了文学史家的不屑,并将其认定为"晚清小说之末流":"此类书印行时间,以1909年为最多。大约也是一时风气。此类书之始作俑者,大约也是吴趼人,然窥其内容,实无一足观者。"他甚至把这类小说看作"是文学生命的一种自杀行为","和嫖界小说、写情小说一样,是当时新小说的一种反动,也是晚清谴责小说的没落"。[9]然而,欧阳健却在另一本《晚清小说史》中为这类作品翻案,他将《新石头记》定义为"翻新小说",并肯定了其文学史价值:这部小说"既是晚清时期大量出现的以古典名著为由头的'翻新小说'(阿英称之为'拟旧小说')中较早的一部,更是学贯中西的吴趼人对于传统文化和现代文明关系的深沉思考的集中体现",传达出"传统文化对现代文明的介入和超越"。[10]事实上,"拟旧"与"翻新"之争,本质上还是对晚清类型小说的价值判断问题。尤其是谴责小说以外的种种支流,它们整体上构成了形态丰富的、具有资本流通机制的晚清文学场。因此,我们仍要回到那个古老的起源性命题:审视现代中国,究竟始自"'五四'现代性"还是"晚清现代性"?在王德威看来,二者的差异在于建构与解构的区别:"'五四'作家假定他们的视野(vision)、声音和语言必得相互融通呼应,从而'体现'现实。晚清作家却大相径庭,他们的模式掺杂感观喻象,混合修辞语气,褫夺任何自以为是的真理,借此促使我们三思任何模拟、再现叙事的权宜性。"[11]

在解构的立场之上,我们将遭遇第三重坐标,也就是社会政治坐标。这些"新西游记"系列究竟是去政治化的商业写作还是"解构的政治"?吴趼人在《月月小说》创刊号上提到了"趣味"的重要性。他认为,小说令人印象深刻的根本原因在于创造了"趣味":"凡人于平常待人接物间,所闻所见,必有无量之事物言论,足以为我之新知识者,然而境过辄忘,甚或有当前不觉者,惟于小说中得之,则深入脑筋而不可去。其故何也?当前之事物言论,无趣味以赞佐之也。无趣味以赞佐之,故每当前而不觉。读小说者,其专注在寻绎趣味,而新知识实即暗寓于趣味之中,故随趣味而输入而不自觉也。"[12] 把"新知识"寓于"趣味"之中,颇似寓教于乐的启蒙者口吻,可见,吴趼人对于"滑稽小说"的推崇是有社会诉求的。同样地,煮梦(李小白)在《绘图新西游记》的叙述中,也提出了"消遣"的重要性,但此"消遣之法"又非"为滑稽而滑稽":

> 余才浅,欲取法乎上以消遣,不能也;余骨又傲,欲取法乎下以消遣,不屑也。嘻!吾其终无消遣法矣乎?吾其长此无聊赖矣乎?思之思之,鬼神通之,乃恍然悟曰:嘻!吾固有吾消遣之法在,吾固有吾笔在。……

> 吾之著此种种小说也,非为言情而言情,非为滑稽而滑稽也。吾之消遣法也,比者入世渐深,阅历渐裕,人世间一切鬼域(蜮)魍魉之情状,日触吾目而怵我心。吾愤,吾恨,吾欲号天而无声,欲痛哭而无泪,吾乃爽然返,哑然笑,抽笔而著《新西游记》。
>
> 吾之著《新西游记》也,盖嬉笑怒骂以玩世者也。然而吾非嬉笑怒骂以玩世也,吾盖借嬉笑怒骂以行吾消遣之法者也。[13]

作者将小说写作视为"消遣之法",然而在这"嬉笑怒骂"的背后,却是对光怪陆离的社会情状的强烈反馈。因此,所谓"滑稽""趣味""消遣",更像是晚清小说家对于自身写作行为的诡辩之辞,表面上虽是玩世不恭的姿态,内里却是庄重严肃的社会批判。这样说来,"滑稽西游"因"滑稽"之名而遭受批评家的冷遇,恐怕有失公允。

当然,这种冷遇也与晚清新小说运动对《西游记》的贬斥有关。在梁启超等人的历史进化论中,传统/现代的时间观重叠于中国/西方的空间观。于是,古典神怪小说《西游记》便站在了激进现代化视野的反面,被烙上了两项罪状。其一,《西游记》作为中国古典小说的代表,是"群治腐败"的总根源:"吾中国人状元宰相之思想何自来乎? 小说也。吾中国人佳人

第一章 闯入现代:孙悟空与滑稽小说

才子之思想何自来乎?小说也。吾中国人江湖盗贼之思想何自来乎?小说也。吾中国人妖巫狐兔〔鬼〕之思想何自来乎?小说也。若是者,岂尝有人焉提其耳而诲之,传诸钵而授之也?而下自屠爨贩卒、妪娃童稚,上至大人先生、高才硕学,凡此诸思想必居一于是,莫或使之,若或使之,盖百数十种小说之力,直接间接以毒人,如此其甚也。"[14]这样激烈的批评,源自梁启超对西方政治小说的推崇。他认为,这些"庄言危论"或许面目可憎,但是更具发人深省的进步意义;相反,如《西游记》一般谐谑滑稽,虽符合"厌庄喜谐"的人之常情,却在思想价值上显得轻薄。进而,他从根本上否定了中国古典小说:"中土小说,虽列之于九流,然自《虞初》以来,佳制盖鲜,述英雄则规画《水浒》,道男女则步武《红楼》,综其大较,不出诲盗诲淫两端。陈陈相因,涂涂递附,故大方之家,每不屑道焉。"[15]其二,晚清新小说运动强调用小说启发"民智",相较而言,以《西游记》为代表的古典神怪小说便成为"民智"之殇,邱炜萲甚至将《西游记》指认为内忧外患的根源,是必须祛除的封建余毒:"若今年庚子五、六月拳党之事,牵动国政,及于外交,其始举国骚然,神怪之说,支离莫究,尤《西游记》《封神传》绝大隐力之发见矣。而其弊足以毒害吾国家,可不慎哉!吾闻东、西洋诸国之视小说,与吾华异,吾华通人素轻此学,而外国非通人不敢著小说。故一种小说,即有一种之宗旨,能与政体民志息息相通;次则开学智,祛弊俗;又次亦不失为记实历,洽旧闻,而毋为虚骄浮伪之习,附会不经之谈可必也。"[16]由于鬼神之说"昏人心智,惰人精力",《西游记》等古典名著也就成为阻碍种族进化的祸首,在大写的"科学"之光的照射下,精魅之鬼影恐无处藏身:"中国前者鬼神之小说亦夥矣,《封神演义》也,《西游记》也,降而《聊斋志异》之短篇也,满纸皆山精石灵,幻形变相。其铺张法术也,如弄大把戏;其绘写变化也,甚于蜃楼影。离奇蛊惑,无斯须神益于人群慧力之进步,可勿论焉";"自今而往,诸小说家中,仍有胶持鬼神之见,变幻鬼神之迹,如吾《封神演义》《西游记》及《聊斋志异》种种之荒唐无稽者乎?我同胞其谢绝之!毋使无因毒炮、无形砒霜,以昏我脑灵,而阻碍进化之进步也"。[17]

诚然,在美学、文学与社会政治的三重坐标之下,我们得以重新思考"滑稽西游"的历史价值:它天然是一种"民族形式",具有"晚清现代性"的延展度,并且寓庄于谐,嬉笑怒骂之态反思社会变革,是不同于晚清新小说运动的、反激进的另类现代性书写。只有在以上的前提之下,我们才能真正进入"滑稽西游"的叙事层面,讨论其基本叙事策略。

二、"小行者初乘电气车":滑稽西游的叙事策略

这时正值黄昏将近的时候,各式车上有的已点着灯,有的还没点灯。行者因指着点灯的车子,问八戒道:"这点火的便是火车吗?"八戒笑道:"不是,不是。这火车的话说来甚长,等回儿我和你去看看再说。"行者又道:"这火车还不难懂,虽然没有脚,终究还有个火,火是我知道的。你又说电车,那电是什么东西?我却没有看见过,请你说说。"猪八戒被行者这样一问,却问的呆了。要说电是什么,委实说他不出,心中只在想,口内却不答。孙行者又问道:"那电是什么东西?"八戒只得摇头道:"那电没有东西,是空的。"孙行者道:"胡说,既然空的,怎么叫做电?"八戒道:"我也不知其所以,只因昨天我在一个什么协会的会场上,听得人家说打电,打电。又有人说打电是空的。我想打电既是空的,那电自然也是空的了。"[18]

这是冷血(陈景韩)所著《新西游记》的第三回,孙悟空和猪八戒在上海街头遭遇了电车。孙悟空心中挥之不去的根本疑问是:"那电是什么东西?"如此茫然失措,正是中国遭遇第二次工业革命的即时状态;而八戒说电是空的,恰恰暴露了

古代中国对于西方现代物质文明的知识匮乏,甚至丧失想象"他者"的能力。于是,认知对象之"空"反身折射出主体之"空"。事实上,这种旧人物与新现象的对撞构成了整部小说的核心场景,作者甚至无视场景之间的因果逻辑,只作单纯的现象罗列:唐僧师徒奉如来佛之命到西牛贺洲考察新教,却一个云头降落到上海;到上海后,孙悟空先是因随地小便被巡捕房罚款,见识了现代都市的种种奇观;接着,唐僧误食鸦片,受困烟馆,经由孙悟空大闹一番,才得脱身;随后,沙僧又因参加僧界保路会而被侦探盯梢,难以脱身,孙悟空机智应对,化解危机;接着,孙悟空参观新学堂,听闻学堂秩序井然全赖章程维系,回来后便与唐僧订立师徒守则,笃信"平等主义";章程尚未拟定,师徒四人又前往妓女高宝宝家打牌,八戒大谈打牌也有专制立宪之分,孙悟空一头雾水。至此,《新西游记》只写了五回,却再无下文,这种"有头无尾"的写作现象在"滑稽西游"中是相当常见的。但若换个角度思考,或许作者从一开始就没有考虑过在何处收笔,因为故事情节并没有对人物性格产生任何影响,孙悟空等人物更像是"导游"一般,带领读者参观事件现场,他们是没有心理空间的,于是,谋篇布局、结构意识、写作终点等也就不再重要。故而,在讨论"新西游记"系列文本时,情节不再是关键要素,或许,从典型场景出发,在不同文本之间进行比较阅读,是更具说服力的路径。同样是孙悟空

第一章 闯入现代:孙悟空与滑稽小说

在上海路遇电车,奚冕周、陆士谔合著的《也是西游记》却有着更为细腻微妙的心理刻画:

> 孙行者第二见有了救命的法宝,方才心中欢喜,便叩头辞谢了菩萨,纵起筋斗云,直向上海进发。看看到了,便落下云头,脚踏实地的向前走去。但见六街三市,繁密辉煌,路若棋盘,屋如蚁屯。又是来来往往的红男绿女,都是面似桃花腰似柳,车如流水马如龙,害得那孙行者第二竟目眩神摇,一时辨不出东西南北起来,只随脚走去。不知到了那个十字街口,猛可的被一个红头巡捕将他一把拉住,吃了一吓,方才神定,却原来前面有一部电车,正在风驰电掣的飞走前来。那行者迷惘之中并未觉着,红头巡捕恐怕惹祸,所以将他拉住,待到行者神定,细看那电车时,却又早已去远了。他但记得这车仿佛同马车一般,只前面并无驾车的动物,不觉心中疑讶道:咦,这里莫非竟是神仙世界吗?吾闻玉皇用的五云辇,是黄色四轮,专用云力,不用物力的,怎么这里竟有这辇呢呀?莫不是玉皇在这里经过么?想到这里,便不由的跪了下去。[19]

与冷血(陈景韩)的《新西游记》竭力捕捉的"一片空白"不同,《也是西游记》将电车场景的滑稽感进一步放大,小行者错将电车误认为是玉皇大帝的五云辇，于是自觉行跪拜之礼，引得路人围观。小行者这一"跪"可不简单，借由这一人物动作，作者表达出对古代中国封建皇权与西方现代科技霸权的双重怀疑：如果说在西方现代性之"德先生"的眼中，跪拜皇权是十足可笑的，那么，站在民族主义的立场之上彻底臣服于西学之"赛先生"，同样是可笑的。在传统／现代与中国／西方的时空结构中，《也是西游记》并未选取任一立场，而是尽情地嘲笑两者，因而逃逸了二元对立的语义场。同时，作者价值取向的虚无，也折射出晚清社会价值系统的崩溃。其实，小行者的心理情绪与其说是"空"，不如说是"惶惑"，《也是西游记》所塑造的小行者形象与《新石头记》的贾宝玉形象如出一辙，他们是具有象征意义的。欧阳健如此解读："传统的中国，向以天朝上国自居，历史上虽多次被外族所征服，但在文化上始终占据优势。直到19世纪中叶，西方列强以大炮轰开了中国关闭的大门以后，中国人这才发现，西方的船坚炮利乃至政治制度，都比中国来得先进。小说写宝玉眼中所见20世纪的种种新事物，正反映了中国人因落伍而普遍怀有的惶惑心绪。"[20]

"小行者初乘电气车"之惶惑感，是晚清小说家极为生动的社会捕捉。从这种普遍情绪出发，我们再观现代中国，就会发现那种无所适从的状态恰是都市现代性的建构产物。换言之，当极具速度感的都市奇观作用于街头漫步的"游手好闲者"，

第一章 闯入现代:孙悟空与滑稽小说

他们就会产生一种"震惊"体验。本雅明认为,"震惊"构成了一种现代主义经验,是波德莱尔诗歌艺术的中心,它击碎了旧有的社会结构秩序,把绵延不断的前现代时间分解为一个个瞬间:"震惊的因素在特殊印象中所占成分愈大,意识也就越坚定不移地成为防备刺激的挡板;它的这种变化愈充分,那些印象进入经验(Erfahrung)的机会就愈少,并倾向于滞留在人生体验(Erlebnis)的某一时刻的范围内。这种防范震惊的功能在于它能指出某个事变在意识中的确切时间,代价则是丧失意识的完整性;这或许便是它的成就。这是理智的一个最高成就;它能把事变转化为一个曾经体验过的瞬间。"[21] 本雅明对波德莱尔的精准解读,恰恰回答了"滑稽西游"的文学形式问题,那些故事之所以"有头无尾"、不成情节,正是都市现代性之震惊体验作用下的结果。在现代主义的时间碎片之中,孙悟空所置身的只能是一个个稍纵即逝的瞬间场景,而他所象征的前现代中国文化结构,也随之被击碎。

进一步说,"小行者初乘电气车"的背景空间是摩登上海,而晚清时期的"新西游记"系列故事也全部发生在上海,这绝非偶然。如果说,"滑稽西游"的叙事策略是"孙悟空游上海",那么我们首先要在"现代中国"的意义上重新理解上海。"上海,连同它在近百年来成长发展的格局,一直是现代中国的缩影。就在这个城市,中国第一次接受和吸取了19世纪欧洲的治外法权、炮舰外交、外国租界和侵略精神的经验教训。就在这个城市，胜于任何其他地方，理性的、重视法规的、科学的、工业发达的、效率高的、扩张主义的西方和因袭传统的、全凭直觉的、人文主义的、以农业为主的、效率低的、闭关自守的中国——两种文明走到一起来了。两者接触的结果和中国的反响，首先在上海开始出现，现代中国就在这里诞生。"[22]需要注意的是，在讨论上海之"都市现代性"时，除了兼顾传统/现代、中国/西方这两重坐标以外，我们必须引入物质文明/精神文明这一第三维度。换言之，上海之"都市现代性"究竟是偏重物质层面，还是精神层面呢？事实上，两者之间存在着一种接受范畴内的"时间差"，这是上海史学者唐振常的洞见。他认为，从中国史实来看，民众对于外来物质文明的接受从来易于精神文明："一涉精神文化，其认同与接受自然困难得多，就是因为涉及到'体'这个根本问题。近代上海，有了租界这个实体，西方人所首先带到租界来的，往往属于物质文化范畴（器物），以及进行物质文化设施的一套市政管理制度。这些物质文化设施，包括诸如服饰、生活方式，市政设施包括道路、煤气灯、自来水、电灯、电话、火车、公园、公共卫生等等，都和传统方式迥异。上海人对之，初则惊，继而异，再继则羡，后继则效。"[23]这个"时间差"也反映在"滑稽西游"的叙事层面，大上海的都市奇观并未真正影响到孙悟空的性情，他依然保持

第一章 闯入现代:孙悟空与滑稽小说

着《西游记》里固有的人格状态,这一人物在充满速度感的都市场景中显得迟滞而笨拙。进一步说,"孙悟空"只是为晚清中国提供了一双凝视物质现代性的"眼睛",事实上,他从未对西方现代性的价值观产生认同,甚至对之常怀敌视嘲讽。因此,"新西游记"里的"上海"也就只能止步于"景观",它既不是《子夜》式的资本主义想象,也不是"新感觉派"的精神空虚,更不是《上海的早晨》那种明确的社会主义批判,它无关光明/黑暗的政治修辞学,也无法询唤出任何意义上的身份认同。对此,李欧梵解释道:"这恰好构成了世纪之交中国知识分子的问题。其时,知识分子和作家在他们试着界定一个新的读者群时,都企图想象一个民族(或国家)新'村'(但还不是民族国家);他们试图描画中国新景观的大致轮廓,并将之传达给他们的读者,即当时涌现的大量的报刊读者,以及新学校和新学院里的学生。但这样的一个景观也止于'景观'——一种想象性的、常基于视像的、对一个中国'新世界'的呼唤,而非强有力的知识分子话语或政治体系。换言之,这种景观想象是先于民族构建和制度化而行的。"[24]

一边是深陷窠臼的古典小说人物,另一边是止步于"景观"的物质文明,"孙悟空游上海"反倒没有我们想象中的那样"滑稽"了。"让人物脱离他们原先的环境,来到作者所处的社会现实之中"[25],这种叙事模式的重点并非时空旅行,却依然是"写实"。冷血(陈景韩)在提及创作动机时,一再强调《新西游记》之"实":"《新西游记》借《西游记》中人名、事物以反演之,故曰《新西游记》。《新西游记》虽借《西游记》中人名事物以反演,然《西游记》皆虚构,而《新西游记》皆实事。以实事解释虚构,作者实略寓祛人迷信之意。《西游记》皆唐以前事物,而《新西游记》皆现在事物,以现在事物假唐时人思想推测之,可见世界变迁之理。"[26]在王德威看来,"以现在事物假唐时人思想推测之",其实是一种"中国牌的丑怪(grotesque)现(写)实主义",其根源仍是晚清谴责小说的影响:"这种叙事模式通过戏弄、反转、扭曲其主题来表述故事。所有晚清谴责小说家皆意在针砭瞬息万变的现实,但在选择特定叙事模式之际,他们不约而同地采用了吊诡的表述模式;他们似乎都认为只有借助夸张、贬损与变形,才能最有力地表达现实";"在这丑怪叙事的核心,是一种价值论(axiological)的放纵狂欢(carnival)。它对价值观(value)进行激烈瓦解,并以'闹剧'作为文学表达形式","更大胆地暴露了价值系统的危机"。[27]

"滑稽西游"因何而"丑"?所谓价值观的狂欢,正在于"旧"与"新"的碰撞,在于"孙悟空"与"上海"的狭路相逢。更重要的是,二者的并置未能产生化学效应,而呈现出"旧"与"新"的僵持,这不正是现代中国发生期的深刻写照?站在

第一章 闯入现代:孙悟空与滑稽小说

解构主义的立场之上,任何"传统"都是"现代"的发明,因而那种新旧对峙的不和谐感其实是一种现代性建构,只有如此,"新西游记"才真正"滑稽"。正如法国哲学家柏格森所揭示的,"滑稽"的关键是一种机械性:"凡是在物质能够像这样子从外部麻痹心灵的生命,冻结心灵的活动,妨碍心灵的典雅的地方,它就使人的身体产生一个滑稽的效果。因此,如果有人要通过把滑稽和它的对立物相比而为滑稽下一个定义的话,那么与其把滑稽和美对立,不如把它和雅对立。滑稽与其说是丑,不如说是僵。"[28]而从《西游记》到"新西游记"系列,"把这种机械性暗示出来,是把严肃的文学作品篡改成为滑稽作品的所谓仿拟的常用手法之一"。[29]

三、闯入者:一个视觉现代性的寓言

接下来,我们试图从时空旅行的角度出发,讨论"孙悟空游上海"的文化寓言性。对于上海这座现代都市来说,孙悟空无疑是一个来自前现代的"闯入者",他不合时宜,甚至自惭形秽。在冷血(陈景韩)的《新西游记》的第四回中,作者描绘了一个极具寓言性的视觉场景,即"孙悟空看猴戏",引人深思的是,他在其中如何"看见"自己:

那空地上早围着一堆人,人堆里听着锣响鼓响。行者因对八戒道:"我们也去看看,不知是个什么东西?"八戒点头。于是两人走近那人堆里来。向着里边一看,八戒哈哈大笑道:"我方才说像你做戏,现在真是你们猴儿做戏了。"行者便要走,八戒偏拖着他看道:"看看何妨,这是你们的同种。"……又道:"你看那坐在羊上的小猴,执着鞭子,携着缰绳,戎服军装,好不威武。"又道:"你看那拿着笏的老猴,点着头儿,摆着脑儿,好不斯文。"又道:"你看那小猴子拔着刀拖着箭,预备打仗了。你看那老猴子,执着笔磨着墨,预备写字了。"

八戒一边说,一边又对行者看。行者只顾低着头,红着颜,又羞又怒。忽然八戒又道:"不好了,不好了!那两个猴儿兽性发了,那戏也做不成了。"只见那老猴子和小猴子不知为着什事,互相争斗起来。老猴子的帽儿也丢了,笛儿也折了。小猴子的羊也逃了,刀箭也落了。那卖戏的人一时不及措手,连忙丢下了锣鼓,拿了鞭子,对着两个猴子打。两个猴子却依旧不肯放手。[30]

这里的"老猴子"和"小猴子"显然有所指涉:年老的猴子摇首摆尾,舞文弄墨,应是指维新派;年轻的猴子戎服军装,时刻戒备,应是指革命派。考虑到作者冷血(陈景韩)的

第一章 闯入现代：孙悟空与滑稽小说

民国报人身份，及其早年参加民间革命会党的经历，他自然是更倾向于革命派的。但是，维新派的阻力使得那些变革社会的激进热情最终消耗于"内斗"，这是晚清时局最令人失望的地方。因此，孙悟空所遭遇之"猴戏"，正上演着晚清时代的"中国故事"，而猪八戒称其为孙悟空的"同种"，则是试图在民族共同体的维度上询唤其文化认同。有趣的是，与猪八戒喋喋不休的看戏状态相反，孙悟空却低头红脸，不忍直视，哀其不幸，怒其不争。从视觉结构的角度分析，孙悟空"又羞又怒"的根本原因正在于一种"被看"的"看"，他对"同种"的观看行为被他者（猪八戒）看见了。在某些时刻,孙悟空甚至成为"自己的看客"。

这种复杂的视觉经验使人联想起鲁迅著名的"幻灯片事件"。对于"幻灯片事件"所呈现的主体位置与观视方式，张慧瑜有着深刻的解读："一种'被看'的'看'的状态呈现了被西方规训之下的主体分裂。而'看'的结果是，鲁迅学会了一种国民性批判的话语，'被看'的结果是，鲁迅意识到作为国民的'我'的存在。"[31]其实，鲁迅的困境也是现代中国知识分子共同面临的困境,在"看"与"被看"的不断颠倒的过程中，主体被揭示为一种西方现代性的建构，一种关乎视觉现代性的观看位置，这也是福柯在解读委拉斯凯兹的画作《宫娥》时所要真正阐明的。"在表面上，这是一个简单场所，一个纯粹相互观看的问题:我们在看一幅画,反过来,画家又在看着我们。一种纯粹的对视,目光相遇,而当相遇的时候,直视的目光相互紧逼。然而,这条纤细的相互对视的线包含着整个复杂的不确定性、交换和假象的网络。只有当我们碰巧站在他的主体的相同位置时,画家才把目光转向我们。我们这些观者是一个附加的因素。尽管与那目光相遇,我们还是被它打发掉了,被始终在我们面前的东西即模特儿本身取代了。但是,画家的目光反倒指向了他所面对的画面以外的空地,那里有多少观者就可能有多少模特;在这个恰当但却中立的地方,观察者和被观察者参与了一场无休止的交换。任何目光都不是长久的,或者说,在以正确的角度穿透画布的中立的视线上,主体与客体、观者与模特儿,在尽情地颠倒着角色。"[32]带着视觉现代性的美学视野,我们有必要再度回到"新西游记"的系列文本。在包天笑发表于1922年的小说《新西游记》(1922—1923在《游戏世界》连载)中,孙悟空和猪八戒误打误撞地闯进了上海美术馆,并险些将裸体画女郎当作盘丝洞里的妖精:

行者道:盘丝洞妖精在那里?八戒道:不是盘丝洞,怎么那边有个精赤条条的女子?行者睁开火睛,向那边一瞧,只见真个是:酥胸白如银,素体皓如雪,肘膊赛凝脂,香肩疑粉捏。一连排列着几个裸体美人,却只是

第一章 闯入现代:孙悟空与滑稽小说

不动。行者疑讶,抬头观瞧,只见上面有一块横匾,上写"美术馆"三字,再走进里面,那画上也一个个都是裸体女子。行者骂道:蠢才蠢才!这里是美术馆,没的当做是盘丝洞,险些儿抡棒就打,变成石泥,岂不打破了美术的偶像?八戒道:哥啊,不是别的,老猪是怕他那白腻腻软绵绵这个网儿,被他网着了,便脱身不得,教人跌得头肿额破,还脱不出。行者道:八戒,这有形的网还不打紧,那无形的网,你要防备着!这地方正多着呢,别自己钻进去。[33]

从写作手法上看,这一段落是对《西游记》的仿作,甚至孙悟空观看裸体时的四句诗,也与《西游记》第七十二回几无出入。但是,与面对"美术的偶像"时那种敬畏姿态不同,孙悟空在原著中可是俏皮得多:

> 那些女子见水又清又热,便要洗浴,即一齐脱了衣服,搭在衣架上。一齐下去,被行者看见:
> 褪放纽扣儿,解开罗带结。
> 酥胸白似银,玉体浑如雪。
> 肘膊赛冰铺,香肩斯粉贴。
> 肚皮软又绵,脊背光还洁。

膝腕半围团,金莲三寸窄。

中间一段情,露出风流穴。

那女子都跳下水去,一个个跃浪翻波,负水顽耍。行者道:"我若打他啊,只消把这棍子往池中一搅,就叫做'滚汤泼老鼠,一窝儿都是死'。可怜!可怜!打便打死他,只是低了老孙的名头。常言道:'男不与女斗。'我这般一个汉子,打杀这几个丫头,着实不济。不要打他,只送他一个绝后计,教他动不得身,出不得水多少是好?"[34]

在女性裸体面前,孙悟空意识到了自己的"性别"——"男不与女斗"。于是,他变作一只饿鹰,把蜘蛛精的衣服都叼走了。如此机智戏谑,似与包天笑笔下的"落荒而逃"截然不同。明明是相近的场景与雷同的叙述,为什么孙悟空却像换了个人似的?在穿越时空并闯入现代中国之后,他为什么竟变得如此诚惶诚恐?这至少可以从两方面得到解答:其一,孙悟空失去了"观看"的自信心,正如鲁迅"幻灯片事件"所昭示的,"天朝上国"的主体位置被"看"与"被看"的不断交换所取消。在那错综交织的视线之网中,孙悟空无法占据一个有效的观看位置。其二,《西游记》里的女妖是"裸体",而《新西游记》里的女模特则是"裸像",二者有着根本差别。在此,前现代中国的"偷窥"被转化为西方现代性的"展示"。英国视觉理论

第一章 闯入现代:孙悟空与滑稽小说

家伯格在《观看之道》一书中,重点区分了"裸体"与"裸像":"成为裸像就是让别人观看裸露的身体,却是不由自主的。裸露的身体要成为裸像,必先被当作一件观看的对象。(拿它当对象观看,会刺激将它当对象使用。)裸体是自我的呈现,裸像则成为公开的展品。"[35]因此,裸像是把裸体嵌入视觉现代性权力结构的一个过程,通过"观看",我们得以确认自身在周围世界中的位置。"裸像绝非裸体。裸像也是衣着的一种形式。在一般的欧洲裸像油画中,主角从不出现,他是作品前的观赏者,而且被假定为男子。画面的一切都是因应他在场而出现。为了他,画中人才摆出裸像的姿态。而他,理所当然是一位陌生人——一位仍穿衣服的陌生人。"[36]然而,作为一个闯入者,孙悟空却始终无法占据观赏者的位置,他坐立不安,落荒而逃,甚至感受到了一种来自"无形的网"的焦虑。我们不禁要问,这张令人望而生畏的"无形的网"究竟指什么呢?

从"裸像"的场景出发,"无形的网"必然指向一种视觉经验,而那"网"的深处,或许正是"看"与"被看"的不断交换,是西方现代油画艺术所内在结构的视线交织。那么,究竟是什么织成了这张"视线之网"?是西方现代绘画艺术的"中心透视法"。文艺复兴以来,正是"中心透视法"的发明,带来了"人"的发现。有别于中世纪的绘画空间,"中心透视法"将人、自然、世界作为客体,使其被真正看见,同时将观看主体的视觉焦点内在地组织于这幅画中，于是人/眼睛占据了视觉中心的位置，这才有了现代绘画意义上的"观者"。究其本质，这种中心透视的"观看"实则表征着现代认识论的转型，因为它明确地建构了主体/客体的现代认知结构。正如海德格尔所揭示的，所谓"现代"就是"世界图像的时代"："从本质上看来，世界图像并非意指一幅关于世界的图像，而是指世界被把握为图像了"，"存在者的存在是在存在者之被表象状态（Vorgestelltheit）中被寻求和发现的"；"借此，人就把自身设置为一个场景（die Szene），在其中，存在者从此必然摆出自身（sich vor-stellen），必然呈现自身（sich präsentieren），亦即必然成为图像。人于是就成为对象意义上的存在者的表象者（der Repräsentant）"；从"人的场景化"出发，海德格尔最终得出结论："世界之成为图像，与人在存在者范围内成为主体是同一个过程"。[37]

接下来，我们有必要回到历史发生现场，回到20世纪初的中国，去探讨"人的场景化"是如何发生的。从现代认识论的角度看，人体美术正是其重要表征之一，包天笑在《新西游记》中的游戏之笔，是确有指涉的，那就是刘海粟。随着美术界"西学东渐"的深入，刘海粟率先扛起了中国人体美术的大旗，他在上海美专掀起的"裸体画风波"成为20世纪初中国最重要的文化事件之一，这一事件直接构成了包天笑创作《新西游记》的历史语境。据刘海粟在《人体模特儿》一文中回忆："越

第一章 闯入现代:孙悟空与滑稽小说

年夏季(即1917年),上海美专举行成绩展览会,有数室皆陈列人体实习成绩,群众见之,莫不惊诧疑异",前来参观的上海城东女校校长杨白民更是"惊骇不能自持,大斥曰:'刘海粟真艺术叛徒也,亦教育界之蟊贼也,公然陈列裸画,大伤风化,必有以惩之。'"[38]此后,刘海粟虽多次著文抨击封建礼教,其好友汪亚尘也反复讨论"裸体美术"进行声援,但无奈事端越闹越大,军阀孙传芳甚至向刘海粟发布了通缉令。最终,这场"裸体画风波"还是以官司收场。有趣的是,刘海粟虽被象征性地罚款五十元,但人体模特却得以在课堂上照常使用。从文化博弈的角度上说,西方现代性取得了真正的胜利,这一事件促使中国视觉语言从传统向现代转型,具有启发民智的视觉现代性启蒙意味。[39]与刘海粟相比,包天笑对于现代艺术的立场恐怕没那么激进。从"孙悟空误闯美术馆"的场景设置上看,这种旧人物/新空间的并置策略,表达出对西方现代性的某种警觉,"无形的网"正表征着前现代中国对西方现代认识论的神秘想象,混杂着诱惑与恐惧,令人焦躁不安。在西方中心透视主义的规训之下,孙悟空的任何"观看"行为都无法逃离西方的内在视点,因而,他所象征的中国文化主体性也就必然是分裂的。

作为一种现代性的视觉经验,"被看"之"看"是与孙悟空之"闯入者"身份密不可分的。那么,如何在"现代中国"的意义上理解这个前现代的"闯入者"呢？法国当代哲学家让－吕克·南希在《解构的共通体》一书中，将"闯入者"提炼为一种哲学境遇："我似乎看到一个闯入的普遍法则：根本没有唯一者（une seule）。一旦闯入发生，它便多样化自身，通过不断地更新内在差异来认同自己。"[40]换言之，"闯入者"是一个内在的他者，他打破了一元主体论的神话，他之所以存在，正因为主体本身就是多元的、可分裂的。"闯入者不是别的，它就是我—自己（moi-même），就是人类自己；是那个不停止变异（altérer）的自己的同一体（même），它同时既是锋利的，也是钝蚀的，既是一丝不挂，又是全副武装的，它闯入世界之中，也闯入我—自己之中：它迸发出令人不安的陌生，促生着（conatus）无止境的肿瘤。"[41]对于"现代中国"而言，孙悟空成为无法被现代性意识形态所化约的剩余物。从拉康的理论出发，这个来自前现代的英雄人物，根本无法融入现代社会的象征秩序之中，他不过是认知"大他者"的一种途径。进一步说，孙悟空不再是洞穿万物的"火眼金睛"，而仅仅是被现代性规训的"观看者"，洞察力的丧失成为英雄降落的象喻：在光怪陆离的西方现代性面前，曾经神通广大的中华帝国也只能默默服膺。

第一章　闯入现代：孙悟空与滑稽小说

四、重建英雄主义：沦陷危机下的孙悟空想象

自包天笑以降，"滑稽西游"在近二十年间无以为继，这一现象是值得深思的。如果将20世纪前半叶视作中国的第一次现代化进程，那么，20世纪30年代无疑是都市现代性的"黄金时代"。这一特征反映在文学场域，即是"京派"与"海派"的崛起。事实上，在经历了新旧交替的阵痛期以后，随着清王朝的终结，现代社会秩序开始逐步建立，"滑稽小说"也从初期的社会时评，深化至更为具体的社会结构单位——"现代家庭"变成了故事展开的主要空间。在"五四"的写实主义影响之下，小说写作必须直面社会现实，即便是仅供消遣娱乐，也应从现代生活出发，于是"旧人物"的放逐成了一种必然。从1937年开始，抗日战争的爆发突然切断了中国的现代化进程，现代性的启蒙诉求让位于民族救亡的宣吁。作为真正他者的日本帝国主义，从外部激化了中华民族的主体创生。在强烈的民族主义诉求之下，孙悟空重新被召回至通俗文学舞台，而且是以英雄主义的面目，代表作品是张恨水的《八十一梦》和耿小的的《云山雾沼》。当然，与晚清时期的"新西游记"系列相比，40年代的两部"滑稽西游"呈现出了新风貌：一方面，由于整个中国都笼罩在沦陷的危机之下，创作者的核心焦虑是"民族"而非"社会"，因此故事发生的空间终于离开了上海，离

开了都市现代性的种种景观,而呈现为世界地图上的历险;另一方面,"滑稽"成为逃逸审查机制的政治修辞,颇有些"障眼法"的意味,作为一种去政治化的包装形式,"滑稽"保障故事内蕴的民族动员功能得以更加"合法"地传播。

从1939年起,张恨水开始在重庆大后方的《新民报》上连载《八十一梦》,这部小说既保持了作者既有的针砭时弊态度,也行使着民族主义的抗战动员功能。其中,《我是孙悟空》一篇尤其典型。在故事中,"我"梦见自己变成了孙悟空,要去无维山无情洞消灭食人鲜血的金、银、铜面三妖;孙悟空好不容易击退了这些"钱怪",却遭遇了法力高强的通天大仙;通天大仙法力高强,孙悟空与之交战也占不得上风,决战之际,他却被天上诸神轮番劝阻;大梦方醒,降妖记也只得不了了之。从叙事策略上看,这是"滑稽西游"首次复归至《西游记》的降妖除魔模式,同时也将孙悟空还原至先天正义的英雄高度,而他所欲斩除的妖魔面目也是十分昭然的。在《我是孙悟空》的开头,张恨水便将矛头直指日本帝国主义:"常是听到无常识的人说,我们有了孙猴子的法术就好了,他拔一根毫毛,就可以变成一架飞机。拔一根毫毛,也可以变成一尊大炮。有了十万八千根毫毛,一半变飞机,一半变大炮,将日本鬼子,打得粉碎。我听了这些话,先觉得颇是无识得可笑,继而想着是无识得可怜,最后我便想到是无识得可哀。而且还有人

第一章 闯入现代：孙悟空与滑稽小说

驳以先那个人说，既有孙悟空那种千变万化的本领，何必变什么飞机大炮，把那金箍棒向东洋一搅，把那小小岛国，用地震法给它震碎，岂不更简单明了？我想，人之知识程度不齐，在20世纪，还有把《西游记》的神话，当了解决国际战争的妙策的，这决不是个笑话，实在是个问题，也许，那还是社会上一个严重问题呢。"[42] 从"可笑""可怜"再到"可哀"，张恨水所寄寓的情感是深沉而复杂的。民众乞求孙悟空变成飞机大炮来抗击日本侵略者，如此反科学的"梦"实在"无识得可笑"；然而，铁蹄下的国民却也只能通过神话式臆想来完成民族心理补偿，何其幼稚！何其无奈！这才是"无识得可怜"，"无识得可哀"。结合小说中孙悟空负隅顽抗的惨烈情景，他虽遭遇多方阻挠，却在暗无天日的妖魔环境中坚持战斗，撑起正义之旗。这种反侵略的民族主义立场，成为孙悟空之英雄主义回归的第一个面向。

相比之下，耿小的的游戏小说《云山雾沼》则没有那么严肃，这部小说或可看作晚清"新西游记"系列的延续，因为它真正沿袭了旧人物/新空间的并置策略。不过,这"新空间"不再是上海，而是整个"世界"；这张世界地图不仅包含美国与非洲，更纳入了宇宙中的火星，融入了一些科幻小说成分，因而展现出更为广博的人类视野。若从民族主义的角度探讨，《云山雾沼》的精神面貌更趋复杂；其中作者既寄托了对于中国崛起的强烈希冀,却也表达出化解国际战争的人类之思。小说中一个极为有趣的场景,是作者对于奥林匹克运动会的想象。在某种程度上,奥运会是现代社会最具合法性的国家主义表演,体育比赛最容易询唤出观众的爱国主义认同。《云山雾沼》第一回讲到孙悟空、猪八戒和沙僧再降于世,化身学校里的学生,化名孙适之、朱九如和沙悔菴。由于三人在体育运动中表现出的卓越天赋,他们被选拔为中国国家队的田径选手:其中孙悟空参加跳跃项目,猪八戒参加投掷项目,沙僧则角逐百米飞人。作为能力出众的"运动家",孙悟空等人被想象为国家主义的体育英雄,这是其英雄主义回归的第二个面向:

> 话说行者摆了跳竿,大家都要惊心触目的望着。行者站在这边,走了几步,好行者,只一纵身,便跃了过去,大家都为之鼓掌欢呼。指导员都惊得呆了,八戒哈哈大笑,他道:"俺师哥还没折筋斗呢。"指导员道:"成了成了,这非得在世界运动会里得第一不可。"这个消息叫新闻记者知道:立刻打了电报到各国,果然世界的运动家会都得了消息,知道中国现在出了三个运动家,不但打破了所有世界第一的纪录,并且还要成为永远保持者。世界的运动家,没有不惊慌失色的,全陆续到中国来,看行者他们三

第一章 闯入现代:孙悟空与滑稽小说

个人的表演。奥林比亚大会教员,也想借着这个机会,在中国开一个小规模的运动大会,大家观摩一番。大家来到中国,立刻旅馆都住满了人。世界各国闻听这个消息,也全要来看,花了多少旅费,看惊人的表演。世界上最有名的马戏班,全来和他们接洽,好莱坞最大的影片公司,也齐来跟他们订合同。[43]

对照史实来看,中国代表团虽然参加了 1932 年和 1936 年两届奥运会,但是均未取得佳绩,用"铩羽而归"来形容恐怕也不过分。但是在这部《云山雾沼》中,作者却偏要在孙悟空等人创造佳绩、打破世界纪录之后,再补充一个接受世界各国观摩采访的场景,通过还原中华帝国时代的"朝拜觐见",来获取沦陷危机下的民族心理补偿。如此说来,20 世纪 40 年代文化语境中的"滑稽"更近于一种天马行空的幻想,那是对"现实"与"现实主义"的双重逃逸,因而通向更为自由的创作状态。于是,我们在"滑稽西游"的文本序列中,第一次看到了科幻小说的元素,即"寻沙僧行者入火星"。与晚清时期《新石头记》一类的作品不同,《云山雾沼》里的宇宙想象基本脱离了神怪小说的书写范式。当孙行者闯入火星之后,令他啧啧称奇的不再是"物质现代性",而是火星人的宇宙观:

行者就在空中折筋斗,虽然找不着实地有些着急,但是他到现在才知道宇宙之伟观。他觉得地球上的人类过于无聊,多么渺小呀!他想这回回到地球上,非得劝他们一下不可,把自己所见的报告他们一番,告诉他们火星上的伟观,把地球也整理起来,息了斗争。自己究属是地球上的人,不能被别的星球压下去。后来又一想,自己若在火星住长了,不也就算是火星人了吗?况且宇宙间这么多的星球,自己算那个星球的人都可,不必一定住在地球上。这样想起来,他觉得人类的斗争,起因多是因为有"你""我"之分,因为有"我",这才有的斗争。火星上的人类,把"我"字打消了,所以才能和平无争,如果把这个意思推广到宇宙,各星球上的人,能够互相往来,这是多么写意的事呢。[44]

在第二次世界大战的历史氛围之中,这位孙行者竟通过一次火星之旅,意识到自我/他者这一现代性哲学话语结构的有限性,这种极具超越性的人类视野恐怕不是"通俗小说"范畴所能预见的。对比晚清时期的《也是西游记》,作者虽然也想象出可以使全世界有信仰者团结起来的"联合机",但是,这法宝毕竟来自观音菩萨的赐予,彼时的孙行者依然是亟待启蒙的庸众;可是在40年代的《云山雾沼》之中,孙行者真正成为启蒙者，他获取了一种更具反思性的世界观——国际主义。这是孙悟空之英雄主义回归的第三个面向。

综上所述，民族主义、国家主义与国际主义成为40年代孙悟空英雄形象的三副面孔。在沦陷的危机之下，"滑稽小说"作家通过重建孙悟空的英雄主义形象，试图询唤出现代意义上的"想象的共同体"。在民族—国家的维度上，日本侵华战争固然打断了社会现代化进程，却也激发了"现代中国"的主体认同。因此，张恨水笔下的"我是孙悟空"也就成为一则文化寓言："我"与"孙悟空"融为一体，意味着孙悟空获得了真正的现代心理空间，他成为会思考的"人"，也成为"现代中国"的象征。而这一场英雄之"梦"，或许正是"中国梦"的雏形。

五、孙悟空留学："滑稽西游"的历史还魂

从晚清到20世纪40年代，"新西游记"中的孙悟空形象发生了本质上的变化：他从一个被西方现代性所规训的"观看者"，蜕变为反抗帝国主义的民族英雄。从"欲望之眼"到"正义之心"，这也是"中国"在现代认识论结构中寻找自身位置的过程，只有找到了那个主体位置，中国才能询唤出现代民族—国家意义上的文化认同。如果把20世纪前半叶看作一个整体，

那么正是这个现代化进程催生了"滑稽小说"。因此,"滑稽小说"的现代性,与孙悟空形象的文学再现,本质上是同构的问题;或者说,一体两面。孙悟空形象的激进化与政治化,恰恰折射出"滑稽小说"本身内蕴的社会政治动能,这也就是其现代性所在。从晚清时期新旧对撞的解构,到40年代反抗帝国主义霸权的戏谑,抑或飞向太空的奇思异想,"滑稽"总能为我们提供不同于社会主调的"另一种声音",它以嬉笑怒骂的姿态提供了反思现代性的别样视角,生成着多元的文化价值取向。因此,我们可以说,"滑稽西游"及其孙悟空形象,正是认知"现代中国"的一把钥匙。

1949年,随着中华人民共和国的成立,社会主义建设成为文艺创作的主要任务。在"延安文艺"的主调中,那些来自现代都市文化的通俗文学被彻底弃绝,相关创作者也投身于自我的社会主义改造。在50—70年代的历史进程中,"滑稽小说"几乎消失了,孙悟空形象被赋予了更多政治意涵,再现之场域也转移至戏曲舞台。有趣的是,随着"文化大革命"的结束,中国社会万象更新。在80年代"走向世界"的民族渴望之下,"滑稽西游"魂兮归来,这就是科幻作家童恩正于1984年写作的《西游新记》。

从写作范式上看,《西游新记》完全沿袭了"滑稽西游"的叙事成规:回目制、时空穿越、旧人物与新环境的并置、荒

第一章　闯入现代：孙悟空与滑稽小说

图2　童恩正《西游新记》中
"留学生"造型的孙悟空[45]

诞不经的游戏笔调等。但是，故事的主要空间却发生了转移，"西游"之"西"被明确表述为"西方"，表述为资本主义的花花世界。小说讲述了孙悟空、猪八戒、沙僧三人化身中国留学生（如图2），虚构出他们在美国的种种际遇。其中，孙悟空进入麻省理工学院读物理专业，完成了种种英雄主义壮举，诸如双手托飞机，勇闯好莱坞，侦破黑手党大案，做原子实验，登陆太空，获得诺贝尔和平奖，最后还被推选为美国总统候选人。然而，孙悟空却毅然拒绝了美国人民的热情邀请，重回祖国建设现代化。

这种饱含民族主义激情的浪漫幻想,让人联想起《第二次握手》(张扬,1979)里的丁洁琼。对此,李杨将其解释为"20世纪中国人特有的极度的民族自卑感导致的同样强烈的民族自豪感":"只有这样的场景,才能以不可遏止的亢奋缓解我们的共同焦虑。这是一种建立在所有'自我憎恶'(self-hate)之上的'自我赞许'(self-approbation)——或者简单地说,'自我厌憎'的孪生兄弟就是'自我赞许'。在这一个世纪的中国人的潜意识深处,都有着一种共同的愿望,那就是要为了这一个世纪中受到的所有事实上的和自己想象出的轻贱进行报复。从以'国术'痛击外国人的李小龙的电影,直到没有任何信仰系统的对西方人实行义和团式报复的《北京人在纽约》,这类作品总能获得中国观众与读者的由衷喝彩。"[46]

至此,孙悟空、"新西游记"与"滑稽小说"三位一体,他们汇成了一条通往现代中国的幽径。在这条路上,我们遭遇都市的物质奇观,遭遇闯入者的视觉现代性寓言,遭遇民族主义的英雄幻想,并在主体论的意义上,将"孙悟空与现代中国"这一命题继续推进。

第一章 闯入现代:孙悟空与滑稽小说

〔1〕[美]王德威:《被压抑的现代性——晚清小说新论》,宋伟杰译,北京:北京大学出版社,2005,第1页。

〔2〕[美]周蕾:《妇女与中国现代性——西方与东方之间的阅读政治》,蔡青松译,上海:上海三联书店,2008,第1页。

〔3〕《也是西游记》最初在《华商联合报》上连载之时,编者称其为"海内外社会小说"。前八回为奚冕周所著,从第九回起,陆士谔开始用游戏之笔法续写此小说,从风格也应划入"滑稽小说"。对此,陆士谔写道:"《也是西游记》八回,奚冕周先生遗著也。笔飞墨舞,飘飘欲仙,如谓弩下,奚敢续貂?第主文谲谏,旨在醒迷,涉笔诙谐,岂徒骂世?彼既有意激扬,吾又何妨游戏?魂而有灵,其亦恕吾孟浪,默为呵护者欤?"参见陆士谔:《也是西游记》,《华商联合报》,1909年第17期。

〔4〕大陆:《新封神传》,《月月小说》,1906年第一卷第一期。

〔5〕汤哲声:《中国现代滑稽文学史略》,台北:文津出版社,1992,第73页。

〔6〕《八十一梦》中第七十二梦为"我是孙悟空",符合"滑稽西游"的叙事模式,故列入其中。

〔7〕汤哲声:《中国现代滑稽文学史略》,台北:文津出版社,1992,第1—4页。

〔8〕[日]鹤见祐辅:《思想·山水·人物》,鲁迅译,北京:十月文艺出版社,2005,第161页。

〔9〕阿英:《晚清小说史》,北京:东方出版社,1996,第206—207页。

〔10〕欧阳健:《晚清小说史》,杭州:浙江古籍出版社,1997,第142—143页。

〔11〕[美]王德威:《被压抑的现代性——晚清小说新论》,宋伟杰译,北京:北京大学出版社,2005,第218页。

〔12〕吴趼人:《〈月月小说〉序》,《月月小说》,1906年第一卷第一期。

〔13〕煮梦:《绘图新西游记·自叙》,上海:改良小说社,1909。

〔14〕饮冰(梁启超):《论小说与群治之关系》,《新小说》,1902年第一号。

〔15〕任公(梁启超):《译印政治小说序》,《清议报》,1898年第一册。

〔16〕邱炜菱:《小说与民智关系》,《挥尘拾遗》,1901。

〔17〕棠:《中国小说家向多托言鬼神最阻人群慧力之进步》,《中外小说林》,1907年第9期。

〔18〕冷血:《新西游记》,上海:有正书局,1909。

〔19〕吴冕周:《也是西游记》,《华商联合报》,1909年第10期。

〔20〕欧阳健:《晚清小说史》,杭州:浙江古籍出版社,1997,第148页。

〔21〕[德]本雅明:《发达资本主义时代的抒情诗人》,张旭东、魏文生译,北京:生活·读书·新知三联书店,1989,第133页。

〔22〕[美]罗兹·墨菲:《上海——现代中国的钥匙》,上海社会科学院历史研究所编译,上海:上海人民出版社,1986,第4—5页。

〔23〕唐振常:《市民意识与上海社会》,《上海社会科学院学术季刊》,1993年第1期。

〔24〕[美]李欧梵:《上海摩登——一种新都市文化在中国(1930—1945)》,毛尖译,北京:北京大学出版社,2001,第56页。

〔25〕欧阳健:《晚清"翻新"小说综论》,《社会科学研究》,1997年第5期。

〔26〕冷血:《新西游记·弁言》,《时报》,1909年3月8日。

第一章 闯入现代:孙悟空与滑稽小说

〔27〕[美]王德威:《被压抑的现代性——晚清小说新论》,宋伟杰译,北京:北京大学出版社,2005,第216页。

〔28〕[法]柏格森:《笑》,徐继曾译,北京:北京十月文艺出版社,2005,第19页。

〔29〕同上书,第22页。

〔30〕冷血:《新西游记》,上海:有正书局,1909。

〔31〕张慧瑜:《视觉现代性——20世纪中国的主体呈现》,北京:人民出版社,2012,第298页。

〔32〕[法]米歇尔·福柯:《宫娥图》,陈永国编:《视觉文化研究读本》,陈永国译,北京:北京大学出版社,2009,第236页。

〔33〕天笑(包天笑):《新西游记》,《游戏世界》,1922年第9期。

〔34〕[明]吴承恩:《西游记》,北京:人民文学出版社,1980,第874页。

〔35〕[英]约翰·伯格:《观看之道》,戴行钺译,桂林:广西师范大学出版社,2005,第55页。

〔36〕同上。

〔37〕[德]马丁·海德格尔:《世界图像的时代》,《海德格尔选集》,孙周兴译,上海:上海三联书店,1996,第899—902页。

〔38〕刘海粟:《人体模特儿》,《刘海粟艺术随笔》,上海:上海文艺出版社,2001,第30—31页。

〔39〕王丽婷:《裸体画风波与视觉现代性》,《艺苑》,2012年第5期。

〔40〕[法]让-吕克·南希:《闯入者》,《解构的共通体》,夏可君编校,郭建玲、张建华等译,上海:上海人民出版社,2007,第337页。

〔41〕同上书,第341页。

〔42〕张恨水:《八十一梦》,南京:新民报社,1946。

〔43〕小的(耿小的):《云山雾沼》,《立言画刊》,1941年第154期。

〔44〕小的(耿小的):《云山雾沼》,《立言画刊》,1942年第190期。

〔45〕童恩正:《西游新记》,天津:新蕾出版社,1985,第134页。

〔46〕李杨:《〈第二次握手〉——"地下文学"的三种叙事方式:言情小说、政治叙事与民族寓言》,《50—70年代文学经典再解读》,济南:山东教育出版社,2006,第349页。

第二章　金猴奋起千钧棒：新中国猴戏改造论

> 排雄阵，砺枪刀，
>
> 败瘟神，驱强暴。
>
> 管叫他胆战魂消，
>
> 玉帝折腰！
>
> ——1956年京剧《大闹天宫》

> 此事只宜智取，
>
> 不可力敌。
>
> ——1961年绍剧《孙悟空三打白骨精》

"猴戏"又称悟空戏，是中国戏曲史上为数不多的由角色命名的剧种。猴戏拔群而出，不只因孙悟空的文学形象深入人心，更缘于其独特的舞台艺术程式。在中国现代思想史、文化史的视阈之内，重新考察孙悟空形象嬗变，猴戏是不可跳过的。可以说，20世纪50—70年代的猴戏改造真正实现了孙悟空形象的现代转型，而其戏曲形式风格更是直接影响了孙悟空在新时期大众文化场域内的再现。作为新中国"感觉结构"的组成部分,猴戏形构了孙悟空形象的接受方式,戏曲化的孙悟空也就成为不断复制再生产的形象模板。

考察新中国的猴戏改造,必从内容与形式两个层面展开,前者关注戏曲剧本的改写,后者关注表演风格的流变。我们试图提出以下几个问题:50—70年代的"戏曲改革"如何实现了猴戏的现代转型?从京剧《大闹天宫》到绍剧《孙悟空三打白骨精》,猴戏改造的叙事焦点与问题意识如何嬗变?在形式沿革的背后,是怎样的意识形态更替?而猴戏在"文革"中被改写为连环画的历史命运,又如何在文化政治策略的意义上得以理解?

一、推陈出新:猴戏的现代转型

猴戏现代转型的直接历史语境是"戏曲改革"。谈及20世纪50—70年代的新中国戏曲改革运动,首先是毛泽东"推陈出新"的四字方针。事实上,此四字方针的产生过程是需要被历史化的:早在1942年10月延安平剧[1]研究院成立时,毛泽东就题词"推陈出新";1949年7月,中华全国戏曲改进会筹委会[2]成立,毛泽东再次题词"推陈出新";中华人民共和国成立后,中国戏曲研究院于1951年4月成立,毛泽东又一次题词"百花齐放、推陈出新"。至此,"推陈出新"成为新中国戏曲改革运动的指导方针。

何谓"推陈出新"?1949年10月,马少波在《戏曲报》上发表《正确执行"推陈出新"的方针》,将其解读为两个要点:"消灭封建的文化毒素和接受优秀的民族艺术遗产"。"二者乃是一个任务的两面,万万不能片面地孤立起来。消灭封建文化,是指消灭封建文化在群众思想中有害的影响的部分,不允许连同艺术上以至思想上的某些优秀成分'玉石俱焚';接受民族艺术遗产,是指继承与发展民族艺术中的优秀成分,并非把思想上以至艺术上对人民有害的、落后的东西,无批判的原封保留下来(古代戏剧文物保藏例外)。"[3]显然,文化领导层对于旧戏曲的扬弃态度是清晰的共识,但"推陈出新"之"新"在何处?方向仍有些模糊,这也成为后来争论的焦点。1950年12月1日,田汉在全国戏曲工作会上做了题为《为爱国主义的人民新戏曲而奋斗》的报告,提出"从新民主主义的民族的、科学的、人民大众的立场评价旧戏曲","对于能发扬新爱国主义精神,与革命的英雄主义,有助于反抗侵略、保卫和平、提倡人类正义、反抗压迫、争取民主自由的戏曲应予以特别表扬、推广"。[4]这一评判标准在政务院发布于1951年的"五五指示"中被落实为"人民戏曲",即"以民主精神与爱国精神教育广大人民的重要武器"[5]。如此,"人民性"才成为"推陈出新"

的破题关键词。

那么，如何在旧戏曲中挖掘出人民性呢？具体到猴戏这一特殊剧种，是要区分"神话戏"与"迷信戏"。"神话往往是敢于反抗神的权威的，如孙悟空的反抗玉皇大帝，牛郎织女的反抗王母；迷信则是宣传人对于神的无力，必须做神的奴隶和牺牲品。因此，神话往往是鼓励人努力摆脱自己所处的奴隶地位而追求一种真正的人的生活，迷信则是使人心甘情愿地安于做奴隶，并把奴隶的锁链加以美化。"[6]虽然，周扬高度肯定了《闹天宫》的思想意义，但这并不代表一切传统猴戏皆可被新民主主义文化结构所接纳，典型反例是《闹地府》。《闹地府》的剧情从孙悟空龙宫借宝之后讲起，龙王将此事告诉阎罗王，阎罗王命黑白无常将孙悟空的魂魄拘到森罗殿，并私改生死簿，孙悟空因此大闹阴曹。虽然结局是孙悟空战胜众鬼卒，撕毁生死簿，但这内容上的"胜利"并无法拯救《闹地府》被批判乃至停演的历史命运，因为其形式上的阴森恐怖有悖于人民建设新中国的乐观情绪，因而也被划入"迷信戏"。马少波就此总结道："同是孙行者反封建统治的戏剧，《闹天宫》是神话，而《闹地府》不是，至少不是好的神话。为什么呢？因为阴曹地府的鬼气森森，阎罗、判官、牛头、马面等等的狰狞面目，使得中国人民心惊胆寒这么多年；尽管像《闹地府》《铡判官》一类的戏有一点积极的意义吧，但是在今天新民主主义的社会，阴

第二章 金猴奋起千钧棒：新中国猴戏改造论

曹地府中的阴森恐怖的形象，尽可能避免为好，实在不必要再搬到人民面前加深印象，恐吓人民了。"[7]

可见，旨在建构"人民性"的戏曲改革必须是内容与形式层面的双重改革，缺一不可。《闹地府》因形式上的黑暗恐怖而被划入"迷信戏"，这提示我们需要对"人民性"做更加深入的讨论：为何"人民性"是反迷信的？在周扬看来，"人民性"正意味着"现实主义"："中国戏曲达到了相当高度的现实主义，并不是偶然的。中国戏曲，从它的黄金时代——元代到现在，已经有了近七百年的历史；它在几百年的发展过程中不断地被人民的创作所补充、修正和丰富。中国现有各种戏曲，都是由民间戏曲发展而来的。京剧虽曾进入过宫廷，但它的基础仍是民间的，并且始终保持了和人民的联系。"[8]在马克思主义文艺观中，形式上抽象写意的中国戏曲就这样被归入"现实主义"，其文艺策略是将"民间"置换为"人民"。换言之，将"民间性"改造成"人民性"正是50—70年代中国戏曲改革的关键环节。

在民间性/人民性的维度中重新思考"猴戏"之改造，我们会发现，游戏性/政治性是一组核心概念。一方面，猴戏表演者本身介于武生与武丑两个行当之间，其表演时常融入"丑"行惯用的杂耍类身体动作，强调趣味性与游戏性，这是戏曲历史所积淀的艺术传统。在赫伊津哈看来，所谓"游戏"指向一种非功利性，它"立于欲望和要求的当下满足之外"，"实际上它打断了欲望的进程"，是目的论的反面。[9]说到底，这种游戏性还是一个文化阐释的问题，是民国社会如何理解《西游记》主旨的问题。对此，胡适在《〈西游记〉考证》中提出的"游戏说"影响甚大，民间对《西游记》的理解正是"那极浅极明白的滑稽意味和玩世精神"[10]。可另一方面，新中国戏曲改革强调政治性表达，突出激进的革命诉求，所谓"推陈出新"之"新"正在于对新中国人民之欲望与诉求的幸福承诺，是关于历史的目的论表述。于是，也就不难理解1955年冯沅君对胡适的"游戏说"的批判："他将趣味——滑稽、诙谐的趣味提到第一位，用它来代替作品的现实主义创作方法，代替作品的富有斗争性的思想内容，以达到他的卑鄙无赖的抽出作品的社会意义的目的。"[11]所谓现实主义与玩世主义的对立，正是人民与游民、人民性与民间性的对立，猴戏的游戏性成为其接受政治改造的主要障碍。

然而，新中国戏曲改革真的能将"民间性"彻底改造为"人民性"吗？事实上，50—60年代经过改造的猴戏依然是杂合状态，呈现为游戏性与政治性的协商——政治性无法化约游戏性，游戏性亦无法解构政治性。从根本上说，猴戏之改造是不彻底的。"'改戏'的目标主要是用新的意识形态来整理和改造旧戏，引导矫正大众的审美趣味，规范人们对历史、现实的想

第二章 金猴奋起千钧棒：新中国猴戏改造论

图3 李少春在1956版京剧《大闹天宫》中的造型

象方式，再造民众的社会生活秩序和伦理道德观念，从而塑造出新时代所需要的'人民'主体。但这种改造也必须考虑到大众的接受程度和实际的教育效果，从中也就多少能看出戏改限度之所在。"[12]猴戏改造之"限度"，恰在于戏曲传统基质对意识形态的抵抗。以1956年李少春版京剧《大闹天宫》为例，孙悟空的造型（如图3）继承了中国戏曲传统程式，其舞台服饰本身就是文化符号,有必要在能指/所指的意义上进行解读:孙悟空头上所戴的"草王盔"对应于皇帽存在,通常用来指称非正统的称王称霸者,或者农民起义领袖;草王盔两侧所插的"翎子"亦不同于皇帽的两束穗,通常用来指称草莽英雄或鬼怪;而孙悟空所戴"狐尾",亦是北国番邦少数民族的象征。总之,猴戏的现代转型依然保留了带有君臣、正邪、夷狄意味的传统民间文化符号,这是"人民性"建构所无法化约的剩余物,它们是感性而又坚固的日常生活伦理秩序,对意识形态统制构成了一种质询。

因此,我们既要看到"人民性"对"民间性"的改造,也要看到"民间性"对"人民性"的抵抗。所谓"新中国猴戏改造"绝非单一维度的结论,而是一个始终在进行中的、充满话语权力交锋及协商的过程。我们必须将猴戏之现代转型放置于现代性的民族—国家视野之中,放置于现代中国独特的历史经验之中。对此,张炼红曾提出锚定"戏曲改革"的三重历史坐标:其一是晚清"戏曲改良"以降的中国近现代戏曲改革进程,其二是中国社会的现代转型与"游民文化"的日益消解,其三是始自延安的革命大众文艺改造运动。[13] 三者彼此缠绕,缺一不可。特别是延安文艺的传统,只有将40年代的"新秧歌"与"文革"时期的"样板戏"一体化,才能洞悉猴戏改造更为深刻的历史逻辑——地方戏国家化。为了更加细致地讨论这个议题,我们将以1956年的京剧《大闹天宫》和1961年的绍剧《孙悟空三打白骨精》为典型文本,解读其改造方式与叙事策略。

二、主体的颠倒:从京剧《安天会》到《大闹天宫》

1951年,为准备中国京剧院出国公演,翁偶虹、李少春在传统戏《安天会》的基础之上,重新改编了一出《闹天宫》,国际反响十分强烈。回国后,马少波、李少春向周恩来总理汇报情况,谈话间,周总理指示李少春应把《闹天宫》扩大篇幅,重新编排一部《大闹天宫》,由翁偶虹执笔。毫无疑问,从《安天会》到《大闹天宫》的改编是一次情节扩容:《安天会》仅存"偷桃""盗丹""大战"等关目;《大闹天宫》则增加了"龙宫借宝""凌霄殿下诏""花果山请猴""封弼马温""闹御马圈""初败天兵""二次请猴"等关目,补充了相对完整的情节前史。作为叙事策略,《大闹天宫》的情节扩容有其历史必然性,编剧翁偶虹对这些关目的重组,是以清朝以降的猴戏发展史为基础的,所以我们也必须将1956年的京剧《大闹天宫》放置于更为广阔的历史谱系之中。

《大闹天宫》的前史最早可追溯至清朝乾隆年间的连台本戏《昇平宝筏》,共二百四十出。所谓"连台本戏",即连续数日接演一整本大戏,《昇平宝筏》正是将《西游记》的全部故事搬上戏曲舞台。需要注意的是,《昇平宝筏》的演出地点并非民间,而是皇宫之内,因而其创作方式本就是皇帝敕制,旨在庆祝节日。据《啸亭续录》记载:"乾隆初,纯皇帝以海内昇平,命张文敏制诸院本进呈,以备乐部演习,凡各节令皆奏演。……演唐玄奘西域取经事,谓之《昇平宝筏》,于上元前后日奏之。其曲文皆文敏亲制,词藻奇丽,引用内典经卷,大为超妙。"[14]可见,这一整台西游戏的创作初衷是"海内升平",是用来稳固清王朝的统治秩序,因此尊奉王道、改邪归正是其基本主题。在如来佛收服孙悟空之后,创作者特加入描绘天界欢庆除妖的一出,题为"廓清馋虎庆安天",后世之《安天会》正由此得名。所谓"馋虎"就是孙悟空,他是天界秩序的扰乱者,也是清王朝统治的绝对他者,因而与之相关的戏曲唱词也就充满了"镇压逆贼"的警世意味。诸如第十六出里征讨孙悟空的这几句:"斩妖猕,肉成泥,借他警醒世人迷。腾腾火焰,毫光放顶煞稀奇。"[15]

无独有偶,北洋政府也曾试图模仿《昇平宝筏》,创制一出《新安天会》。1915年9月16日,为庆贺袁世凯五十七岁寿辰,《新安天会》正式上演,整出戏在歌颂天庭收服孙悟空的丰功伟绩的同时,也直接将"二次革命"失败者孙中山、黄兴、李烈钧等丑化为兽类。据《洪宪纪事诗本事簿注》记载:"《新安天会》剧,尽取第一舞台演《安天会》子弟排演之。艺成于项

第二章 金猴奋起千钧棒:新中国猴戏改造论

城生日,开广宴于南海,京中文武外宾皆观剧,先演《盗函》,次演《新安天会》。剧中情节为孙悟空大闹天宫,后逃往水帘洞,天兵天将十二金甲神人,围困水帘洞,孙悟空又纵一筋斗云逃往东胜神洲,扰乱中国,号称天运大圣仙府逸人,化为八字胡,两角上卷,以东方德国威廉第二自命,形相状态,俨然化装之中山先生也。……玉皇大帝一日登殿,见东胜神洲之震旦古国,杀气腾腾,生民涂炭,派值日星官下视,归奏红云殿前,谓弼马瘟逃逸下界,又调集呹啰,霸占该土,努力作乱。玉皇大怒,诏令广德星君下凡,扫除恶魔,降生陈州府,应天顺人,君临诸夏。……古怪刁钻,变化不来,叩头乞命,班师回朝,俘牵受降。文武百官群上圣天子平南颂,歌美功德。"[16] 然而,《新安天会》一经创制即遭遇民间戏曲界的全力抵制,谭鑫培、孙菊仙曾先后辞演此剧。尔后,该剧又因剧情之荒诞无稽而被谏止,成了中国戏曲史上最短命的新编戏之一。我们必须追问:为什么《新天安会》无法复制《昇平宝筏》的意识形态统治力?北洋政府再一次试图将孙悟空标识为文化他者,却遭遇了彻底的失败,这恰恰说明民国初期的民间文化对"复辟"的官方意识形态构成了一种抵制。传统戏《安天会》固然一次次上演,但在近代革命文化的陶染之下,孙悟空之"偷桃""盗丹"与"大战"具有了反讽、解构帝制权威的意味,他开始成为民间确认的反封建主体。正是晚清民初时期民间与官方叙述话语的分裂,开启了孙悟空在文化意义上的主体化进程。

事实上,官方话语与民间话语的断裂一直是民国社会文化的主要症候。后来,随着抗日战争的爆发,民族话语骤然浮出历史地表,则进一步将问题复杂化。北洋政府的新编戏《新安天会》是官方话语试图征用民间话语的典型案例,其失败恰恰反证了二者的不可弥合。在更多的时候,两种话语是并置于同一文本之内的,如1928年杨小楼版《安天会》。作为1956年京剧《大闹天宫》的前身,这一版本的戏曲剧本有必要与戏改后的版本进行细致的对比。杨小楼版《安天会》共十四场,主要涉及"偷桃""盗丹""大战"三个关目,基本是折子戏的形态,细察其剧情逻辑,却已是自相矛盾:孙悟空大闹蟠桃会时,唱的是"且饱餐赤麟蹄龙肝鳌鲊",反抗对象直指封建皇权,这种愤怒分明是民间革命冲动的涌现;可到了结尾,《安天会》却又回返至《昇平宝筏》的叙事理路,如《红绣鞋》一曲——"将猴头万剐千刀,筋挑骨剔,肢敲肢敲,尸骸零落丧荒郊,警醒后人,瞧火光崩,焰腾霄",此类警世宣言显然是前清皇权话语的印痕。因此,1928年杨小楼版《安天会》呈现出官方与民间、皇权与革命、前清与民国等多种话语权力的杂糅状态,而新中国猴戏改造的目标,正是厘清这种"杂糅",使之呈现出纯然顺畅的革命逻辑。两相参照,尾声处的改写尤其显著,《大闹天宫》将收服孙悟空的情节改写为"孙悟空凯旋花果山",唱

第二章 金猴奋起千钧棒：新中国猴戏改造论

词的表演主体也发生了变化：

《安天会·尾声》(1928)

猴头自作休推掉，触犯天条闹灵霄，将他魂魄煎熬决不饶。[17]

《大闹天宫·凯旋歌》(1956)

腐朽天宫装门面，千钧棒下絮一团。

天将狼狈逃，天兵鸟兽散。

凯歌唱彻花果山，凯歌唱彻花果山。[18]

从《安天会》到《大闹天宫》，剧目名称的变化本身就反映出"主体的颠倒"：前者的主体是天庭，是封建皇权；后者的主体才是孙悟空，是革命者。可以说，"主体的颠倒"是新中国文艺改造的首要步骤。早在1944年初，毛泽东在观看了新编京剧《逼上梁山》之后，就提出了"主体的颠倒"的重要性："历史是人民创造的，但在旧戏舞台上（在一切离开人民的旧文学、旧艺术上）人民却成了渣滓，由老爷太太少爷小姐们统治着舞台，这种历史的颠倒，现在由你们再颠倒过来，恢复了历史的面目，从此旧剧开了新生面，所以值得庆贺。"[19]后来，"把颠倒的历史颠倒过来"成为新中国戏曲改革的重要纲领，这种

"颠倒"的本质是建立一种全新历史观,即马克思主义唯物史观。在这种指导思想之下,新中国的戏曲改革与晚清以来的戏曲改良有着本质区别,其改革方式不再局限于民间,而是采取自上而下的方式。具体到京剧《大闹天宫》,翁偶虹在改编剧本之时,直接收到了周恩来总理具体至文本细节的三点指示:"一、写出孙悟空的彻底反抗性;二、写出天宫玉帝的阴谋;三、写出孙悟空以朴素的才华斗败了舞文弄墨的天喜星君。"[20] 显然,前两点指示重新确认了主体与他者:孙悟空才是真正主体,而"主体的颠倒"指向的是"人民性",只有人民才是天然正义的,其反抗也必然是彻底的。相比之下,周总理的第三条指示则更加耐人寻味——为何要加入孙悟空与天喜星君的"文武之辩"?这一段落是否揭示出"人民性"的另一侧面?

> **孙悟空**:(略一思索,故意拿天喜取笑)好!你且听来:自大有一点,是个什么字?
>
> **天 喜**:(思索)自大有一点?是个臭字。
>
> **孙悟空**:猜得不错。半边墙,立个犬,是个什么字?
>
> **天 喜**:(思索)是个状(狀)字。
>
> **孙悟空**:不方不尖?
>
> **天 喜**:(思索)是个元(圓)字。
>
> **孙悟空**:不咸不甜?

第二章 金猴奋起千钧棒:新中国猴戏改造论

天　喜:(思索)是个酸字。

孙悟空:非雾非烟?

天　喜:(思索)是个气字。

孙悟空:勇往直前?

天　喜:(思索)是个冲字。

孙悟空:人扛二棍,一长一短?

天　喜:(思索)是个天字。

孙悟空:共猜几个字?

天　喜:臭、状、元、酸、气、冲、天,共是七个字。

孙悟空:什么?

天　喜:臭状元酸气冲天。[21]

孙悟空与天喜星君的这场戏出自《大闹天宫》第四场,发生在御马监,风格上充满谐趣。天喜星君不可一世的文才竟被孙悟空的民间智慧所击败,这场"文武之辩"或可揭示出新中国主体改造的另一面向:知识分子与劳动阶级的关系问题。澳大利亚学者雷金庆曾以"文武"为核心概念,讨论中国的社会性别与男性气质。在他看来,"文武"之始祖可追溯至孔子与关羽,因为二者都经历了从世俗历史人物到民间宗教信仰的神化过程。到了20世纪,中国社会的男性气质呈现出由"文"向"武"的滑动过程:"西方帝国主义和日本的侵略对中国男性的身份认同产生了很大的影响。接踵而至的社会乱象巨大如斯，以致中国（在西方列强的帮助下）在20世纪中叶关闭了大门，试图在一个符合意识形态决定性特征的劳动阶级英雄的世界里创造自己的命运。"[22]诚然，与反抗玉帝相比，孙悟空与天喜星君的辩论是"人民性"更为内在化的一副面孔。它预示着，在"颠倒的历史颠倒过来"以后，在新民主主义革命取得胜利以后，如何处理人民内部矛盾将成为社会主义革命的重要议题，这也是绍剧《孙悟空三打白骨精》应运而生的历史语境。

三、阶级话语／民族话语：绍剧《孙悟空三打白骨精》及其论争

1957年，浙江绍剧团决定排演《孙悟空三打白骨精》。这出戏本来是七龄童编排的《西游记》连台本戏其中一折，通过剧作家顾锡东和七龄童共同改编整理后，参加了浙江省第二届戏曲观摩会演，获得了剧本一等奖。1961年初，浙江绍剧团接到一项新任务，上海天马电影制片厂将把《孙悟空三打白骨精》制成彩色戏曲片，绍剧团立刻成立了由艺术骨干组成的"中心小组"。在浙江省委宣传部、省文化局的领导下，浙江绍剧团组成了以王顾明为首的《孙悟空三打白骨精》剧本修改小组，由顾锡东、贝庚执笔，先后易稿二十四次，对剧本进

第二章 金猴奋起千钧棒：新中国猴戏改造论

行了大幅度修改。如此自上而下的改编方式，旨在将地方戏国家化。1961年春，戏曲电影《孙悟空三打白骨精》开始在全国热映，观众反响强烈。同年10月6日，乘电影之东风，浙江绍剧团携舞台版《孙悟空三打白骨精》再次来京演出，引起轰动。10月10日，经周恩来总理推荐，剧团应邀进入怀仁堂演出，毛泽东、董必武、郭沫若等前来观剧，高度评价了这出戏，并写成四首七律唱和诗，这部绍剧因此被标识为社会主义中国的一次重要文化事件。我们首先要进入的仍是叙事策略层面。在1957年的版本中，剧情包括白骨精与黄袍怪两部分：唐僧师徒路遇白骨精，白骨精三次变化，最终被孙悟空打死，唐僧责怪孙悟空滥杀无辜，将其赶走；黄袍怪欲为师妹白骨精报仇，捉住唐僧，幸亏猪八戒请回孙悟空，击败黄袍怪，救出师父。而在1961年的版本中，黄袍怪的相关情节被全部删去，这是为了让矛盾更加集中在白骨精身上，使她成为全剧唯一清晰醒目的、可供指认的"他者"。然而，白骨精形象在《西游记》原著中相对薄弱，仅第二十七回"尸魔三戏唐三藏 圣僧恨逐美猴王"一回的篇幅，匆匆三次变化即被孙悟空打死，实在算不上狠角色。故改编者的真正困境在于，如何让孙悟空与白骨精的智斗更为丰富曲折？为此，1961版共新增四处情节：其一是在开头加入"猪八戒巡山"，出自原著第三十二回"平顶山功曹传信 莲花洞木母逢灾"，引入此情节是为了渲染环境之险恶，巡山就是为了预防妖魔现身，正是由于猪八戒的懈怠，才使白骨精有了可乘之机；其二是新添"孙悟空画圈"，出自原著第五十回"情乱性从因爱欲 神昏心动遇魔头"，孙悟空为保护师父所画的圈子，正是抵御妖魔的屏障，而唐僧被白骨精诱骗跨出圈子，恰说明他内心对于孙悟空缺乏信任，为激化师徒矛盾做出了铺垫；其三是在孙悟空三打白骨精之后，全新创作"天飘黄绢"的情节，白骨精为使唐僧赶走孙悟空，假传佛祖旨意，变出一块黄绢从天而降，上书十六字——佛心慈悲，切忌杀生，姑息凶徒，难取真经；其四是在唐僧被捕后，增加了白骨精请母亲金蟾大仙来吃唐僧肉的情节，借自原著第三十四回"魔头巧算困心猿 大圣腾挪骗宝贝"。此外，改编者又续写了部分内容，诸如孙悟空变作九尾狐狸，又引诱白骨精在唐僧面前三次变形，以达成教育唐僧、使其认错悔悟的叙事动机。从猴戏的形式风格角度看，1961年的绍剧《孙悟空三打白骨精》与1956年的京剧《大闹天宫》是截然不同的。《大闹天宫》旨在重述革命前史，落在一个"闹"字上，曲韵欢腾，唱腔激昂，整体仍是庆祝人民胜利的乐观氛围；可《孙悟空三打白骨精》却将叙述时态定在了社会主义中国的当下，具有很强的现实寓意，整出戏的戏眼正是"火眼金睛"，其核心动作是"看"——区分敌我。这是更为复杂艰巨的斗争，需要更多的智性参与，正是这种复杂性导致了取经团队的内部分裂，整出戏的基调也变为绍剧唱腔所特有的慷慨悲壮。如果说,京剧《大闹天宫》确立了孙悟空在新中国社会文化结构中的主体位置,那么绍剧《孙悟空三打白骨精》则将重点落在如何想象他者的议题上。也只有在自我/他者的现代性结构之中,我们才能真正理解四首七律唱和诗的用意:

七律 · 看《孙悟空三打白骨精》

郭沫若

人妖颠倒是非淆,对敌慈悲对友刁。
咒念金箍闻万遍,精逃白骨累三遭。
千刀当剐唐僧肉,一拔何亏大圣毛。
教育及时堪赞赏,猪犹智慧胜愚曹。

(1961年10月25日)

七律 · 和郭沫若同志

毛泽东

一从大地起风雷,便有精生白骨堆。
僧是愚氓犹可训,妖为鬼蜮必成灾。
金猴奋起千钧棒,玉宇澄清万里埃。
今日欢呼孙大圣,只缘妖雾又重来。

(1961年11月17日)

读郭沫若咏《孙悟空三打白骨精》诗及毛主席和作赓赋一首

董必武

骨精现世隐原形,火眼金睛认得清。
三打纵能装假死,一呵何遽背前盟。
是非颠倒孤僧相,贪妄纠缠八戒情。
毕竟心猿持正气,神针高举孽妖平。

(1961年12月29日)

七律·再赞《三打白骨精》

郭沫若

赖有晴空霹雳雷,不教白骨聚成堆。
九天四海澄迷雾,八十一番弭大灾。
僧受折磨知悔恨,猪期振奋报涓埃。
金睛火眼无容赦,哪怕妖精亿度来。

(1962年1月6日)

这四首诗以毛泽东的诗作为核心,与绍剧《孙悟空三打白骨精》共同构成了一个具有等级关系的文本阐释网络:绍剧是一级文本,毛诗是二级文本,其他三首诗是三级文本。在这一文本网络结构中,毛诗的作用十分关键。解读毛诗的正确路径

第二章 金猴奋起千钧棒:新中国猴戏改造论

在于把握两个要点:一是毛泽东为何要纠正郭沫若"千刀万剐唐僧肉"的论述?他对"僧"与"妖"的态度缘何不同?二是孙悟空所面临的"妖雾"究竟指的是什么?"金猴奋起千钧棒,玉宇澄清万里埃"究竟包含着怎样的地理空间想象?想解答这两个问题,则必须征用社会主义中国并置的两套叙述话语,即民族话语与阶级话语,它们分别指向中华人民共和国中的"中华"与"人民"两个基本概念。从猴戏中的孙悟空形象出发,我们得以窥见阶级话语与民族话语的缠绕,这正是中国社会主义革命的张力结构。

阶级话语旨在区分人民内部矛盾和敌我矛盾,对于人民内部矛盾应采取团结、教育、转化的方式,1961版绍剧新增的教育唐僧段落正是此用意。早在1957年,毛泽东在《关于正确处理人民内部矛盾的问题》一文中,便指出了社会主义革命的矛盾论:"敌我之间的矛盾是对抗性的矛盾。人民内部的矛盾,在劳动人民之间说来,是非对抗性的;在被剥削阶级和剥削阶级之间说来,除了对抗性的一面以外,还有非对抗性的一面。人民内部的矛盾不是现在才有的,但是在各个革命时期和社会主义建设时期有着不同的内容。在我国现在的条件下,所谓人民内部的矛盾,包括工人阶级内部的矛盾,农民阶级内部的矛盾,知识分子内部的矛盾,工农两个阶级之间的矛盾,工人、农民同知识分子之间的矛盾,工人阶级和其他劳动人民同民族资产阶级之间的矛盾，民族资产阶级内部的矛盾，等等。"[23]如果联系起京剧《大闹天宫》中周恩来总理的三点指示，我们会发现，彼时孙悟空和天喜星君的矛盾与此时孙悟空与唐僧的矛盾大致等同，孙悟空是不变的阶级主体，而绍剧中的唐僧形象依然指向亟待自我改造的中国知识分子，当然，这终究是一个"小写的他者"。民族话语指向"大写的他者"，那白骨精的"妖雾"正是苏联修正主义，其直接历史背景是1956年苏共二十大以来的中苏关系恶化。与郭沫若侧重阶级话语的解读不同，董必武更加注重民族话语层面的讨论，他在原诗"三打纵然装假死"一句中自注：布加勒斯特会上一打，莫斯科两党会议二打，莫斯科八十一国党的会议上三打。那么，中苏关系缘何恶化？我们必须把这个问题放置于"二战"后形成的全球"冷战"结构之中。在资本主义阵营与社会主义阵营的全球对峙状态下，美国与苏联试图将阵营内的其他国家划入其全球战略，强势推行大国霸权。对于社会主义中国来说，帝国主义曾是国际共产主义运动的斗争对象，如今却又成了卷土重来的"妖雾"。此时，孙悟空形象的浮现正包含着明确的反帝国主义霸权的抗争意味，孙悟空真正成了"中国"的象征。

四、形式的意识形态：从唯物论到辩证法

从1956年的京剧《大闹天宫》到1961年的绍剧《孙悟空三打白骨精》，新中国猴戏的叙事焦点发生了变化。如文初所引的两段唱词所示，《大闹天宫》强调斗争的强度与力度，所谓"排雄阵，砺枪刀，败瘟神，驱强暴"，关键在于反抗的彻底性；而《孙悟空三打白骨精》则强调斗争的智性，戏眼是孙悟空的"火眼金睛"，核心动作是"看"，主题是识别的准确性。两相参照，我们会发现一个从"力敌"到"智取"的变化过程，这是对"金猴奋起千钧棒"在内容层面的不同阐释。

与之相应，变化同样发生在形式风格的层面。猴戏自身的发展谱系可分南北两派。北派猴戏以杨小楼、李万春、李少春为代表，更贴近"武生"的表演方式，重念白，追求神似，几乎弃绝了所有的蹲爬动作，着力塑造威严、沉稳的王者气质；南派猴戏则以盖叫天、张翼鹏、郑法祥为代表，偏向于"武丑"的表演方式，注重造型、动态与武技等身体层面的表达，呈现出轻巧、活泼的艺术形象，挖掘孙悟空的猴性。[24]绍剧表演艺术家六龄童显然继承了南派猴戏的特点，其中的一打、二打，主要是糅进了张翼鹏、郑法祥的动作。张翼鹏的特点是细致，注重刻画人物性格，一招一式都精心设计，有花旦的细腻柔美；郑法祥却是大起大落，有棱有角，起伏有致，比较粗犷。"孙

悟空被逐时对唐僧的跪拜,是六龄童的创造,为六龄童所独有,叫'五心朝天拜'。跪着跳起,再跪着跳倒,连跳连拜,很见功力,为行家们所称许。六龄童演到这里,总是很动情,让观众感到鼻子发酸。六龄童还尤其注意眼睛的表演,力求通过一些细碎的动作,突出一双神气的眼睛,表现孙悟空的'神韵、智慧和胆识的跃动'。"[25]

综上,京剧与绍剧呈现出不同的地方戏传统,北派猴戏与南派猴戏亦塑造出孙悟空形象的不同侧面,我们必须追问的是:这种风格变异仅仅是"猴戏"的形式议题吗?在此,我们有必要引入一个重要的理论概念,即"形式的意识形态"。伊格尔顿在《马克思主义与文学批评》中详细阐释了形式与意识形态之间的关系。他认为,任何一种文学形式的出现均与人们感知体验全新社会现实的方式有关,在其背后是不同社会阶级之"感觉结构"的差异。"因而,在选取一种形式时,作家发现他的选择已经在意识形态上受到限制。他可以融合和改变文学传统中于他有用的形式,但是这些形式本身以及他对它们的改造是具有意识形态方面意义的。一个作家发现手边的语言和技巧已经浸透一定的意识形态感知方式,即一些既定的解释现实的方式;他能修改或翻新那些语言到什么程度,远非他的个人才能所能决定。这取决于在那个历史关头,'意识形态'是否使得那些语言必须改变而又能够改变。"[26]伊格尔顿确认了语言的意识形

第二章 金猴奋起千钧棒：新中国猴戏改造论

态属性，无论小说、诗歌、散文或者戏剧，其形式的选择本身就是意识形态的。而詹姆逊在《政治无意识》中则直接提出了"形式的意识形态"这一理论概念，它是指"由共存于特定艺术过程和普遍社会构成之中的不同符号系统发放出来的明确信息所包含的限定性矛盾"。在这个层面上，形式本身被解作内容，"对形式的意识形态的研究无疑是以狭义的技巧和形式主义分析为基础的，即便与大多数传统的形式分析不同，它寻求揭示文本内部一些断续的和异质的形式程序的能动存在"[27]。

因此，在两出猴戏形式风格变异的背后，是新中国社会意识形态的变迁。事实上，按照毛泽东对新中国历史阶段的划分，京剧《大闹天宫》与绍剧《孙悟空三打白骨精》标识着两个不同的历史时刻：从新民主主义革命时期迈入社会主义革命时期。两者的历史任务也是截然不同的，新民主主义革命的任务是推翻帝国主义、封建主义和官僚资本主义三座大山，社会主义革命的斗争对象则是资本主义；前者侧重民族解放与独立，后者侧重阶级斗争。所以，新中国猴戏从北派的王气发展至南派的猴气，从《大闹天宫》的"力敌"发展至《孙悟空三打白骨精》的"智取"，其本质是从客观历史滑向主观战斗精神，从"历史唯物论"滑向"矛盾辩证法"。事实上，二者分属"人民性"的内涵与外延：历史唯物主义从内部规定了"历史是由人民创造的"，而矛盾辩证法则从外部创造出"人民的敌人"。两相参照，似乎又可反映出毛泽东自我剖析的"虎气"与"猴气"："我是自信而又有些不自信。我少年时曾经说过：自信人生二百年，会当水击三千里。可见神气十足了。但又不很自信，总觉得山中无老虎,猴子称大王,我就变成这样的大王了。但也不是折中主义，在我身上有些虎气，是为主，也有些猴气，是为次。"[28]可以说，"虎气"之勇敢魄力与"猴气"之灵活多变,恰是"唯物论"与"辩证法"的区别；而更重要的是，这种"虎气"与"猴气"也是社会主义中国在世界体系中的位置所决定的。作为一个"冷战"格局中的新兴社会主义国家，中国的"虎气"是体现在民族独立上的，而中国的"猴气"则是关乎现代化进程，关乎直面欧美现代性的应对策略。可以说，京剧《大闹天宫》确证了孙悟空在社会主义文化结构中的主体位置，而绍剧《孙悟空三打白骨精》则进一步折射出孙悟空的主体性危机——自我总是通过他者来确认的，只有不断创造出"他者"，才能不断超越"自我"，是谓马克思主义认识论的"螺旋上升"。

五、猴戏的"脱域"

1964年7月，江青在出席京剧现代戏观摩演出人员座谈会时，发表讲话《谈京剧革命》，她提出："剧场本是教育人民的场所，如今舞台上都是帝王将相、才子佳人，是封建主义的

第二章 金猴奋起千钧棒：新中国猴戏改造论

一套,是资产阶级的一套。这种情况,不能保护我们的经济基础,而会对我们的经济基础起破坏作用。"[29] 在这场批判浪潮的影响下,猴戏因被指认为封建主义而遭遇全面停演。有趣的是,诸如京剧《大闹天宫》这样的猴戏经典,曾以彻底的反封建表述著称,此刻却又被归入"帝王将相、才子佳人",实在令人费解。或许,我们需要跳出"人民性"的理论框架,从"现代性"的视野重新思考这一议题。从解构主义的角度说,任何的传统均是现代的创造与发明,是为了确证自身而生成的想象。所谓"京剧革命",其实是对20世纪50年代戏曲改革的激进化发展,它放弃了"推陈出新"的改良主义路线,以革命的暴力姿态打破戏曲传统程式,新创"京剧现代戏",并从中产生了"文革"戏曲形式——样板戏。

每一种艺术形式均有其历史化过程与意识形态属性。我们或许可以说,"文化大革命"就是样板戏的时代,也只有样板戏最契合"文革"时期的政治美学。而猴戏呢？在样板戏的主导模式下,猴戏果真毫无存活空间吗？它真的在这十年中彻底绝迹了吗？作为清朝以降的民间文化积淀,猴戏已融入民众感性的"生活世界"之中,它成为一种文化伦理与感觉结构。因此,讨论"文革"时期的猴戏,我们必须留意"民间"的视野,关注民间话语与官方话语之间的交锋与协商。事实上,猴戏在"文革"期间确实远离了舞台,但却以连环画的另类面目流通于民间。猴戏从戏曲形态到连环画形态的嬗变是有其历史必然性的。民国时期最初的几部连环画均以"连台本戏"为模仿对象，因而呈现出一种连续性，"不过，那时的配景等，还完全仿照舞台的样式，不画真实背景，道具也还是用马鞭当马，布帐作城，桌子当桥或山"[30]。于是，也就不难理解为何早期连环画总是集中于神怪、武侠题材，且人物造型特征总是戏曲化的，这种艺术传统也被新中国的连环画创作所继承，典型案例即是1962年与1972年两次出版的连环画《孙悟空三打白骨精》，其中，白骨精头插双翎、身披斗篷、手执双剑，与绍剧版本中筱艳秋的戏装造型如出一辙（见图4）。

1962年8月，上海人民美术出版社出版了连环画《孙悟空三打白骨精》，由赵宏本、钱笑呆主笔，并于1963年获第一届全国连环画创作评奖绘画一等奖，对后世《西游记》的艺术再现影响甚大。从叙事策略上看，这一版连环画的故事情节基本沿袭了绍剧模式，"孙悟空画圈""天飘黄绢""金蟾大仙"等新增情节均得到保留，再次印证了猴戏之现代转型的成功。可到了1972年，在样板戏"三突出"原则[31]的指导下，上海人民出版社再度出版这部连环画时，却有了较大幅度的删改。为此，上海市新闻出版系统特意成立了"五七干校"《孙悟空三打白骨精》创作组，主笔是王亦秋。两个版本相互参照，我们会发现在原作110幅图的基础上，1972年的版本共新增11幅，

第二章 金猴奋起千钧棒:新中国猴戏改造论

图 4 1962 版连环画《孙悟空三打白骨精》中的白骨精造型

删去 4 幅,修改 12 幅,这些变化集中体现为以下三个要点:一、孙悟空作为中心人物,画幅比例变大;二、孙悟空为唐僧紧箍咒所累的情节全部删去,孙悟空跪别师父的动作也改为站立,以此体现英雄人物的无敌神性;三、白骨洞内的对称式焦点透视被改成了散点透视,或直接删去,以防止白骨精成为透视中心,坚持"敌小我大、敌远我近"的构图方式,同时新增白骨精原形毕露的丑态(具体见附录)。如上所述,虽然猴戏在"文

123

革"期间不可见于戏曲舞台,但它依然遭遇了样板戏美学的继续改造,原剧中剩余的民间伦理被革命逻辑全部剔除,这使得1972年的连环画版本具有高度的抽象性与象征性。

接下来的问题是,为什么是连环画呢?它到底有何文化功能?如何认识从戏曲到连环画的媒介转型?在此,本书提供几个可以思考的角度。其一,连环画是猴戏的"冷媒介化"。在麦克卢汉看来,媒介分为热媒介与冷媒介——戏曲属于热媒介,信息的清晰度高,内容具体可感,所要求的参与程度低;连环画则相反,它属于冷媒介,信息的清晰度低,内容更抽象,需要读者更高的想象参与。当然,热媒介与冷媒介并非纯然对立,二者可以相互转化,高强度经验只有压缩到很冷的程度才能被吸收。[32]具体到连环画《孙悟空三打白骨精》,赵宏本所坚持的中国式白描手法进一步降低了猴戏的清晰度,同时也就提高了读者的想象程度与参与程度。其二,连环画使猴戏变得更为通俗易懂,更大众化,因而更具意识形态传播力。鲁迅十分关注连环画的直观性与大众性,并视之为"启蒙的利器":"但要启蒙,即必须能懂。懂的标准,当然不能俯就低能儿或白痴,但应该着眼于一般的大众。"对于中国连环画常用的绣像白描手法,他表示:"作'连环图画'而没有阴影,我以为是可以的;人物旁边写上名字,也可以的,甚至于表示做梦从人头上放出一道毫光来,也无所不可。观者懂得了内容之后,他就会

第二章　金猴奋起千钧棒：新中国猴戏改造论

自己删去帮助理解的记号。这也不能谓之失真，因为观者既经会得了内容，便是有了艺术上的真。"[33]其三，从语言形态的层面考察，连环画革新了"三打白骨精"的叙述语言，即从绍剧的吴越方言变成统一的书面共同语，这是地方戏国家化的又一侧面，因为只有通过共同语，我们才能理解"想象的共同体"，才能达成对现代民族国家的认同。

正是连环画的多重功能最终实现了猴戏的"脱域"。如吉登斯所说，"脱域"指向社会系统的一种现代性表征："社会关系从彼此互动的地域性关联中，从通过对不确定的时间的无限穿越而被重构的关联中'脱离出来'。"[34]猴戏作为一种舞台艺术，本就受限于特定的时间与空间，具有鲜明的地域特征，连环画版本的出现恰恰将猴戏从地域性关联脱离出来，使之成为一种流通媒介，其功能近于一种货币式的"象征标志"（symbolic tokens），它最终建构了人们对于现代社会及其意识形态的"信任"。多年后，当我们重读1972版连环画《孙悟空三打白骨精》时，我们会感慨于其中的复杂意味：猴戏的"脱域"固然确立了孙悟空在社会主义文化中的主体位置，但这个主体性却是相当抽象的，是无法感知的，那些曾经饱满的民间情感伦理在国家化的过程中被抽空了。作为弱者的反抗行动，那句"金猴奋起千钧棒"依然令人怀念，它依然可以激起我们对公平、正义与民主的呼唤；但是，千钧棒指向何处？如何想象自我与他者？如何理解主体化进程？由诗句引发的种种疑问，必须在民间性/人民性、民族话语/阶级话语、唯物论/辩证法、地方/国家等多重维度中才能得到解答。

〔1〕平剧即京剧。国民党统治时期称北京为北平，故京剧当时亦称平剧。

〔2〕中华全国戏曲改进会筹委会，即中华人民共和国成立后文化部戏曲改进局前身。

〔3〕马少波：《正确执行"推陈出新"的方针》，《戏曲改革论集》，上海：新文艺出版社，1953，第1—2页。

〔4〕田汉：《为爱国主义的人民新戏曲而奋斗———一九五〇年十二月一日在全国戏曲工作会议上的报告摘要》，《人民日报》，1951年1月21日。

〔5〕政务院：《关于戏曲改革工作的指示》，《人民日报》，1951年5月7日。

〔6〕周扬：《改革和发展民族戏曲艺术———一九五二年十一月十四日在第一届全国戏曲观摩大会上的总结报告》，《人民日报》，1952年12月27日。

〔7〕马少波：《迷信与神话的本质区别》，《戏曲改革论集》，上海：新文艺出版社，1953，第63页。

〔8〕周扬：《改革和发展民族戏曲艺术———一九五二年十一月十四日在第一届全国戏曲观摩大会上的总结报告》，《人民日报》，1952年12月27日。

第二章 金猴奋起千钧棒:新中国猴戏改造论

〔9〕[荷]约翰·赫伊津哈:《游戏的人》,多人译,杭州:中国美术学院出版社,1996,第10页。

〔10〕胡适:《〈西游记〉考证》,陆钦选编:《名家解读〈西游记〉》,济南:山东人民出版社,1998,第34页。

〔11〕冯沅君:《批判胡适的西游记考证》,《文史哲》,1955年7月。

〔12〕张炼红:《从民间性到"人民性":戏曲改编的政治意识形态化》,《当代作家评论》,2002年第1期。

〔13〕张炼红:《再论新中国戏曲改革运动的历史坐标》,《上海戏剧》,2010年第12期。

〔14〕[清]昭梿:《啸亭杂录》(收《啸亭续录》)何英芳点校,北京:中华书局,1980,第377—378页。

〔15〕[清]张照:《昇平宝筏》,《古本戏曲丛刊(九)》,北京:中华书局,1964,甲下,第25页。

〔16〕引自刘成禺、张伯驹:《洪宪纪事诗三种》,吴德铎标点,上海:上海古籍出版社,1983,第104—105页。

〔17〕过宜:《〈安天会〉剧本》,《戏剧月刊》,1928年第1卷第6期。

〔18〕翁偶虹:《大闹天宫》,《翁偶虹文集·剧作卷》,天津:百花文艺出版社,2013,第220页。

〔19〕毛泽东:《致杨绍萱、齐燕铭》,《毛泽东书信选集》,北京:人民出版社,1983,第222页。

〔20〕翁偶虹:《翁偶虹编剧生涯》,北京:中国戏剧出版社,1986,第431—432页。

〔21〕翁偶虹:《大闹天宫》,《翁偶虹文集·剧作卷》,天津:百花文艺出版社,2013,第199—200页。

〔22〕[澳]雷金庆:《男性特质论:中国的社会与性别》,[澳]刘婷译,南京:江苏人民出版社,2012,第117页。

〔23〕毛泽东:《关于正确处理人民内部矛盾的问题》,《人民日报》,1957年6月19日。

〔24〕李仲明:《民国"猴戏"的南北流派》,《民国春秋》,1994年第1期。

〔25〕许谋清、石晶:《猴王世家》,《人物》,2004年第2期。

〔26〕[英]特里·伊格尔顿:《马克思主义与文学批评》,文宝译,北京:人民文学出版社,1980,第30—31页。

〔27〕[美]弗雷德里克·詹姆逊:《政治无意识》,王逢振、陈永国译,北京:中国社会科学出版社,1999,第86页。

〔28〕毛泽东:《给江青的信(一九六六年七月八日)》,《建国以来毛泽东文稿(第十二册)》,北京:中央文献出版社,1998,第72页。

〔29〕江青:《谈京剧革命》,《红旗》,1967年第6期。

〔30〕阿英:《中国连环图画史话》,北京:中国古典艺术出版社,1957,第24页。

〔31〕"三突出"原则是指:在所有人物中突出正面人物;在正面人物中突出英雄人物;在英雄人物中突出主要英雄人物。具体实践主要用于样板戏创作,部分用于美术创作。要求创作中把正面人物放在画面或舞台的中央,打正光;而反面人物要在角落,打底光或背光等。参见于会泳:《让文艺界永远成为宣传毛泽东思想的阵地》,《文汇报》,1968年5月

第二章 金猴奋起千钧棒：新中国猴戏改造论

23 日。

〔32〕[加]马歇尔·麦克卢汉：《理解媒介——论人的延伸》，何道宽译，北京：商务印书馆，2000，第51—53页。

〔33〕鲁迅：《连环图画琐谈》，姜朴维编：《鲁迅论连环画》，北京：人民美术出版社，1956，第5—6页。

〔34〕[英]安东尼·吉登斯：《现代性的后果》，田禾译，黄平校，南京：译林出版社，2011，第18页。

第三章　行者漫游：
重读1986版电视剧《西游记》

一番番春秋冬夏，

一场场酸甜苦辣。

敢问路在何方？

路在脚下。

——《敢问路在何方》（1986版电视剧《西游记》片尾曲）

去你个山更险来水更恶，

难也遇过，苦也吃过，

走出个通天大道宽又阔。

——《通天大道宽又阔》（2000版电视剧《西游记》续集片头曲）

1986年春节，电视剧《西游记》在中央电视台播出前十一集，瞬时轰动全国，取得89.4%的收视成绩。其中，大学文化的收视基数为85.2%，而不识字或识字不多的人群的收视基数达到了100%。从文化普及的角度看，其"新启蒙"实效

第三章　行者漫游：重读 1986 版电视剧《西游记》

可谓惊人。1988 年，电视剧《西游记》历经七年拍摄后暂告一段落，中央电视台完整播出了全部二十五集，这成为 20 世纪 80 年代中国一个重要的文化事件。在此后三十年中，《西游记》重播次数达到三千次以上，成为全球重播率最高的电视剧，现已申报吉尼斯世界纪录。[1] 2000 年，《西游记》续集再度登陆央视，作为对前作的补拍，这一续作正式宣告电视剧《西游记》十七年拍摄历程的终结。此后，《西游记》之电视剧翻拍呈现出区域文化的延展性：在中国大陆，翻拍主体由国家媒体转移至地方电视台，更具技术创新度与艺术弹性；而在中国港台乃至东亚、东南亚地区，相关作品则试图突破央视 1986 版《西游记》的既定框架，更具想象力地重组人物关系。

在媒介转型的视阈之内，《西游记》的电视剧翻拍现象与电视的普及是息息相关的。有趣的是，各路翻拍作品虽屡见不鲜，却始终无法复制 1986 版的辉煌。我们不禁要问：央视版《西游记》缘何成为时代经典？这部电视剧如何嵌入到了 80 年代中国的"感觉结构"之中？在表现形式上，它有何创新之处？而作为一种"有意味的形式"，其背后的意识形态运作机制又是什么？这询唤出怎样的主体想象？从这一主体想象出发，电视剧《西游记》中的孙悟空形象如何被建构为一种诗意美学？这种美学又如何在民族寓言的维度上得以理解？

一、景观社会：电视剧《西游记》的媒介语境

如果用"媒介"来定义时代，那么20世纪80年代的中国无疑经历了从"文学时代"到"电视时代"的深刻转型。在王蒙看来，自1984年马尔克斯的小说《百年孤独》在中国引发大热开始，无论是王安忆、郑万隆等人的"寻根"与"新方法论"热，抑或韩少功、冯骥才、郑义等人的"文化"热，乃至马原、残雪等人的形式实验，中国文学都呈现出"圈子化"的趋势，文学失却了"轰动效应"。[2]从本尼迪克特·安德森的著名论断出发，我们可以得知，民族—国家作为一个"想象的共同体"，其想象媒介正是报纸和小说。如果文学失却了"轰动效应"，那么谁将取代文学而成为全新的想象媒介呢？或许是电视。对于80年代中后期的中国民众来说，"看电视"无疑是关乎社会结构转型的重要文化行为，而电视剧《西游记》正是中国媒介转型进程中的重要文本。从媒介转型的角度看去，电视剧《西游记》被视为时代经典，至少有以下几个原因：

其一，从80年代中期开始，电视在中国迅速实现普及，这是电视剧《西游记》横空出世的媒介前提。事实上，早在1970年9月，北京电视台就制定了《1971—1975年发展规划（草案）》，其中电视普及已经被列上日程。《规划》指出：要在五年内大力发展彩色电视，同时适当发展黑白电视；目标是力

第三章 行者漫游：重读1986版电视剧《西游记》

争开播三套节目，两套彩色，一套黑白，每天播出16—20小时，基本上从早到晚都有电视节目；五年内逐步形成天上卫星、地上微波和地下电缆三结合的节目传输网，实现全国电视节目的联播。由于客观技术条件及历史环境的局限，这一宏伟目标未能如期实现，到"文革"结束时，电视普及率仍然极低，全国绝大多数人仍看不到电视。"1976年2月，商业部和中央广播事业局做过一次调查统计，截至1975年底，全国电视机数为46.3万台，其中国产彩色电视机为4000台，进口彩色电视机为1900台。并且68%的电视机分布在城市，人口最多的农村仅占32%。不足50万台电视机，按当时全国8亿人口粗略推算，平均1600人才拥有一台电视机。"[3]真正具有里程碑意义的是1983年3月31日召开的第十一次全国广播电视工作会议。这次会议制定了一个奋斗目标，即到20世纪末，要在我国建成一个具有社会主义特色的，中央和地方、无线和有线相结合的，广播和电视、城市和农村、对内和对外并重的广播电视现代化宣传网。为此，会议确定了在全国实行"四级办广播、四级办电视、四级混合覆盖"的建设方针，实现中央、省、市、县的四级联动覆盖模式。于是，全国电视机数迅速从1983年的3611万台，增长至1987年的1亿台，这意味着电视机已然深入到每一个家庭之中，一家人围坐在一台电视机前"看电视"固定为一种特殊的文化仪式。到了1985年8月，中央电视台正式实现了节目数据的卫星转发,这就大大提高了偏远落后地区的电视节目覆盖率。由此,我们可以得出一个基本结论:中国电视机的普及是与改革开放基本同步的。

其二,作为一种新的媒介叙事形式,电视剧《西游记》的连续性时间形态保证了其叙事的完整性。事实上,"形式"从来不是封闭于文本之内的议题,它是应该被历史化的,任何一种主导形式都是时代的文化选择,所以詹姆逊才会强调"形式的意识形态"。以《西游记》为例——从晚清到20世纪40年代,其主导形式是通俗小说,这些小说通常连载于报纸之上,具有一定的时间跨度,但并非连续甚至时常中断,再加上所叙之事针砭时弊,即兴意味很浓,通常有头无尾,不具备完整性。到了50—70年代,《西游记》的主导形式变成了戏曲,尤其是猴戏,不同于清廷中连演一个月的"连台本戏"(如《昇平宝筏》),这一时期的猴戏都是折子戏,所展现的故事也就只能是片断化、单元化的段落。更重要的是,戏曲是一种现场艺术,它是无法复制再生产的,其传播效力也就必然受到限制。相较之下,电视剧《西游记》首次实现了时间之"连续性"与叙事之"完整性"的统一,而空间的"同时性"则从媒介特性上保证了对观众的传播力。电视剧创作者将原著一百回的叙事容量进行了单元化切分,并进行适度的重组与改编,形成了每集45分钟,共25集的电视剧叙事形态;每一集都自成单元,而每个叙事单元都

第三章 行者漫游：重读1986版电视剧《西游记》

有一个核心事件、明确的人物矛盾（神魔对立模式）及正义战胜邪恶的固定结局。可以说，创作者敏锐地发现了电视剧与章回体小说之间的某种相似性，因而将电视剧《西游记》的每一集都进行了章回体式的命名：猴王初问世、官封弼马温、大圣闹天宫、困囚五行山、猴王保唐僧、祸起观音院、计收猪八戒、坎途逢三难、偷吃人参果、三打白骨精、智激美猴王、夺宝莲花洞、除妖乌鸡国、大战红孩儿、斗法降三怪、趣经女儿国、三调芭蕉扇、扫塔辨奇冤、误入小雷音、孙猴巧行医、错坠盘丝洞、四探无底洞、传艺玉华洲、天竺收玉兔、波生极乐天。由此，在"现代中国"的视阈之内，电视剧《西游记》第一次完整呈现了西天取经的全过程。与通俗小说及猴戏相比，其叙事焦点也就发生了转移：从降妖除魔之"斗"，变成了坎坷前行之"游"，其主题落在了"道路"二字上。

其三，电视媒介的"家庭性"提升了电视剧《西游记》的社群影响力。日本学者藤竹晓在《电视社会学》一书中集中讨论了电视与家庭生活的紧密联系："在日本，电视使家庭成员团聚在一起，同时又起到了这样的作用：以电视为媒介，交流各人的经验，从而形成家庭共有的经验。当然，电视节目中所描绘的世界，正如家庭电视剧中典型地表现出来的那样，一方面反映了社会动向，另一方面又理想地、乐观地解决了各种问题。"[4]事实上，客厅里的电视营造了一种"一家团聚"的氛围，实现了家庭成员之间的"对话"渴望。当然,这种"对话"可能仅仅是一种文化仪式,抑或幻象,而非真正的情感交流。因此,很多家庭成员对电视的态度不是有兴趣的"积极视听",而是奉陪式的"消极视听",持此态度者以中老年居多,他们选择"看电视"更多地源自一种习惯,或为陪伴孩子,或为消磨时间。带着这种问题意识,我们回返至电视剧《西游记》,持"积极视听"态度的观剧群体应以"文革"后出生的少年儿童为主,但是由于电视媒介的家庭特征,中老年群体也将以"消极视听"的方式参与到观看仪式之中,这就大大提升了其社群影响力。具体到80年代的中国社会结构,由于"计划生育"政策的影响,中国家庭由传统血缘家庭转型为现代核心家庭。在核心家庭的文化结构之中,孩子的情感地位和文化权力陡然提升,他们对于电视剧《西游记》的热爱最终决定了收视率。如将目光延伸至新世纪,我们就会发现,1986版电视剧《西游记》通过"家庭"真正影响了独生子女一代,这种代际影响力展现在这一代人的"感觉结构"之中,即独生子女一代对"情感共同体"的想象方式。从剧中的取经团队,到剧外的民族—国家,这是一个鲜明的认同投射结构。正如法国学者露西·马兹唐所指出的:"早在电视播出的初期,家庭在电视制作和沟通电视与观众之间的关系方面就一直起到构建话语和表现象征的作用。通过表现可辨认的家庭群体,即'和我们一样'的人,待在家中的观众就

第三章　行者漫游：重读1986版电视剧《西游记》

有机会置身于不同电视频道和它们的制作内容情景之中。这样，电视播出通过家庭确立民族和民族观众的概念，从而在公众与私人空间之间架起一座桥梁（需要强调的是，这一过程既具有文化的特定性又相对新颖），在家庭和民族之间架起一座桥梁（仍保留两者鲜明的特征）。"[5]

诚然，马兹唐所揭示的"电视—家庭—民族"认同结构是很有启发性的。在这个意义上，1986版电视剧《西游记》也就不仅仅是媒介问题，而且是社会文化转型问题，它直接关涉到独生子女一代的民族—国家想象方式。在此，我们必须引入一个理论概念：景观（spectacles）。何谓景观？法国学者居伊·德波从总体论的角度如此定义它："景观不是影像的聚积，而是以影像为中介的人们之间的社会关系"，"在现代生产条件无所不在的社会，生活本身展现为景观的庞大堆聚。直接存在的一切全都转化为一个表象"。[6]德波对于景观持坚定的批判态度。他认为，这种视觉化、表象化的生存方式真正改变了社会生产方式；换言之，一个人如果不能被媒介看见，不能折射为影像，那么他/她就从不存在。在"景观社会"中，影像悬置了真实与虚假的争辩，观众不再执着于追问历史真相，他们甚至放弃批判反思，而仅仅陶醉于光怪陆离的景观表象。"景观通过碾碎被世界的在场和不在场所困扰的自我，抹杀了自我和世界的界限；通过抑制由表象组织所坚持的、在谎言的真实出场笼罩之下的所有直接的经验事实,抹杀了真与假的界限。"[7]由此,德波得出了一个惊人的论断:"景观—观众的关系本质上是资本主义秩序的牢固支座。"[8]

当《西游记》被视觉化为随处可见的电视景观时,我们必须思考的是,80年代的观众如何通过"西游影像"来重新想象自我与世界的关系?这种"景观—观众"的观看方式能够询唤出全新主体吗?对此,美国学者道格拉斯·凯尔纳的态度更为中立。在他看来,所谓"媒介景观"就是"那些能体现当代社会基本价值观、引导个人适应现代生活方式,并将当代社会中的冲突和解决方式戏剧化的媒体文化现象,它包括媒体制造的各种豪华场面、体育比赛、政治事件"[9]。凯尔纳将德波的"景观社会"视作自己的理论背景,但是他的理论立场更为中立,也更具美国特质:"在当今社会的具体现实面前,应该用多元和异质的概念解析各种看似互相矛盾的奇观,将奇观本身看作一个各种话语冲突的场域","当代媒体文化奇观本身构成了一个推行霸权和抵抗霸权共存的话语场"。[10]与德波对景观的鲜明拒斥不同,凯尔纳强调"协商"的重要性,在话语权力交锋的过程中,任何一种媒介景观都是充满裂隙与耦合的。这提示我们,《西游记》的电视影像也是在诸多不同层面上完成了后"文革"时代的社会秩序重组。1986版电视剧《西游记》有力地传达出一种核心价值观,然而这种价值观又一定是复杂的、相

第三章 行者漫游：重读1986版电视剧《西游记》

互交叠的、散裂的，是不同话语冲突、协商后的结果。

从"散裂"（disjunctive）出发，印度裔学者阿尔君·阿帕杜莱重新定义了"景观"——"这些景观正是构建我所谓（扩展了安德森的概念）想象世界的基本砖石：我指的是全球各地的个体和群体基于历史处境而想象并建构出的多元世界。在今天我们所处的世界，一个重要的事实是，全球有许多人住在这种想象世界中（而不仅仅在想象的共同体中），因此他们能够抗拒周边的官方意识和企业家心态中的想象世界，有时甚至能颠覆它们。"[11] 随后，阿帕杜莱提出了五种景观，分别是族群景观、技术景观、金融景观、媒体景观和意识形态景观。在全球化的维度之内，"媒体景观（特别是在电视、影片和磁带形式中）为全世界的观众提供着丰富而庞杂的影像、叙事及族群景观，商品世界与新闻政治的世界在此混杂一团无从辨认"，"无论是私人利益还是国家利益所造就的媒体景观，都倾向于以影像为中心、以叙事为基础来描绘现实；它们的体验者与转化者从中获得的是一系列要素（如人物形象、故事情节和文本形式），由此能够构建出想象生活的剧本——既包括他们自己的生活，也包括他乡的、他人的生活"。[12] 当景观成为一种全新的叙事方式，它将重新组合起观众对于空间/世界的想象，而不再局限于国境线或国族身份。一个生动案例是，1986版电视剧《西游记》最后两集在泰国曼谷拍摄完成，于是指向"西天/天竺"

的媒体景观本身即是一种杂糅,它既不同于前二十三集的中国自然风光,呈现出一种异域效果;却也不是真正的"印度",而是将大雷音寺转化为曼谷大皇宫的内景空间。这一真相不禁让我们对杨洁导演的"实景拍摄"产生了疑问:如果电视剧《西游记》摄制组从未抵达印度,那么这种拍摄方式还称得上是"实景"吗? 1986版电视剧《西游记》为何坚持使用"实景"策略?或许,比拍摄路线图更重要的,是"实景"所带来的意识形态效果,这将是后文论述的重点所在。

二、实景的政治:重建"祖国"认同

若从置景角度切入《西游记》的文化再现过程,我们会立即捕捉到1986版电视剧的独特之处。在此之前,无论是《西游记》的电影形态或是戏曲形态,其置景方式都是人工搭景,其表演空间是平面化的假山假水。可是在1986版电视剧《西游记》中,创作者明确采用了真山真水的"实景",更重要的是,"实景"的取景地遍布中国大江南北,是着眼于"祖国"的,这显然是一种有意识的艺术创作方式。在回忆录中,导演杨洁将"实景"解读为"游"的美学,认为这是"用现实主义手法处理浪漫主义题材":

第三章　行者漫游：重读1986版电视剧《西游记》

《西游记》，"游"是一条贯穿线。从大唐景色到异国风光，环境的变化，表现了路途的遥远和取经的艰辛。我要通过"游"字，把我国绚丽多彩的名山大川，名扬四海的古典园林，历史悠久的佛刹道观摄入剧中，增强它的真实感和神奇性，并达到情景交融、以景托情的效果。这也是我们的一大优势，必须要好好利用。虽然有的人曾经反对，说："要拍外景，北京郊区有的是山，翻过来调过去都可以拍，又省钱，又省时间。干吗跑到外面去！"我不同意，就在北京郊区拍《西游记》？那不是我的初衷。我坚持：理想的环境对烘托气氛、刻画人物会起到极重要的作用！神奇的故事和绝妙的风光结合在一起，会大大增加它的美学价值！我要根据《西游记》的剧情需要，拍摄下许多珍贵的风光镜头！这会成为它将来的一大特色！[13]

于是，在"游"的美学指导原则之下，电视剧《西游记》基本走遍了全中国所有主要景区。在此，可以做一个简单统计：对照电视剧《西游记》每一集的核心场景与取景地（及其景区级别），我们或可一窥"实景"策略的意识形态功能。现将每一集的取景地整理如下。

表4 1986版电视剧《西游记》分集场景及取景地

集数	分集名称	核心场景	实景拍摄地	景区级别
第一集	猴王初问世	石山	北戴河	AAAA
		水帘洞	黄果树瀑布	AAAAA
第二集	官封弼马温	天河牧马	锡林浩特草原	AAAA
第三集	大圣闹天宫	斗法二郎神	十渡	AAAA
第四集	困囚五行山	五行山	云南石林	AAAAA
第五集	猴王保唐僧	鹰愁涧	武夷山九曲溪	AAAAA
第六集	祸起观音院	观音寺	福州涌泉寺	AAAA
第七集	计收猪八戒	高老庄	青州范公亭	AA
第八集	坎途逢三难	流沙河	长江三峡	AAAAA
第九集	偷吃人参果	五庄观	青城山	AAAAA
第十集	三打白骨精	白骨洞外	湖南张家界	AAAAA
		白骨洞内	冷水江波月洞	AAA
第十一集	智激美猴王	宝象国	大理古城	AAAA
第十二集	夺宝莲花洞	莲花洞	驻马店嵖岈山	AAAAA
第十三集	除妖乌鸡国	乌鸡国	北京戒台寺	AAAA
第十四集	大战红孩儿	火云洞	长白山原始森林	AAAAA
第十五集	斗法降三怪	车迟国	北京戒台寺	AAAA
第十六集	趣经女儿国	女儿国	苏州狮子林	AAAA
第十七集	三调芭蕉扇	火焰山	吐鲁番火焰山	AAA
		芭蕉洞	桂林七星岩	AAAA
第十八集	扫塔辨奇冤	宝塔	大同云冈石窟	AAAAA
第十九集	误入小雷音	小雷音寺	安徽九华山	AAAAA
第二十集	孙猴巧行医	朱紫国	绍兴兰亭	AAAA

第三章　行者漫游：重读1986版电视剧《西游记》

（续表）

集数	分集名称	核心场景	实景拍摄地	景区级别
第二十一集	错坠盘丝洞	盘丝洞濯垢泉	九寨沟	AAAAA
		黄花观	都江堰	AAAAA
第二十二集	四探无底洞	镇海禅林寺	北京卧佛寺	无
第二十三集	传艺玉华州	黄狮精洞穴	广东肇庆出米洞	AAAA
第二十四集	天竺收玉兔	天竺国	泰国大城府	海外
第二十五集	波生极乐天	西天	曼谷大皇宫	海外

如导演杨洁所说，电视剧《西游记》的取景策略主要着眼于"我国"，也就是说，她始终是在"祖国"的高度上选取"风景"。于是，在"风景"与"祖国"之间，我们必然遭遇"风景民族主义"[14]。为了准确阐释二者之间的关系，我们有必要将"风景"视作一种话语，视作充满权力交锋与协商的理论场域，它在不同国家的文化内部都发挥着意识形态效力。美国人类学家温迪·J.达比在《风景与认同：英国民族与阶级地理》一书中提出了诸多洞见，其中最重要的结论是："风景成为认同形成的场所。"[15]如何理解这句话呢？达比首先分析了"如画风景"（the Picturesque）这一概念，它是"自然风景"的审美化，同时也是一种政治话语模式，因而被赋予了越来越理论化和体系化的复杂意涵。简单来说，从"自然风景"到"如画风景"是一个"文化赋值"（cultural valorization）过程，是把空旷之地变成文化恒产的命名过程。当那些令人敬畏的崇高风景出现在明

信片、绘画、电视荧屏或者电影银幕上时,野性的"空间"已然变成了民族—国家内部的"地方"。因此,"风景"始终是一个动词,它是文化权力的工具,是社会和主体身份赖以形成的文化实践。"当风景与民族、本土、自然相联系,这个词也就具有了'隐喻的、意识形态的效力',这种效力是由于'一个民族文化的本质或性格与其栖居地区的本质或性格之间,发展出了一种更恒久的维系'。"[16]随后,达比细致考察了华兹华斯等湖畔诗人的诗作,他们对于凯尔特边界原始风景的执着书写,将有效转化为一种关乎民族历史的时间意识:"借由绘画、诗歌和小说艺术形式,英国浪漫主义者完成了对苏格兰、威尔士和爱尔兰的凯尔特边区的凝视和整合。这种凝视在更接近家园的地方发挥作用,在湖区铭刻下英格兰的一个特定图景,使之成为一个想象性或不那么想象性的过去的存储之地。"[17]可见,这些自然风景由于知识分子的阐发而成为"如画风景",这种赋值行为使之进入了民族—国家的共同记忆,使之成为"想象的共同体"的中介。

无独有偶,在电影场域之内,"风景"同样建构着民族主义认同,一个鲜明案例是德国魏玛共和国时期诞生的全新电影类型:高山电影(Bergfilm)。高山电影的开创者是弗莱堡人阿诺德·范克博士(Dr. Arnold Fanck),他本是一位沉迷登山的地质学家,后来成为热诚地传播高山险坡福音的电影作者。他将摄影机对准险峻的阿尔卑斯山,通过"实景"表达出一种高山崇拜。

第三章　行者漫游：重读1986版电视剧《西游记》

这最初体现在《雪橇的奇迹》(*Das Wunder des Schneeschuhs*, 1920)、《与山峰斗争》(*Im Kampf mit dem Berge*, 1921)以及《恩嘎丁猎狐》(*Fuchsjagd im Engadin*, 1923)等影片中。"在德国银幕大多还只能向观众呈现摄影棚搭建的场景时，对最壮美的自然景象的捕捉令上面这些影片与众不同。在后来的作品中，范克越来越热衷于把悬崖与激情、无法接近的峭壁和无法解决的人际冲突结合在一起；每年他都会带来一部高山上的新作。虚构的元素尽管离奇却并不妨碍影片中大量高海拔寂静世界的纪实镜头。作为记录，这些影片是无可比肩的成就。看过的人都会记得冰河在暗色天空的衬托下耀眼的白色，还有云团在山的上方组成高山的奇妙游戏，从牧人小屋的屋檐和窗沿悬下的冰凌柱，以及在夜间搜救队火把的照耀下，内层的冰隙和形状奇异的冰构造焕发出彩虹般的生命"，"范克用如此壮美的镜头极力传播的高山讯息成为许多德国人的信条，信仰者学衔毋论，其中也有大学里的年轻人。早于第一次世界大战前，成群的慕尼黑学生每周末都会离开无聊的州府，向着巴伐利亚的阿尔卑斯进发，去宣泄他们的激情。对于他们，没有比破晓时分微光中冰冷裸露的岩石更美好的事物了。他们满怀普罗米修斯式的决心攀上危险的'烟囱'，然后在山顶平静地享用烟斗，无比骄傲地俯视被他们称作'山谷猪猡'的人——那些从未试过升到如此高度的平头百姓。与一般的运动员或全景摄影的狂热爱好者不同，这些登山者是履行礼拜仪式的信徒。可以将他们的心态比作一种英雄式的理想主义，出于盲目而无切实目标的理想，他们在旅行探险中耗尽自己"。[18] 正如克拉考尔所分析的那样，高山电影通过"实景"所传达出来的高山崇拜，实质上是在重建一种英雄主义信仰。这种信仰在路易斯·特伦克的续作中，发展为"高山电影和民族主义影片的榫合"，典型如宣扬骁勇好战性格并进行英雄主义战争动员的《燃烧的山脉》(*Berge in Flammen*，1931) 与《造反者》(*Der Rebell*，1933)，"其历史性角色，就是表达一种民族主义式反抗的胜利"[19]。

而在明治时期的日本，地理学家志贺重昂的著作《日本风景论》曾产生很大影响。他试图通过"江山洵美是吾乡"这句话提纲挈领，唤起日本国民对于日本国土风物的热爱，进而完成文化认同，提升民族自信心。在对"风景"的描绘过程中，志贺重昂为日本设置了诸多参照对象，英国正是其中之一。在现代化的语境之内，明治时期的日本以英国为参照系是很自然的，于是志贺重昂通过对火山风景的强调，呈现出日本的独特性与优越性："英吉利国土之美就算如其所言，但是英国却没有一座活火山。没有活火山尚可，连一座由火山岩构成的大山也没有，就有些让人兴趣寡然了。而日本不仅具有卢伯克所举出的英国风景的全部特点，而且其国土到处都有天地间之'大'者——火山。如果连一座活火山都没有的地方能够被说成是'汇

第三章　行者漫游：重读1986版电视剧《西游记》

集了全世界的多样多变的风景'，那么日本又该如何评价呢？我们由此可以更加确信浩浩造化，妙手神笔，独钟日本。"[20]事实上，志贺重昂这种强调本土价值的国粹主义思想，是与东亚之现代化焦虑息息相关的。在追赶欧洲的急切脚步中，文化民族主义自然会浮出历史地表，表达出反现代化的忧思。1888年，志贺重昂在《国民之友》杂志上发表了《如何使日本国成为日本国》一文，点破了"风景"与"祖国"之间的隐秘联系："如何巩固日本国家之根本呢？答曰：逐步培养日本国民赞扬日本山水风土花鸟之优美的感情，悄然树立一种热爱日本国土的观念。……撰写赞美日本山河风土的诗歌，使日本国民自幼吟诵之。以便自然而然地培养出一种妙不可言，高尚而神圣的爱国感情。……从小就培养日本国民自然地热爱日本山河风土的高尚而神圣的感情，树立起不厌弃、不轻侮日本的观念。"[21]

如上所述，从英国、德国到日本，"风景民族主义"深刻地嵌入了其现代民族国家形成过程之中，成为国家层面现代化叙事的重要环节。如此，再回返至1986版电视剧《西游记》，其实景拍摄策略也就更加引人深思。我们必须追问：为什么实景版《西游记》出现在这个历史节点上？或许，正是在那些优美的祖国风光中，我们得以重建一种民族主义认同，这是对"文革"后国家认同危机的一次拯救，是对个人与国家之间紧张关系的想象性解决。戴锦华曾指出，70—80年代之交中国知识界最重要的文化策略之一,就是用"祖国"取代"国家":"'国家'被用来指称计划经济体制时期的社会主义体制,而祖国则指称着故乡家园、土地河山、语言文化、血缘亲情与传统习俗",因此"从权力机器、民族国家政权中剥离出'祖国'的形象与概念,事实上成了一次更为'标准'的现代民族国家意识的强化;而且较之'公民的义务''政治的归属',个人的别无选择的身份、亲情血缘意义上的归属,则成了民族认同的更为自然、合理的表达。"[22]在"风景民族主义"的维度上,1986版《西游记》所呈现的祖国风光恰恰标识着70—80年代历史转型的结果,即民族主义话语成为阶级话语的替代形式,它通过强调一种共同地缘关系来实现文化共同体的认同,同时修复阶级话语曾经造成的创伤与悲情。

三、崇高美学:知识分子的"行者"想象

1986版电视剧《西游记》的片头多次聚焦"行者"群像(如图5)。在这些镜头中,全景、自然光、仰拍成为核心要素,调度方式是四人一马呈直线形排列,从右向左行进。更重要的是,"行者"群像常常出现在险峻的地势之上,诸如陡坡、悬崖、瀑布等,创作者试图用地势之险反衬出路途之艰。在雄壮的自然风景之中,"行者"群像显得尤其渺小,但是,仰拍角度却

第三章 行者漫游：重读 1986 版电视剧《西游记》

图 5　1986 版电视剧《西游记》中的"行者"群像

又模拟出一种英雄崇拜式的注目礼。在实景拍摄的自然风光与英雄主义情结之间，"行路难"成为一个寓言性的主题，它不经意间揭示出 80 年代中国的复杂文化心理。

在前文的讨论中，我们分别从"媒介景观"与"风景民族主义"的角度打开了"风景"的理论视野，而接下来的论述焦点将是"风景"与"行者"之间的张力关系。换言之，我们必须回答"风景"如何塑造了主体。日本思想家柄谷行人在《日本现代文学的起源》一书中提出了著名的"风景之发现"，他的论述出发点是康德的"美"与"崇高"之辨。在康德那里，被视作名胜的风景是一种"美"，而诸如原始森林、沙漠、冰河那样的风景则是"崇高"。"美"是通过想象力在对象中发现合目的性而获得的一种快感；"崇高"则相反，是在怎么看都不愉快且超出了想象力之界限的对象中，通过主观能动性来发现其合目的性所获得的一种快感。而现代"风景"恰恰存在于那种崇高的令人不愉快的对象之中——如何将"崇高"体验为

"美"？这才是柄谷行人在面对"风景"时真正想讨论的问题。所以，他才会将"风景"定义为"一种认识性的装置"，"这个装置一旦成形出现，其起源便被掩盖起来了"。[23]所谓"认识性的装置"是说，"风景"与观者的孤独心态是紧密联结在一起的，因此它真正指向的是对"内在的人"（inner man）的发现，而这一认知过程被称作"颠倒"。

同理，1986版电视剧《西游记》所呈现的"风景"，其"颠倒"的结果正是"行者"的生成。作为一种认识性装置，"风景"询唤出80年代的全新文化英雄——知识分子。更准确地说，是一种具有人文精神的知识分子想象。在"新启蒙"的社会修辞方式之中，知识分子的文化想象与社会地位得到加固，"科学与民主"再次成为时代最强音。有趣的是，"科学"与"民主"之间存在着一定的内部张力，在80年代（尤其是前中期）"科学"分外凸显，而"民主"则处于隐形状态。"从《哥德巴赫猜想》《人到中年》到蒋筑英、'科技是第一生产力'和《共和国之恋》，科技知识分子不仅是当之无愧的文化英雄，而且是伟大的爱国主义的旗帜下的民族英雄。"[24]有趣的是，虽然科技知识分子事实成为80年代的既得利益者，但却"是人文（而非科技甚至社会科学）知识分子想象性地占据了那一即将即位的新神的位置；即使是活跃于80年代文化舞台之上的科技知识分子，亦采取了人文、准人文学科的文化资源并出演人文知

第三章 行者漫游：重读 1986 版电视剧《西游记》

识分子的角色"[25]。在这种人文精神的鼓舞之下，80 年代的知识分子洋溢着理想主义的英雄气概，他们渴望以"行者"的形象真正融入自然风景之中。正如陈晓明所指出的："那已是一个自我意识与日俱增的时期，当然也确实是一个令人想入非非的时代：改革开放初见成效，经济过热发展，高楼大厦拔地而起，消费指数急剧上升，抢购风与通货膨胀展开角逐……不满与期待，忿恨与躁动，希冀与梦想，混为一体；挡不住的诱惑，摸着石子过河，跟着感觉走……人们既为现实的不公不平痛心疾首，也为眼前的机会激动不安。在这初具规模的竞争时代，人们需要成为强壮的自然之子。"[26]

于是，在饱含英雄主义情结的仰拍镜头中，风景中的行者被拔升至理想主义者的高度，他们的影像被审美化为一种崇高美学，但这种崇高又绝非单纯的乐观主义，时常混杂着悲情，那种复杂性恰恰是 80 年代知识分子的自我想象与情感状态。对于这种美学特征，蔡翔将其总结为"挣扎着的向上欲望"："80 年代的理想主义实际上是非常复杂的，既有对现代化的热烈憧憬，又有对自身的更高的美学追求；既有对现代性异化的批判，又有对专制社会的强力抗击……在各种矛盾的冲突之中，相互纠缠而组成十分强大的情感力量，很难用一句话来概括清楚。它表现出来的，更多的是一种情感形态，使人在种种困窘之中爆发出强烈的奋进精神。但是不能据此把 80 年代处理成一个温馨的或者肤浅的乐观主义时代,尽管这个时代充满高歌猛进的青春精神。80年代同样充满凶险,道路坎坷,而且我以为这一代理想主义者身上具有浓郁的悲观情结。这种悲观心态来源于许多方面,政治、思想、文化、现实的社会矛盾等。乌托邦冲动的产生,正是在对此世的绝望与抗争之中。但是在那个时代,彼岸尚未从人的视野中完全消失,寻求真理的努力支持着理想在此世的实现。从而在绝望中又燃起希望之火,悲壮地坎坷前行构成一代人的写作姿态。这种挣扎着的向上欲望可以理解为80年代的美学特征。"[27] 蔡翔将80年代的理想主义理解为一种"情感形态",这是十分精到的,而他的生动描述"绝望中又燃起希望之火,悲壮地坎坷前行"甚至与"踏平坎坷成大道,斗罢艰险又出发"(电视剧《西游记》主题曲《敢问路在何方》)基本同义。因此,若要深入讨论80年代的理想主义美学,我们是无法脱离后"文革"时代的历史背景的,那种悲情与乐观相杂的感性氛围是70—80年代之交的历史剧变所造成的。当然,在悲情与乐观的博弈状态中,最终是乐观主义占据上风并代言了时代主旋律,正如电视剧《西游记》"宝塔辨奇冤"插曲所唱的那样:"一片禅心悲众僧,师徒扫塔情殷殷。驱散妖雾乾坤净,换来晴空月儿明。"

事实上,1986版电视剧《西游记》对原著进行了叙事切分,每一集都以师徒战胜妖魔、继续上路为结局(第十集"三打白

第三章　行者漫游：重读1986版电视剧《西游记》

骨精"除外），基本上自成单元。那么，究竟该如何理解这个"乐观主义的尾巴"呢？这种关乎"希望"的乌托邦冲动究竟指向何处？对此，贺桂梅有着非常深刻的解读："一方面缘自社会主义文化本身所勾勒的历史远景（实现'自由人'联合、作为'异化'之扬弃的共产主义社会），另一方面则是'新时期'朝向'开放'的世界和未来空间转变而产生的希望与憧憬"；"在一种'后革命'的氛围中，无产阶级专政的历史实践虽然遭受到挫折和广泛质疑，但是'革命'所携带的乌托邦历史远景以及朝向未来的乐观主义想象，却并没有受到怀疑。很大程度上，这种乐观主义'嫁接'到有关'现代化''现代''启蒙'的想象中"。[28]所以，当创作者自我设问"敢问路在何方"之时，他们必须给出一个坚定而有力的回答——"路在脚下"，他们必须给观众以希望与信心，因为只有如此，民众才能"面向现代化、面向世界、面向未来"[29]。

于是，从电视剧《西游记》的"行者"想象出发，我们经由知识分子的理想主义情结，得以抵达一种崇高美学。这种崇高美学天然地带有历史的悲情意味，但是其"行路难"的主题最终必然转化为"长风破浪会有时，直挂云帆济沧海"般的"希望"与"未来"。于是，"行者"作为一种时代形象，也就因其克服困难的勇气变得更加崇高。正如罗曼·罗兰所说，这世界上只有一种英雄主义，那就是看清生活真相之后依然热爱生活。

如果说，这种负重前行、苦尽甘来的心路历程正代表着80年代知识分子的情感动力学，那么我们仍需追问，在那种"面向未来"的乐观主义背后，究竟是怎样的意识形态建构？作为一种英雄形象，"行者"是被80年代主导话语建构出来的，是典型的"大写的人"，它指向一种坚忍不拔的灵魂状态，是被审美化了的意识形态崇高客体。在这里，"审美化"的过程可谓至关重要。正如英国思想家伊格尔顿在《审美意识形态》一书中阐明的，"审美"并非无关政治，甚至相反，它始终是"一个关键的政治学问题"："审美的界线可以区分出向左转或者向右转。向左转：打碎真理、认识和伦理（这些都被看作意识形态的桎梏），生活在丰富的自由之中，随心所欲地发挥创造力。向右转，包括从伯克、柯尔律治到海德格尔、叶芝和艾略特：忽视理性分析，依附于感觉的特殊性，把社会看作一个以自我为基础的机体，它的所有部分都不可思议地解释为没有冲突也不需要理性的判断。"[30]显然，对"感觉的特殊性"的强调正是典型的80年代文化症候，那个具有主观战斗精神的"自我"正是"美猴王"的文化价值。

四、人道主义：美猴王的意识形态

历数孙悟空的视觉造型嬗变，1986版电视剧是绕不过去的，由六小龄童扮演的孙悟空一直被观众奉为经典意义上的

第三章 行者漫游:重读1986版电视剧《西游记》

图6 1986版电视剧《西游记》之"美猴王"造型

"美猴王"。如图6所示,在造型程式上,电视剧版本的服装设计吸收了戏曲造型的短打武生元素,以黄色作为视觉中心也是对动画片《大闹天宫》的借鉴,不过这一版本在化妆扮相上有了重大创新,那就是彻底去掉了戏曲脸谱,明确淡化了舞台痕迹,追求更为生活化的表演方式。于是,孙悟空在特写镜头中的表情细节也就更接近于"人",更易被审美化。需要注意的是,在这一电视剧版本中,"美猴王"之"美"是一个被创造出来的概念,是导演杨洁进行艺术再创作的指导理念之一。在她看来,再现孙悟空的"美",正是她拍摄《西游记》的重点与难点:

我去找到了王希钟,和他商量为《西游记》制作人物造型的事，他对这个任务也有极高的兴趣！我们谈好：妖魔鬼怪，神仙佛道，包括小妖小怪，只要不是凡人的，都需要造型。有的要全脸,有的是半脸,有的可用"零件"，局部改变面孔。最好少用整脸，以免影响表演。总的我要求不但各有特点，还要美，尤其是孙悟空，如何做得他美,是个难点。一定要使他有猴相，但又漂亮，"美猴王"嘛！[31]

作为拍摄电视剧的指导思想，孙悟空之"美"也成为六小龄童的表演创作理念，也正因为他的精湛演技，"美猴王"成为1986版孙悟空形象的代名词。有趣的是，在90年代市场经济的语境中，六小龄童甚至将"美猴王"进行了商标注册，还成立了上海六小龄童文化实业有限公司；显然，他看到了"美猴王"所蕴含的无限商机。除此之外，他还酝酿了诸多弘扬猴王精神的商业构想："创立《美猴王》杂志和'美猴王'电视栏目，挑战大量的国外卡通图书和少儿节目"，"创办美猴王乐园，以挑战迪士尼乐园"，"开发美猴王食品和少儿用品"等。[32]在全球化的地缘经济学维度上，"美猴王"成为一种民族主义符号，它的复制再生产寄托了中国抵抗全球资本主义的原初希冀。这一案例再次提示我们，"美猴王"之"美"绝不是单纯的审美范畴，甚至恰恰相反，它始终是一个关键的政治学议题。我们必须追

第三章 行者漫游:重读1986版电视剧《西游记》

问,在"美猴王"的背后,是怎样的意识形态运作过程?

毫无疑问,80年代是审美时代,这不仅表现为社会话语对于灵魂、精神、道德、人性等关键词的强调,也表现为知识界的重要文化事件,即"美学热"。在美学的视阈之内,我们有必要将美猴王视作一种时代命名,视作一种参与社会建构的话语,我们必须关注其在历史语境中的具体生成过程。孙悟空何以成为美猴王?他的精神内核究竟是什么?对此,六小龄童有着自己的解读:"孙悟空是真善美的象征,希望在他身上承载着拼搏进取、不屈不挠、永不言败,尤其是乐观向上的一种精神","他不是一个狒狒,不是金刚,也不是《猩球崛起》里面的猴子,他是我们中国的美猴王"。[33]在这里,真正有趣的是六小龄童对于"真善美"的援引,据单纯在《"真善美"探源》一文中的考证,"真善美"作为文艺理论概念进入中国或许是在晚清时期,与严复、蔡元培、梁启超、王国维等人对于日本哲学著作的译介有关,但是其真正流行于文化场域,甚至成为一种主流批评话语,则与"新时期"的来临密切相关。[34]而在美学领域,李泽厚于1985年提出的"以美启真""以美储善"更是产生了极为深远的影响。[35]作为其主体性哲学讨论的补充,李泽厚将"美"拔升至真善美结构的中心位置,以"美"来统率"真"与"善",事实上,这正是用美学的憧憬取代了政治的希望。对此,祝东力这样解读:"在现实和理想的空白处,美学发挥着其关键的中介作用:在这里,历史远景转化为一种当下的美感体验。马克思的'历史之谜'得到了审美的解答。无疑,这是通向历史远景的政治实践之路遭遇挫折('文化大革命')之后,取而代之的一种新的途径。"[36]可以说,80年代的文化语境对于孙悟空形象的审美诉求是极具症候性的,而这种"美"最终落在了"人情味"三个字上:

> 有人认为:"人情味"这三个字与《西游记》这个神话故事无缘。错了!不论什么戏,若是没有"情",就失去了灵魂!所以必须着力刻画人物,浓墨重彩地描写人情。《西游记》原著中成功地塑造了各种艺术形象,其中的主要人物都有鲜明的性格特征,不论孙悟空还是猪八戒,都具人的思想感情。孙悟空有情有义,爱憎分明;猪八戒是个有缺点的好人;沙和尚任劳任怨,见义勇为;唐僧是个凡人,真诚又坚韧。他们四人在取经路上的重重磨难中不断加深了师徒之情,还有家国之情,儿女之情……这里有多少可作的文章!至于西行路上所遇到的妖魔鬼怪,君王臣宰,也都各有特性,各有真情。正如鲁迅先生所说:"神魔皆有人情,精魅亦通世故!"所有这些人物都可以在生活中找到他的原型。[37]

第三章　行者漫游：重读 1986 版电视剧《西游记》

杨洁导演反复强调的"人情味"三个字，十分精确地揭示出"美"与"人"之间的关系。换言之，80 年代中国社会对于"美"的空前关注，是与人道主义思潮的兴起密不可分的。"人道主义思潮在 70 年代后期中国出现的基本历史语境，一方面是'实现四个现代化''将重心转移到经济建设上来'的'新时期'的提出，另一方面则是通过审判'四人帮'、平反冤假错案和为'右派'平反、由中央发布'建国以来若干历史问题的决议'等方式，终止并批判'无产阶级专政下继续革命'的提法。也就是说，开启'新时期'与审判无产阶级专政被滥用的历史，这两者往往被看成一体的两面，人道主义思潮则既是这一历史转折的动因，也是对这一历史转折的呼应。"[38]所以，美猴王不单纯是一个由六小龄童塑造完成的电视剧形象，从更广阔的思想史与社会文化语境中讨论，他恰恰提供了一种独特的精神气质与感性氛围。作为"人的自由王国"与"人性最完满的展现"，美猴王之"美"令 80 年代中国脱身于"文革"后期的压抑沉闷，引渡其奔向充满无数历史可能性的"新时期"，并将观众的审美目光延伸至社会各层面共享的乌托邦想象之中。于是，"敢问路在何方"也就成为一句耐人寻味的发问，它将我们的视线引向路的尽头，引向那个充分敞开的未来。

五、敢问路在何方：从现代化之路到全球化之路

在80年代中国"面向未来"的乐观主义氛围中，我们将进入到对1986版电视剧《西游记》主题曲《敢问路在何方》的讨论。之所以如此关注这首歌（尤其是歌词部分），至少有两方面因素：一方面由于它是对电视剧版本的主题阐释，因而展现了创作者对于《西游记》的个性化读解，而这种读解方式，正是整个社会在历史转折过程中的集体无意识投射；另一方面是因为这首歌的文化影响力早已超出了影视歌曲的基本范畴，而成为时代的主旋律。[39]因此，我们有必要将《敢问路在何方》的歌词文本化，进行一番细读：

> 你挑着担，我牵着马；
> 迎来日出送走晚霞。
> 踏平坎坷成大道，
> 斗罢艰险又出发，又出发。
> 啦啦——啦啦啦啦啦啦啦，
> 一番番春秋冬夏，
> 一场场酸甜苦辣；
> 敢问路在何方？
> 路在脚下。

第三章 行者漫游：重读 1986 版电视剧《西游记》

歌词结构分为前后两部分：前半部分描绘"行路难"与克服困难不断前进的情景；后半部分则突出了时间的累积，进而对《西游记》进行了主题提炼。"敢问路在何方？路在脚下"，这两句话可谓凝结了整部剧的核心精神。如何去理解歌词中的"路"字？把《西游记》的故事主题解读为"道路"，这是一种 80 年代历史语境的文化发明。据词作者阎肃回忆，在创作这首歌词的过程中，他先是凭借记忆中《西游记》的情节，写出了前半段，却感到缺乏深度，于是闭门几日细细思考。遇到瓶颈时，他急得在屋子里来回走，一旁复习功课的儿子说，地毯上都走出一条道来了。这才使他想起了鲁迅小说《故乡》的最后一句话，即"其实地上本没有路，走的人多了，也便成了路"。他觉得，这一意境正好与取经故事相符，于是写出了"敢问路在何方，路在脚下"的结句。[40] 如阎肃所说，他读出了电视剧《西游记》与鲁迅小说《故乡》末尾句的主题相似性；然而从内容上说，一个是西天取经路，一个是回家路，一个古典，一个现代，它们事实上绝无可比性。那么我们不禁发问，二者是在什么意义上变得相似？其实，在这个问题的背后，是将 80 年代视作第二个"五四"的感觉结构在发生作用。与其说，二者具有艺术意境的相似性，不如说是具有历史语境的相似性。换言之，在 80 年代被寄予的"新启蒙"愿景中，本就蕴含着一种"筚路蓝缕,以启山林"的实践激情。在那个历史节点上,中国急切地需要走出一条自己的道路,进而走向未来。

当然,在讨论80年代中国对于"路"的想象之前,我们必须先回到鲁迅那里,回到《故乡》的最后一句:"希望本是无所谓有,无所谓无的。这正如地上的路;其实地上本没有路,走的人多了,也便成了路。"这句话出现在小说结尾,曾有诸多研究者认为,这一句与小说主题无关,是可以删去的。对此,汪晖有不同意见,他将其解读为"希望与绝望的悖论式情境":"一旦叙述者意识到'希望'的虚幻,'绝望'的感觉也即一同消逝,因为这一切不过都是笼罩现实的幻影,由此,思维便在'希望—绝望'的两极对立和互相'否定'之中跃出了这种恒定的二分法,直达现实的本然状态";"这里表达的恰恰不是如许多评论所说的对'希望'的肯定,相反,正是对'希望'的否定,对'绝望'的反抗,而超然于这两种主观感觉之上的则是一种真实的生命形式——'走'。作为一种现实的行为,'走'表达的只能是实践人生的方式,同时也是面对现实的执着态度。倘若不这样理解,而把这段描写理解为对'希望'的抽象肯定,不啻是把鲁迅一再证实了的现实的严酷转换为毫无客观根据的轻率的乐观"。[41]如汪晖所说,鲁迅所描绘出的"希望"与"绝望"最终指向的是一种生命形式——"走",从本质上说,这是一种关乎人类生存的哲学情境。但是,由于《故乡》这篇小

第三章 行者漫游：重读1986版电视剧《西游记》

说刚一发表就被当作师范学校语文教学的教材，随后成为语文教科书中的经典课文，所以对这最后一句话的解读也就不可避免地被20世纪不同历史阶段的时代语境所裹挟，从哲学情境变成了政治情境。日本学者藤井省三在其论著《鲁迅〈故乡〉阅读史——现代中国的文学空间》中，通过对比不同时代语文教科书对于小说《故乡》的解读，独辟蹊径地打开了现代中国文学的历史空间。在30年代的国语教科书中，几乎所有课后习题都必然涉及"希望的路"那一段的意义，它被左翼文学派的思路重新解释为一种民族的政治性期待。到了毛泽东时期，《故乡》连续出现在1950版《初级中学语文课本》、1956版《初级中学课本 文学》、1958版《初级中学课本 语文》、1961版《十年制学校初中课本（试用本）语文》等四个版本中，但是却在"文化大革命"中被视作禁忌，究其原因，或许是因为："在'文化大革命'中由于毛泽东的阶级斗争理论被奉为至高无上的真理，因此，展示没落地主阶级家庭出身的知识阶级的'我'与农民阶级出身的闰土以及常常被归入小市民阶级的杨二嫂之间复杂的阶级关系的《故乡》，是一篇解释稍有不慎就有可能被视为反革命的危险教材。尤其是面对寂寞的'故乡'，'我'那种动摇于希望与绝望之间的心理，在要求信仰'革命'、绝对忠诚于毛泽东的'文化大革命'时期是不被允许的。"[42]而进入邓小平时代以后，《故乡》重新回归了语文课本，并开始被读解为知识分子与小市民的故事。"可以认为，在这一时期，民国时期的知识阶级所无法比拟的庞大的知识分子阶层和小市民阶层正在形成。这种邓小平时代出现的、一边向民国时期的'阅读'回归一边呈现出新动向的对《故乡》的阅读，也许并非是将文本作为旧中国破产的故事，而是作为共和国遭遇的挫折的故事来阅读的。或，改革开放时期的市民阶层试图'想象'一种与社会主义国家体制相异的新型国民国家。"〔43〕

可见，对于鲁迅《故乡》最后一句"希望的路"的解读，经历了哲学情境政治化的历史过程。在"路"的主题之下，民族的政治性期待、社会主义的乌托邦冲动、共和国的历史挫折等不同含义相互交杂，构成了1986版电视剧主题曲《敢问路在何方》的创作前史。"敢问路在何方？路在脚下"，这两句话有效整合了现代中国的复杂历史记忆，将社会激变中的20世纪中国重构为一条"路"，因而成为一次意味深长的文化回溯，最大程度引起了80年代电视观众的共鸣。然而，若回到歌词的文本层面，这种自问自答的修辞方式，无非指向一种对现实困境的想象性解决，即"路在脚下"。在意识形态层面上说，《敢问路在何方》与著名的"摸着石头过河"理论构成了耦合。

作为中国改革开放的三大经验之一，"摸论"（摸着石头过河）与"猫论"（不管黑猫白猫，只要抓住老鼠就是好猫）、"不争论"（不争论，大胆地试，大胆地闯）共同构成了邓小平

第三章 行者漫游:重读1986版电视剧《西游记》

理论的精髓,也成为80年代中国的一组社会话语。那么,如何在现代中国的视阈之内理解"摸着石头过河"呢?从历史发生的语境看,"摸着石头过河"最早见于陈云1980年12月16日在中央工作会议上的发言,在这篇题为"经济形势与经验教训"的讲话中,他提出:"我们要改革,但是步子要稳。因为我们的改革,问题复杂,不能要求过急。改革固然要靠一定的理论研究、经济统计和经济预测,更重要的还是要从试点着手,随时总结经验,也就是要'摸着石头过河'。开始时步子要小,缓缓而行。这绝对不是不要改革,而是要使改革有利于调整,也有利于改革本身的成功。"[44]邓小平对于陈云提出的"摸着石头过河"完全赞同,后来在1986年接受美国记者迈克·华莱士采访时,他进一步将"摸着石头过河"解读为"试错法":"从另一个意义来说,我们现在做的事都是一个试验。对我们来说,都是新事物,所以要摸索前进。既然是新事物,难免要犯错误。我们的办法是不断总结经验,有错误就赶快改,小错误不要变成大错误。"[45]而从社会话语的角度分析,"摸着石头过河"的精神内涵与"敢问路在何方"至少有以下三点相似性:其一是"试验",也就是勇于尝试,虽然方向并不明确,这体现在"敢问"与"何方"两个关键词上;其二是"实践",即搁置争论,并投入到改革的实践中去,"路在脚下"是对这种务实精神的回应;其三是"稳",也就是陈云所说的"步子要小",这种渐进式的改革状态是对50—70年代不断激进化的社会主义革命进程的放缓，其反激进内涵在歌词中具象为"一番番春秋冬夏，一场场酸甜苦辣"的时间累积。因此，在"试验""实践""反激进"三个层面上，《敢问路在何方》都成为"摸着石头过河"在流行文化场域内的再现，这也是它在1986年秋季被列入社会主义精神文明建设文艺宣传材料的根本原因。在80年代中国的政治文化语境中，这首脍炙人口的电视剧主题曲就是改革开放的时代主旋律。

当然，"路"总是指向某个远方，正如"摸着石头过河"是为了抵达"河对岸"。那么，"河对岸"究竟是什么呢？胡鞍钢认为："改革之'河'的对岸，是社会主义初级阶段的宏伟目标——基本实现现代化。"[46]因此，所谓"路在脚下"自然可以理解为"中国"的现代化之路。然而，如果我们把"路"还原为一个文化地理学概念，那么我们必将回返至世界地图之上；在80年代的历史语境中，这条"路"又是"面向世界"的，它同样是全球化之路。因此，诞生于80年代的响亮口号"面向现代化、面向世界、面向未来"成为《敢问路在何方》的最佳诠释。在这三个"面向"之中，"现代化"与"世界"分别从时间和空间的角度定义了现代中国之"路"，而"未来"则是在最深远的意义上奠定了一种乐观主义基调。在这里需要特别注意的是，若从社会话语的角度考察，无论"现代化"或"全

第三章 行者漫游：重读1986版电视剧《西游记》

球化"都不过是一种叙事，在其背后都存在着一个欧美中心主义的世界体系；而作为一种叙事，它们也必然是特定意识形态的表现形式。正如美国学者雷迅马在《作为意识形态的现代化：社会科学与美国对第三世界政策》一书中提示我们的，"现代化理论"与西方兴起于19世纪的启蒙主义/殖民主义现代文化有着直接的关联性："现代化理论"与19世纪的"启蒙运动和进化论的社会变迁模式背后的逻辑极为相似"，因为现代化理论试图回答的问题是"为什么西方进步而非西方世界则停滞不前"，而这正是一个"深深植根于帝国历史"的本源问题。[47]同样地，全球化叙事之提出正基于现代化叙事的日渐失效，它看上去似乎致力于全球范围内的国际主义与平等主义，但事实上，这种幸福的承诺正掩盖了全球社会和经济上的不平等状态，昔日依版图而建的"帝国"虽已没落，但跨国公司正在凭借其资本实力而成长为全新的帝国主义载体。正如美国思想家德里克在《全球性的形成与激进政见》一文中所论述的：全球化"作为一种变化的范式——同时也是一种社会想象——已经取代了现代化"，"全球化话语主张以重要的方式与早先的现代化话语分道扬镳，最为明显的是体现在摈弃欧洲中心主义的变化目的论方面，这在许多方面已受到向欧洲中心主义发起的经济、政治和文化挑战的驱使"；"但全球化也具有意识形态性，因为它试图根据一种比任何东西都更有效地服务于一些利益的新的全球想象来重新建构世界","对全球化的成功的价值之考虑,正如它之于跨国资本那样,对世界主义的自由人士或左派也有着吸引力,它弘扬世界的内在统一性,但却忽视了继续存在的问题不只是过去的残存物,而是带有构成其意识形态的发展主义假想的全球化过程的产物"。[48]

或许是出于对"现代化"与"全球化"叙事的双重怀疑,《敢问路在何方》的歌词并没有正面回答题目中所提出的问题;换言之,它没有给"中国"以任何层面的方向性暗示,所谓"路在脚下"只是再一次确认了"中国"的主体性与特殊性。作为一句铿锵有力的发问,"敢问路在何方"于不经意间触碰到了历史转折期的敏感神经。对于第三世界国家来说,原发性的民族主义立场使其在时间与空间的双重维度上发生了"迷失"。然而,正是这种可贵的"迷失",令"中国"的前进速度得以放缓,并深入反思其独特经验,部署其主体位置。因此,1986版电视剧《西游记》无愧时代经典之名,从风景民族主义的"祖国"想象,到"行者"之崇高美学的建构,再到知识分子的人道主义诉求,以及"敢问路在何方"的民族寓言,这一切都令电视剧《西游记》呈现为80年代中国文化地形图的一处奇景,并最终成为"现代中国"文化嬗变的一个有效注脚。

第三章 行者漫游：重读1986版电视剧《西游记》

〔1〕王婕妤:《〈西游记〉重播3000次 六小龄童申吉尼斯》,《金陵晚报》,2014年11月13日。

〔2〕阳雨(王蒙):《文学:失却轰动效应以后》,《文艺报》,1988年1月30日。

〔3〕刘习良主编:《中国电视史》,北京:中国广播电视出版社,2007,第123页。

〔4〕[日]藤竹晓:《电视社会学》,蔡海林译,蔡振扬校,合肥:安徽文艺出版社,1987,第62页。

〔5〕[法]露西·马兹唐:《家庭身份危机与法国电视》,林宇译,《东南学术》,2003年第3期。

〔6〕[法]居伊·德波:《景观社会》,王昭风译,南京:南京大学出版社,2006,第3页。

〔7〕同上书,第101页。

〔8〕同上书,第174页。

〔9〕[美]道格拉斯·凯尔纳:《媒体奇观——当代美国社会文化透视》,史安斌译,北京:清华大学出版社,2003,第2页。

〔10〕同上书,第14页。

〔11〕[美]阿尔君·阿帕杜莱:《消散的现代性:全球化的文化维度》,刘冉译,上海:上海三联书店,2012,第44页。

〔12〕同上书,第46—47页。

〔13〕杨洁:《旧梦重温——拍摄〈西游记〉的风风雨雨》,《报告文学》,2008年第2期。

〔14〕李政亮:《风景民族主义》,《读书》,2009年第2期。

〔15〕[美]温迪·J.达比:《风景与认同:英国民族与阶级地理》,张箭飞、赵红英译,南京:译林出版社,2011,第75页。

〔16〕同上书,第85页。

〔17〕同上书,第90页。

〔18〕[德]齐格弗里德·克拉考尔:《从卡里加利到希特勒:德国电影心理史》,黎静译,上海:上海人民出版社,2008,第110—111页。

〔19〕同上书,第263页。

〔20〕[日]志贺重昂:《日本风景论》,东京:岩波书店,1995,第173—174页。

〔21〕[日]志贺重昂:《如何使日本国成为日本国》,《国民之友》第10期,明治二十年十月。

〔22〕戴锦华:《隐形书写:90年代中国文化研究》,南京:江苏人民出版社,1999,第198—199页。

〔23〕[日]柄谷行人:《日本现代文学的起源》,赵京华译,北京:生活·读书·新知三联书店,2006,第12页。

〔24〕戴锦华:《隐形书写:90年代中国文化研究》,南京:江苏人民出版社,1999,第47页。

〔25〕同上。

〔26〕陈晓明:《表意的焦虑:历史祛魅与当代文学变革》,北京:中央编译出版社,2002,第62页。

〔27〕蔡翔、罗岗、薛毅:《理想主义的昨天与今天》,《山花》,1998年第7期。

〔28〕贺桂梅:《"新启蒙"知识档案:80年代中国文化研究》,北京:

第三章 行者漫游：重读1986版电视剧《西游记》

北京大学出版社，2010，第102页。

〔29〕邓小平1983年10月1日为北京景山学校题词，后延伸至80年代的各生活领域，成为改革开放的指导方针和行动口号。

〔30〕[英]特里·伊格尔顿：《审美意识形态》，王杰、傅德根、麦永雄译，桂林：广西师范大学出版社，2001，第374页。

〔31〕杨洁：《旧梦重温——拍摄〈西游记〉的风风雨雨》，《报告文学》，2008年第2期。

〔32〕六小龄童、徐林正：《六小龄童 猴缘》，北京：京华出版社，2004，第111页。

〔33〕李铭：《六小龄童：孙悟空是世界的超级英雄》，新华网，2016年2月6日。

〔34〕单纯：《"真善美"探源》，《浙江社会科学》，1999年第6期。

〔35〕李泽厚：《关于主体性的补充说明》，《中国社会科学院研究生院学报》，1985年第1期。

〔36〕祝东力：《精神之旅——新时期以来的美学与知识分子》，北京：中国广播电视出版社，1998，第87页。

〔37〕杨洁：《旧梦重温——拍摄〈西游记〉的风风雨雨》，《报告文学》，2008年第2期。

〔38〕贺桂梅：《"新启蒙"知识档案：80年代中国文化研究》，北京：北京大学出版社，2010，第65页。

〔39〕歌曲《敢问路在何方》于1986年秋季被列入社会主义精神文明文艺宣传材料。此后，这首歌获奖无数，影响甚广。1988年3月，获龙年金曲大赛金龙奖；1988年12月，在《人民日报》文艺部、中国国际文

化交流中心等举办的新时期十年"金曲榜"评选活动入选"十年金曲";1989年1月,入选改革十年全国优秀歌曲(共十五首);2001年,在美国纽约评选的最受华人喜爱的歌曲中名列榜首;2008年,在中国改革开放三十年优秀电视剧歌曲推选活动中入选30首获奖歌曲,其中,歌曲排名第4位,词作者排名第2位。

〔40〕张彦芳:《一簇红梅开不败——访歌词作家、剧作家阎肃》,《人物》,1990年第5期。

〔41〕汪晖:《反抗绝望:鲁迅及其文学世界》,石家庄:河北教育出版社,2000,第297—298页。

〔42〕[日]藤井省三:《鲁迅〈故乡〉阅读史——现代中国的文学空间》,董炳月译,南京:南京大学出版社,2013,第127—128页。

〔43〕同上书,第167页。

〔44〕陈云:《经济形势与经验教训》,《陈云文选》第三卷,北京:人民出版社,1995,第279页。

〔45〕邓小平:《答美国记者迈克·华莱士问》,《邓小平文选》第三卷,北京:人民出版社,1993,第174页。

〔46〕胡鞍钢:《顶层设计与"摸着石头过河"》,《人民论坛》,2012年第9期。

〔47〕[美]雷迅马:《作为意识形态的现代化:社会科学与美国对第三世界政策》,牛可译,北京:中央编译出版社,2003,第97页。

〔48〕[美]阿里夫·德里克:《全球性的形成与激进政见》,《后革命氛围》,王宁译,北京:中国社会科学出版社,1999,第3—5页。

第四章　英雄降落：孙悟空与中国青年亚文化

孙悟空扔掉了金箍棒远渡重洋

沙和尚驾着船要把鱼打个精光

猪八戒回到了高老庄身边是按摩女郎

唐三藏咬着那方便面来到了大街上给人家看个吉祥

——何勇《姑娘漂亮》(1994)

随着 20 世纪 80 年代的历史性终结，90 年代中国呈现为一幅乱象丛生的文化地形图，尤其是 1992 年邓小平南方谈话以后，"市场"的爆炸性力量催生出诸多新现象与新命名。此时，我们必须回返至英国学者雷蒙·威廉斯对于"文化"的社会式定义："文化是对一种特殊生活方式的描述，这种描述不仅表现艺术和学问中的某些价值和意义，而且也表现制度和日常行为中的某些意义和价值。从这样一种定义出发，文化分析就是阐明一种特殊生活方式、一种特殊文化隐含或外显的意义和价值。"[1]因此，全新的文化现象就是全新的生活方式，在其背后则是全新主体的生成。90 年代中国大陆对于这些新主体的命名方式，直接借自港台地区的文化，称之为"新人类"[2]"新新人类"[3]。

那么，对于这些"新人类""新新人类"来说，他们缘何而"新"？与父辈文化相比，他们究竟有何特殊之处？整体上看，对于"我"的凸显正是"新人类""新新人类"的普遍价值观。在他们眼中，"我"就是一切行为的意义，一切的特立独行，只因我想，只因我愿意。于是，那个强大的"自我"与作为共同体的"社会"必然发生冲突，而青年亚文化恰恰产生于这种结构性的冲突地带。事实上，"青年问题"一直是新时期文化结构中的一处裂谷，早在1980年的"潘晓来信"事件便已引发全国青年的人生观大讨论，那句"人生的路啊，怎么越走越窄"所流露出的迷惘与苦闷，已然成为"文革"后的时代情绪。但是，只有当商业大潮真正席卷而来时，只有在市场机制和资本逻辑的运行之下，"青年问题"才真正得以在亚文化的层面上浮现。回顾整个90年代，无论是文学界的"晚生代"写作、音乐界的崔健摇滚，或者电影界的港式无厘头喜剧及"第六代"残酷青春，乃至追星族、动漫迷等粉丝部落，特别是网络文化的兴起，种种迹象都将"青年亚文化"标识为阅读90年代中国的一条有效路径，其中，孙悟空的形象嬗变恰恰成为一种风格符号。

第四章　英雄降落：孙悟空与中国青年亚文化

一、抵抗、风格与收编：孙悟空作为青年亚文化符号

在进入对"青年亚文化"的理论研讨之前，我们首先需要对"亚文化"有一个基本定义。所谓亚文化（Subculture），就是通过"风格"对主流文化进行挑战，从而建立认同的特殊文化方式，它往往涉及边缘文化、弱势群体对主流文化的权力抵抗，但抵抗的结果往往是被主流文化收编。正如赫伯迪格所说："亚文化意味着'噪音'（和声音相对）：它干扰了从真实事件与现象到它们在媒体中的再现这一井然有序的过程。因此,我们不应该低估了惊世骇俗的亚文化的表意力量（signifying power），亚文化不仅作为一种隐喻,象征着潜在的、'存在的'（out there）无政府状态，而且还可以作为一种真实的语意紊乱的机制：再现系统中的一种暂时堵塞。"[4]可以说，赫伯迪格所描述的失序、混乱状态,恰与90年代初中国社会的文化语境相契，于是我们听到了越来越多的"噪音"（以大陆摇滚乐为代表），而声音的政治也成为中国亚文化状况的一种隐喻。

对于"噪音"与"音乐"的关系，法国学者贾克·阿达利有着十分精妙的洞见："首先，噪音乃是暴力：它使人纷乱。制造噪音乃是打断信息之传递，使之不连贯，是扼杀。它是杀戮的一种拟像。其次，音乐乃噪音的一种导引，所以也是杀戮的一种拟像。它是一种升华，一种想象的剧烈化，同时也是社会秩

序和政治整合的创造者。"[5]因此,作为一种"和解的承诺","音乐"必须对"噪音"进行收编,使其变换发声方式乃至消音,进而使社会秩序合法化。在这种权力关系中,"噪音"是具有政治能动性的,它也能创造自己的意义:"首先,因为信息的中断意味着禁止传递意义,意味着审查和稀有;其次,因为在纯粹噪音中或者在无意义的重复中,经由未经导引的听觉,一种信息这种意义的缺席解放了听者的想象力。于此,不具意义乃具备了所有的意义,绝对的暧昧,意义之外的建构。噪音的存在有其道理,有其意义。它使得在另一种层次的体制上创造新秩序,在另一个网络创造新符码成为可能。"[6]

有趣的是,90年代的孙悟空形象正是以某种独特的"发声"姿态登场的,这一文化符号也因而具有了"噪音"的政治意味。在李冯发表于1993年的小说中,功成名就的孙悟空断言旅行毫无意义,终日嗜睡,并最终堕落为妓女。作者用小说标题明确表达了一种反英雄立场——"另一种声音"。在周星驰主演的电影《大话西游》(1995)中,孙悟空的配音者石班瑜刻意使用了一种夸张、随性的戏剧腔调,以"75%的真诚,加上25%的虚伪"[7]创造了一种专属于青年的时代声音。到了今何在的网络小说《悟空传》(2000),"我要这天,再遮不住我眼;要这地,再埋不了我心;要这众生,都明白我意;要那诸佛,都烟消云散"已成为提纲挈领的经典呐喊,那种强烈的

第四章 英雄降落：孙悟空与中国青年亚文化

发声姿态标志着"网络一代"的正式登场。当 90 年代的孙悟空形象成为一种社会"噪音"，其青年亚文化特质得以真正显露。在英国伯明翰学派的理论视阈中，亚文化研究的三个关键词是抵抗、风格与收编，因而我们试图提出的问题是：孙悟空形象如何传达出一种抵抗意味？其精神气质具有怎样的风格？而最终又如何被主流意识形态收编？

从"抵抗"的角度看，孙悟空形象在 90 年代文化语境中集中体现为英雄主义的降落，变为妓女（李冯《另一种声音》）、山贼（周星驰《大话西游》），甚至自杀的精神分裂症患者（今何在《悟空传》）。这当然是对传统孙悟空形象的彻底颠覆，也是对社会主流话语的刻意抵抗，而正是这种"抵抗"宣示着"新人类"的登场，这些文本中的孙悟空形象本身就具有一种青年亚文化风格。那么，对于亚文化来说，到底什么是"风格"呢？根据约翰·克拉克的定义，风格是指"在一套完整的意义系统——这一系统已经包含了那些委派于这些被用物品的、先在的和沉积的意义——之内，对这些物品进行重组和再语境化（re-contextualisation），并以此来传播新的意义。物品和意义共同构成了一个符号，在任何一种文化中，这些符号被反复地组合，形成各种独特的话语形式。然而，当这种拼贴将一个表意的物品重新置于那套话语内部一个不同的位置，并且使用相同的符号总资源库（overall repertoire）之时，或者当这一物品被置于一种不同的符号组合总体系（total ensemble）之时，一种新的话语形式就构成了，一种不同的信息也就传达出来了"[8]。事实上，反英雄的孙悟空形象正具有这种亚文化"风格"，因为它是对既有符号系统的重新编码，是对经典叙事的拆解与重构，本质上这是一种"再语境化"的方法。那么，独具"风格"的孙悟空形象具有彻底的抵抗精神吗？在赫伯迪格看来，亚文化终将被主流文化"收编"，主要方式有两种：其一是商业化，其二是被意识形态吸纳，且二者密不可分。他在《亚文化：风格的意义》一书中，以代表青年亚文化的朋克音乐为案例："重申一次，在亚文化的意识形态和商业'操作'之间无须做任何绝对的区分。女儿象征性地重新回归家庭，离经叛道者象征性地浪子回头，这些情形发生在朋克乐手纷纷向市场力量'投降'之际，而媒体却利用这种现象对朋克'毕竟只是正常人'这一事实加以解释。音乐刊物充斥着耳熟能详的成功故事，描述着白手起家的奋斗史：朋克乐手飞往美国；银行职员变成了音乐杂志编辑或唱片制作人；饱受性骚扰的女裁缝师一夜暴富，大获成功。当然，这些成功的故事有着模棱两可的意指内涵。就像伴随每一场'青年革命'（例如摇滚热、摩登族的风靡一时，以及'动荡的1960年代'）所出现的情形一样，个别人的相对成功创造了一种活力十足、扩张不断、无限向上的社会流动性。于是，这最终强化了开放社会的形象，

第四章 英雄降落:孙悟空与中国青年亚文化

在修辞层面上这正好与一开始就强调失业、高昂的生活费用、人生道路狭隘的朋克亚文化相矛盾。"〔9〕因此,商业和意识形态层面的双重收编是亚文化的必然结局,而青年亚文化不过是为社会危机提供一种想象性的解决方案,一种与其集体处境进行协商的策略,"但这种解决方案还主要处在符号层面,注定会失败"〔10〕。从这个意义上说,《大话西游》之所以成为时代经典,正因为孙悟空被迫走上了悲情的皈依之路;同样地,《悟空传》如此触动人心,也因为孙悟空最后杀死了那个曾经"大闹天宫"、英勇无畏的自己。正如风格化的抵抗终将被社会收编,孙悟空所代表的90年代中国青年也不可避免地遭遇社会化,而从前的叛逆也将被指认为一种不成熟的青春期心理。

在打开青年亚文化的理论向度之后,我们仍需将其发生的语境历史化。青年亚文化的理论基点是20世纪60年代的世界青年运动,而所谓"青春期"也是60年代文化的一种创造:"在1946年至1964年间,北美出现了一次前所未有的婴儿潮。在那段时期,共有7700万婴儿出生。因此,20世纪50年代会出现文化年轻化以及随之而来的青少年亚文化现象就毫不奇怪。1957年,新的青少年消费市场价值一年就超过了300亿美元。青少年期在很大程度上是为二战后的经济需要而建构确立的;可以预见的是,就生物连续性来说,新形成的社会范畴已经确立了自己的神话。青少年现在在行为、思想和动作方

图 7 1967 年创刊的红卫兵画刊《千钧棒漫画》

面都有着特定的模式。这一神话由成人构建而成,并通过成人的机制(如电视)而得到强化,这并非由青少年自身主动形成"。[11]因此,青年亚文化群体具有一种"双重接合"(double articulation)[12]属性,它分别与父辈文化、占支配地位的主导文化接合,实现中介功能。如将目光回返至 60 年代中国,孙悟空从那时起便已成为激进青年的文化符号(见图 7)。而为了更好地解析这一文化符号,我们必须深入到具体文本的叙事逻辑内部：李冯《另一种声音》(1993)、周星驰《大话西游》(1995)、今何在《悟空传》(2000)将是下文讨论的主要对象。

二、意义的消解：行者的"另一种声音"

但更多的时候，他却是坐在轿子里沉思，大概在花果山一觉睡足了，他一刻也不觉得困倦。他思考着这趟毫无意义的出门旅行。没有意义，并不让他烦恼。他活了很多年，早已习惯各种没有意义的事，比方在花果山称王，去西天取经。但在花果山生活是自然而然，去西天是观音分派的任务，没有意义都好理解。而这次他主动出游，为什么还是同样的结果呢？行者觉得他一生中，要数此时的头脑最清楚，但也最糊涂。想得越多，他越不知道该怎样生活。他觉得自己不算一个神仙，但诸多神通又使他与凡人不同，莫非他是一个妖怪，只顾占山为王，与小喽啰酗酒度日？于是，他又设想回花果山后的日子，觉得提不起兴趣。他后悔为什么没早些想到这个问题，否则可以问问师父和八戒，甚至还有白龙马和沙僧，他们似乎都没有他的疑惑。……也许，没有尽头的旅行和徒劳的思索正是他应过的生活，他是一个行者。[13]

将西天取经定义为"毫无意义的出门旅行",李冯可谓振聋发聩。如此鲜明的颓废状态出自其小说成名作《另一种声音》,发表在1993年的《北京文学》上。这篇小说试图以一种"现在时态"来重写《西游记》,作者从取经归来后起笔,孙悟空每天对着墙上的金质奖章发呆,疲惫地患上了嗜睡症;一觉醒来,花果山却已被"齐天小圣"占领,成为通宵狂欢PARTY的夜总会,于是他只得出门寻找从前的伙伴。可惜,沙僧早已埋进坟冢,唐僧忙于学术翻译、出书赚钱,白龙马下海经商,八戒则忍受着儿女满堂的无聊家庭生活。总之,他们都不复当年理想,一片荒芜景象。无奈之下,孙悟空只得与八戒的儿子做伴,变作他的媳妇何翠花找找乐子,却意外遭遇强盗拦路抢劫。由此,小说叙事转入后半部分,叙事节奏猛然加速,历史背景从唐跳至宋、明,进而直达90年代,这种基于时间本身的慌乱感与荒诞感恰来自于作者的现代性体验。何翠花(孙悟空)落难为面容苍老的南宋名妓,这年老色衰的女子之所以能令徽宗皇帝不思朝政,却是因为她长了一条真正的尾巴。后来,何翠花辗转成为吴承恩的女仆,陪伴他写出了《西游记》,而当她读到这部小说时,她不由自主地写下了"我是孙行者"几个字。瞬间,前世记忆在体内苏醒,她又开始长途跋涉,并逐渐找回了自己的肉身,成为一个英俊健壮、西装革履的现代青年男子。有趣的是,当他终于走出历史森林之时,却意外遭遇

第四章 英雄降落:孙悟空与中国青年亚文化

了金钱怪兽——"美元":

> 一辆小轿车悄悄驶离路中,在他身边刹住。司机,一个小伙子探头大声问:
> "喂,先生,要进城吗?"
> 车顶上的"出租"指示灯放出橘黄色的光辉。小伙子推开车门让他进去,同时漫不经心说:
> "哎,有兑换券吗?美元?"
> "唔,美元?当然。"
> 他坐在松软的座位上,能够感到小伙子嘴中呼出的热气。他耸耸肩,胡乱嘟囔着。汽车发动了。他偷偷伸手到身后摸了摸,他高兴地发现,他的尾巴不见了,现在,他和身边的小伙子,还有他们,真的是一模一样了。[14]

在这个结尾场景中,"美元"和"尾巴"成为两个关键的叙事装置,前者是新景观,后者是旧身体,而"尾巴"的寓意则是与"美元"直接相关的。事实上,正是"美元"所标识的工具理性价值尺度,让90年代初的中国知识分子体会到前所未有的挫败感:"中国知识界于90年代初年曾深刻体验着的那份历史阻塞与停滞感,此时显影为一股始终不曾停息,但与知识界的初衷及预期图景相去甚远的金元及欲望的潜流,而后者一旦奔涌而出，便将裹挟并再度度量一切";"一个似乎在一夜间降临的实用主义与重商主义的社会现实，使精英知识分子群体遇到了一个仿佛无下限的跌落。经历了整个80年代持续的自我扩张的想象，知识分子群体，此刻再度遭受到空前的重创。对他们（/我们？）来说，这是一个'千里之堤溃于一旦'的'触目惊心'的现实，一次空前规模的'文化溃败'"。[15]于是，小说中"尾巴"的消失也就意味着知识分子社会地位的骤降，从此以后，他们与其他人并没有什么不同。如此说来，孙悟空将自己认知为"行者"，也就更具有讽刺性。如先前章节所述，在80年代的文化语境中，"行者"代表着一种崇高的理想主义美学与英雄主义情结，而此刻，"行者"却只剩下了字面意思，降落为一种徒劳无功的苟且生活方式，"一如孙悟空在历经丧失法力、'沦为'女人、娼妓、仆妇之后，经过穿越漫长岁月的流浪，以一个普通西装男子的形象步入一座现代都市，完成了由神话英雄（甚至是民族英雄）向普通人的降落"[16]。

而若延展至更宽广的视阈，疲惫无力的孙悟空同样象征着中国，"尾巴"的消失也就是对过去历史的彻底弃绝，说得具体一点，是对50—70年代与80年代历史的双重弃绝。也只有在"弃绝"的意义上，我们才能理解小说叙事节奏为何在后半部分突然加速，从南宋直抵90年代，因为"弃绝"正是一种现代性的内在冲动。如评论者所说："由于以现代中国的

第四章 英雄降落:孙悟空与中国青年亚文化

情景来演绎《西游记》中的故事和人物,并以这种特性贯穿一千五百年:从唐代取经至20世纪末,又用一些真实的历史事件和人物穿插其中,如北宋灭亡、吴承恩写《西游记》、李师师、宋徽宗等。但人物的现代装扮使时间并没有越出20世纪末,一千五百年都表现了现代社会生活,却在一个时间点上演了一千五百年的沧桑历史。"[17]当一千五百年的中国历史被压缩在一个时间点上,那个沉重的"现在"其实无关历史,它只有表象而没有本质,在消费社会的乱象之中,作者根本没有必要从整体上去把握时代,而孙悟空的"嗜睡症"与"沉默"也就更易理解。正如戴锦华敏锐观察到的:"90年代初年的中国文化跌入了一份苍白的窒息与失语之中。仿佛是幕落、幕启间的一个匿名的时段,一个必须去经历却无从去体验的无为时间。一种深刻的挫败与无力感弥散在这份社会文化的沉寂之间";"事实上,80年代终结作为一份重要的历史经历,再度成为90年代文化的又一个缺席的在场者。但与此同时,这份挫败与无力感,亦来自于80年代文化逻辑的碎裂与混乱:依照前者,80年代的终结再次印证历史循环的死亡魔力"。[18]

在现代性的理论维度内,我们当然可以将李冯的小说视作是后现代的;然而需要注意的是,这里的"后现代"是在利奥塔的意义上得以成立的。在利奥塔看来,所谓现代性本质上是一种元话语:"当这种元话语明确地求助于诸如精神辩证法、意义阐释学、理性主体或劳动主体的解放、财富的增长等某个大叙事时，我们便用'现代'一词指称这种依靠元话语使自身合法化的科学。例如，在理性精神可能形成一致意见这种观点中，具有真理价值的陈述在发话者和受话者之间建立共识这一规则被认为是可以接受的：这就是启蒙叙事，在这一叙事中，知识英雄为了高尚的伦理政治目的而奋斗，即为了宇宙的安宁而奋斗。我们可以通过此例看出，用一个包含历史哲学的元叙事来使知识合法化，这将使我们对支配社会关系的体制是否具备有效性产生疑问：这些体制也需要使自身合法化。因此正义同真理一样，也在依靠大叙事。"[19]而后现代则是对这种元叙事的怀疑——"怀疑大概是科学进步的结果，但这种进步也以怀疑为前提。与合法化元叙述机制的衰落相对应，思辨哲学和从属于思辨哲学的大学体制出现了危机。叙述功能失去了自己的功能装置：伟大的英雄、伟大的冒险、伟大的航程以及伟大的目标"[20]。

如利奥塔所说，"英雄"是一种现代性的功能装置，后现代的主要精神则是对这些功能装置表示怀疑，而怀疑恰恰是李冯小说的核心情绪："被当代生存问题层层包裹的人，已经失去了真实性，既无法辨别自己与周围事物关系的真实性，又无法看到外在世界的真实。对于自己和世界存在真实性的怀疑，是对生存价值和意义的破坏，当存在显得可疑时，价值和意义自然有了虚假性。李冯的小说贯穿着一种强烈的怀疑情绪：对

第四章 英雄降落：孙悟空与中国青年亚文化

人们颓废生活和价值实现的真实性表示怀疑。按照李冯所采取的故事文本形式，故事表现了虚假性对整个现代生活的威胁。李冯在这些作品中所流露的忧虑和恐惧，表明当代生活中已经隐藏着这种商业化怪物。"[21]由于对元叙事产生怀疑，李冯的小说也就失去了焦点，变得多元而发散，一如这个时代。因此，李冯在创作谈中如此阐释他的"另一种声音"："至于主题。这可能是一个没有焦点的时代，变化的速度曾经让崔健惊叹，但现在我们似乎已不需要这种响亮的声音。与马原骄傲地给自己下定义相比，我们身上的时代烙印如此混乱和肤浅，'文革'童年、高考少年、改革青年、纯洁爱情与性乱游戏、文学小组与自我放逐，很难说哪种更清晰。"[22]

那么，我们必须追问的是，李冯的"另一种声音"是否询唤出了"另一种主体"？陈晓明将李冯定义为"最典型的90年代小说家"，因为他的小说写出了"一代新人类的生存松弛状态"："新人类玩世不恭，没有责任感，与'文革'成长起来的那代政治精英迥然不同，与80年代成长起来的文化精英也大相径庭。他们将以专业人士的角色，完成自己应尽的义务。在他们生长的年代，政治与文化都变得无足轻重，他们处在一种生命不能承受之轻的状态。"[23]作为"晚生代"代表作家，李冯那种近乎彻底的松懈状态直接导致了一种颓废美学的生成，这种颓废也是90年代中国青年亚文化的一种精神气质。

作为"现代性的五副面孔"之一,"颓废"是美国学者卡林内斯库集中讨论的命题,他援引尼采对于"颓废"的著名定义,将其指认为总体性的崩溃:"每一种文学颓废的标志是什么?生活不再作为整体而存在。词语变成主宰并从句子中跳脱而出,句子伸展到书页之外并模糊了书页的意义,书页以牺牲作品整体为代价获得了生命——整体不再是整体。但这是对每一种颓废风格的明喻:每一次,原子的混乱,意志的瓦解……"[24]个体从社会中脱落,一方面源自社会文化的转型,另一方面则导致了自我的无限放大。"作为一种主体性文化,颓废主义意味着自我的扩张,意味着自我逾越其固有的传统边界,而比尼所说的对自我的'细致分析',显然需要在对无意识的冒险性发现中去追踪自我。"[25]

因此,李冯小说中的孙悟空形象固然是英雄的降落,但是文本层面的颓废状态也形构出全新的青年主体:"李冯们的小说叙事也不再具有先锋性的革命力量,罗兰·巴特当年高度赞扬的'可写性文本'的先锋性革命,难以在平静如水的90年代激起回声。李冯们的写作构造着精美的小说叙事,面对着纯粹的阅读,写作者与阅读者构成一种自由交换,一个自由的想象空间,人们可以把个人的经验进行置换,但无须考虑革命、反抗与背叛等前现代或现代性的社会实践。也正是在这一意义上,李冯们的写作可以看作是在现代竞技场上进行的花剑比赛,他们手法老练,日臻完美,但他们没有战场,没有真实的敌人。"[26]正如陈晓明所深刻解读的,"没有真实的敌人"或许是这一代青年人真正的精神困境,可是具体到叙事层面,以神魔小说《西游记》的二元对立模式为前提,他们却又必须在故事中创造新的敌人。那么,这个强大的"他者"还能是谁呢?只能是他们自己。从《大话西游》到《悟空传》,孙悟空形象都呈现为双主体并置的精神分裂状态,这成为深入90年代中国青年亚文化的一条隐秘路径。

三、叛逆与皈依:《大话西游》的自我相异性

如果盘点90年代中国最具症候性的文化事件,那么电影《大话西游》(1995)一定是不可绕过的。从某种程度上说,正是《大话西游》将"孙悟空"正式标识为中国青年亚文化符号。但是,在讨论《大话西游》的文化传播及社会影响之前,我首先要回到电影的文本内部,回到其"香港电影"的文化身份。从风格源流上看,《大话西游》杂糅了香港电影的两条脉络,其一是以周星驰为代表的无厘头喜剧片,其二则是以王家卫为代表的都市文艺片,而后者往往是在研究《大话西游》时被忽略的。那么,《大话西游》与王家卫究竟有何关联?最直接的关联性当然体现在台词上。作为电影《重庆森林》(1994)和

《东邪西毒》(1994)的监制,刘镇伟在《大话西游》中有意戏仿了王家卫的诸多文句:

> 我和她最接近的时候,我们之间的距离只有 0.01 公分,我对她一无所知,57 个小时之后,我爱上了她。
>
> ——王家卫《重庆森林》

> 当时这把剑离我的喉咙只有 0.01 公分,但是四分之一炷香之后,那把剑的女主人将会彻底地爱上我。
>
> ——刘镇伟《大话西游》

> 1994 年的 5 月 1 日有个女人和我讲"生日快乐",因为这句话,我会一直记住这个女人。如果记忆也是一个罐头的话,我希望这罐罐头不会过期,如果一定要加个日子的话,我希望是"一万年"。
>
> ——王家卫《重庆森林》

> 曾经有一份真挚的爱情放在我面前,我没有珍惜,等到我失去的时候才后悔莫及,人世间最痛苦的事莫过于此……如果上天能够给我一个再来一次的机会,我会对那个女孩子说三个字:"我爱你。"如果非要在这份爱上加个

第四章 英雄降落:孙悟空与中国青年亚文化

期限,我希望是"一万年"!

——刘镇伟《大话西游》

盲剑客:我就不应该来这儿。

刀客 :你现在后悔太晚了。

盲剑客:留只手行吗?

刀客 :不行!要留,留下你的命。

——王家卫《东邪西毒》

男子:看来我不应该来!

女子:现在才知道太晚了!

男子:留下点回忆行不行?

女子:我不要回忆!要的话留下你的人!

——刘镇伟《大话西游》

从某种程度上说,电影《东邪西毒》是《大话西游》的精神之父。据王家卫回忆,《大话西游》的头场戏正取材于《东邪西毒》的第一稿剧本,而《大话西游》的结尾场景更是直接复制了《东邪西毒》的台词及人物造型(如图8),乃至原创音乐《天地孤影任我行》也是两者共用。从影像地理的维度看去,《东邪西毒》与《大话西游》的拍摄地点都是宁夏镇北

图 8 《东邪西毒》的盲刀客与《大话西游》的至尊宝采用了相同人物造型

堡影视城,于是以沙漠为代表的"西部"风景成为这两部电影共同的题解方式。具体来说,就是《东邪西毒》与《大话西游》都将片名中的"西"字空间化为"西部"。诚然,这种视觉表达策略是香港与内地"合拍片"的资本运作结果,香港武侠电影由此突破了摄影棚人工置景的局限,得以在更为广阔的实景空间中呈现武侠美学。但更重要的是,"西部"作为一种共享的文化风景,有效淡化了空间的政治属性,由此调和了1997年前香港与内地之间微妙的身份认同张力,并最终以"文化中国"的修辞策略替换了"政治中国"。

而从"文化中国"的视角看去,《大话西游》实属多种地域文化的杂合体,除了港式无厘头喜剧、西部视觉空间、黄土地色彩的民乐配乐之外,其脱胎母本《重庆森林》与《东邪西毒》也各自标识着一种地域文化。正如王家卫所说,《重庆森林》是对日本小说家村上春树的戏仿,而《东邪西毒》则是"用古龙的口吻来讲金庸的故事"[27],也就是说,村上春树所代表的

第四章 英雄降落：孙悟空与中国青年亚文化

"日本"与古龙所代表的"中国台湾"也是《大话西游》的重要组成部分。当然，一切杂合体的内部都充满了裂隙，《大话西游》同样如此。一方面，村上春树、古龙与王家卫已然成为都市小资的文艺"圣经"，那种近乎"私小说"的孤独感伤是内在于都市人"感觉结构"之中的[28]；但另一方面，周星驰的玩世不恭与犬儒主义却又解构了那份孤独感伤，他用"草根喜剧"的底层狂欢戳破了"文艺腔"的假面。如此看来，周星驰的"御用"配音演员石班瑜用"75%的真诚，加上25%的虚伪"来演绎西游英雄，是十分准确的。当村上春树、古龙、王家卫遭遇周星驰，《大话西游》的情绪风格必然是分裂的，而在极致的悲喜转换之间，孙悟空的形象也发生了自我分裂：一半叛逆，一半皈依。这种两面性才是《大话西游》与中国青年亚文化的共鸣点。

在电影《大话西游》之中，五百年前的孙悟空与五百年后的至尊宝成为"孙悟空"形象的分身形态。从孙悟空到至尊宝，恰印证了李冯在《另一种声音》里的论断：齐天大圣落草为寇，英雄降落为普通人，这是典型的90年代历史修辞。但更为有趣的是，《大话西游》提供了一种可靠的精神分析维度：当孙悟空成为至尊宝的前世记忆，弗洛伊德的压抑/释放机制就在发生作用；而影片中，至尊宝先后四次在梦境中回到了水帘洞，并最终拾起前世记忆，戴上金刚圈，成为孙悟空。如果把《大话西游》视作孙悟空的"释梦"过程,那么至尊宝最终选择承担起西天取经的重任,这才从梦境回返至现实。具体到至尊宝/孙悟空的二元对立,或许可以划入自我/超我的精神分析结构,而从"自我"成长为"超我"的过程,恰恰是世俗爱欲的压抑过程,正是爱的缺憾成就了英雄的伟大。但是,《大话西游》的复杂之处还在于,它在情绪风格的对位关系上实现了逆转,也就是说,至尊宝/山贼/自我对应着"喜剧",而孙悟空/英雄/超我对应着"悲剧"。如果做英雄是一件可悲的事,那么,为何不过一种快快乐乐、无足轻重的山贼生活呢?这种情绪风格对精神分析结构的逆转,来自周星驰的"草根"视点,但它却意外地契合于90年代中国的文化语境,《大话西游》由此成为一种历史表述。结尾处,至尊宝与紫霞仙子在城墙上拥吻,孙悟空却扛起金箍棒独自远去,紫霞目光转向孙悟空,说:"他好像一条狗。"英雄离场仿佛一则皈依者的寓言,这标志着90年代中国对英雄主义的彻底放逐(如图9)。

那么,作为一出经典悲喜剧,电影《大话西游》的情绪底色究竟是怎样的?整部影片只有一个高潮时刻,那就是孙悟空救起紫霞仙子的瞬间,那一瞬间我们终于感受到了最后的英雄主义,感受到了无与伦比的崇高美学,但同时又是极度悲情的时刻。奄奄一息的紫霞仙子对孙悟空深情告白:"我的意中人是个盖世英雄,有一天他会踩着七色云彩来娶我,我猜中了开

第四章 英雄降落：孙悟空与中国青年亚文化

头,可是我猜不着这结局。"这句经典台词揭示了命运的不可预知与不可控,人是被命运推着走的,几多无奈苦楚,最终化为主题曲《一生所爱》的轻吟浅唱:"苦海,泛起爱恨;在世间,难逃避命运;相亲,竟不可接近;或我应该相信是缘分。"因此,不可逃脱的宿命悲剧感才是《大话西游》的情绪底色,与之相比,先前所有的插科打诨皆是自我保护般的伪装,再次回到弗洛伊德,我们可以把整部《大话西游》看作一个自我防御机制逐渐失效的过程。在影片尾声处,孙悟空终于剥落了喜剧的外衣,露出了悲剧的真实内核,而那个真实的自我其实非常脆弱。如果将悲喜剧的转换视作一种叙事修辞,那么我们必须追问:孙悟空为何感到悲伤?这就必须在青年亚文化的维度内才能得到解释。因为,从至尊宝到孙悟空的嬗变,就是90年代中国

图9 《大话西游》的结尾场景：孙悟空转身离去

青年不可避免的社会化过程,就是从天真的叛逆者变成世故的皈依者的残酷成长。进一步说,其悲剧精神的核心在于一种两难选择:要么快快乐乐做山贼,要么老老实实做条狗;保持天真则注定无能,成为英雄则必然虚伪。这种困境才是叛逆/皈依之辩证法的内核所在,也是对中国青年亚文化之抵抗/收编机制的最佳诠释。正如片中观音大士所谆谆告诫的:

> 孙悟空,你当年罪恶滔天,希望你今生会大彻大悟,痛改前非。五百年前你师父唐三藏为了赎你一命,牺牲了他自己,玉皇大帝特意安排你五百年后重投人间,希望你能学你师父一样,舍己为人,把你过去的一切罪孽洗清。只要你肯自愿戴上金刚圈,肯改过自新,你就可以变回法力无边的齐天大圣,到时候你就要负起取西经的重任,把历史重改。不过从此人间的一切与你无关,再不能有半点情欲、半点留恋,要全心皈依我佛。

当然,如若穿越精神分析与青年亚文化的理论模型,我们将再次回到对主体性的讨论之上,从《大话西游》的精神分裂状态抵达自我/他者这组哲学命题:人如何成为自己?这既是一个经典的存在主义命题,也是后现代伦理学的重要范畴。"自我"首先是在肉身的维度上得以存在的,这种物质基础被称为

第四章 英雄降落:孙悟空与中国青年亚文化

"本己之己";有趣的是,当"本己之己"试图在社会中展开时,它会产生分化,于是我们必将遭遇"自我相异性",孙悟空之脱胎换骨、历练成神正是如此。法国解构主义思想家让-吕克·南希吸收了德里达、列维纳斯及巴塔耶等人的后现代伦理学理论,将"自我"回归到"主权"维度之上:"把主权朝向无(RIEN)的外展,正好与那种要达到虚无之界限(la limite du néant)的主体的运动相反(而且这在根底上构成了主体的持久运动,把一切不是为它的东西所表象的虚无都无止境地吞噬在它自己那里;最终,这乃是真理的自我吞噬)。在'无之中'——在主权之中——存在是'在自己之外'的;它处于不可能去重新获得的外在性之中,或者我们也许应当说,它来自这个外在性,它来自于它不能把它自己与之联系起来的外部,但是它与这个外部保持着本质的、无法测度的关系。"[29]因此,孙悟空始终内在地呼唤着另一个自己,这种对"本己之己"的脱离欲望是一种本能冲动,而至尊宝/孙悟空的主体分裂状态恰恰印证了自我的相异性:"谁说'我',当他这样说的时候,他就与自己区分开了。这一点总是如此:他自我分离,自我分化(écarte),甚至说他分身为二。正如兰波所说,我是一个他者(autre),这是一种先于所有可能的异己感或异化感的明证性。在成为一个不同于自我(soi)(这个可能始终如此的人)的他者之前,这个我就完全是另一个(autre)我的他者。"[30]但是,这个"他者"真的可以抵达吗？对于孙悟空来说，至尊宝不过是自我分裂的暂时装置，在找到三颗痣之后，他必将变回孙悟空，这一趋势是不可逆转的。那么，至尊宝的存在意义又是什么呢？或许，他标识了一种从自我出发的浪漫主义冲动：正是那个想象中的反叛者，宣泄了皈依者的愤怒，调和了个人英雄主义与社会体制之间的矛盾危机；也正是至尊宝身上那种无法治愈的旧爱情结，激起了青年观众对于纯真时代的缅怀，祭奠了"新新人类"的青春。可见，叛逆与皈依的确是《大话西游》的两副鲜明面孔，然而如何将孙悟空从叛逆到皈依的心路历程讲得明白晓畅？这是《大话西游》悬而未决的命题。相关答案，我们只能在今何在的网络小说《悟空传》中细细寻找。

四、后青春期：《悟空传》的"成长论"与缝合术

2000年4月5日,当今何在更新完《悟空传》的最后一章时，他一定不会想到，这个全新的西游故事将被迅速经典化，并撬动中国文学版图——"畅销十年不朽经典，影响千万人青春"，2011年《悟空传》(完美纪念版)封面上的醒目标语如是宣告。十年间,《悟空传》共有8个纸质版本，加印147次，销量达200余万，如此强势的数字让人不禁疑惑,《悟空传》之"千万级"的影响力因何而来？答案在问题中：青春。对许多读者来

第四章 英雄降落:孙悟空与中国青年亚文化

说,《悟空传》不单单是一部小说,有人称它"让每一个平凡而温和的人燃起撕裂命运的勇气,也为每一段青春留下烙入骨血的印记",更有人将此书视作"一代人的青春回忆"与"网络生命的开幕曲"。[31]当"青春"遭遇"西游",当"网络生命"遭遇"古典名著",这新世纪隘口处的狭路相逢,便是《悟空传》横空出世的大背景。我们必须追问的是,与《西游记》相比,《悟空传》究竟改写了什么?以它为代表的网络西游故事为什么会引起青春的共鸣?那个"古典四大名著"意义上的"经典"与网络时代的"经典"是同一种评判标准吗?如果不是,那么在这不同的价值体系背后,又呈现了何种"时代精神"的更迭?

2000年,今何在开始在新浪社区"金庸客栈"[32]发表连载小说《悟空传》,共二十章。小说一经问世即引发网友热捧,并获奖无数:在文学网站"榕树下"举办的第二届网络原创文学奖中,《悟空传》获得最佳小说奖和最佳人气小说奖;在"起点中文网"第一届网络文学"天地人"榜的评选中,《悟空传》位居"天榜";后来,《悟空传》又入选了《新京报》评出的"网络文学十年十本书"并名列第一,评委称其"缔造了国人对网络文学的'第一印象',也许正因为这'第一印象'还不错,越来越多的网络小说开始流行开来"[33]。作为"网络第一书",《悟空传》无疑具有划时代的意义。

网络小说《悟空传》何以横空出世?追溯源头,《大话西游》是其真正意义上的精神之父。1996年,电影《大话西游》结束了内地影院惨淡经营的局面,并将拷贝转到北京电影学院,却意外收获了师生的满堂喝彩。随后的五六年间,"大话风"以北京高校BBS论坛为阵地席卷而来,诸如《〈大话西游〉之中国电信版》《〈黄金时代〉宝黛相会》《大话三顾茅庐》等"大话系列"随处可见。事实上,任何语体(文化符号)的爆炸式传播都有赖于社会语境的变革,而《大话西游》风靡内地正是三种媒介话语变革相互耦合的结果:其一是中央电视台电影频道于1996年1月1日正式开播,《大话西游》登陆央视电影频道1997年春节档,这意味着电影《大话西游》暧昧的"合拍片"身份正式被官方接纳,并通过电视机的"合家欢"效果,达成了对青少年的成长教育功能;其二是电影介质的转型,即从录像带变革为VCD,后者更轻便也更易复制,VCD的数码刻制技术直接把电影观众从公共空间(如电影院、录像厅)转移至私人空间(如家庭VCD机、个人电脑),这次空前的技术民主实践助推了《大话西游》在校园内的广泛传播;[34]其三是互联网的普及,校园论坛成为民主议事的新公共场域,《大话西游》的网络引爆点恰是"水木清华BBS"(bbs.tsinghua.edu.cn),波澜壮阔的"贴台词运动"[35]使这批高校青年在《大话西游》中发现并重新编译了一套全新的语言,那就是"大话"。作为最初的网络流行语,"大话"(包括"乱弹""水煮")近于

第四章 英雄降落：孙悟空与中国青年亚文化

一种幽默搞笑的"戏说"，它用戏谑对抗严肃，用能指混淆所指，并且具有代际的区隔性，因而成为"网络一代"登上历史舞台进行自我表达的重要媒介。正是这三种媒介层面的民主话语实践，使得电影《大话西游》深深刻入了网络一代的"感觉结构"（structures of feelings）之中。

那么，作为一种全新的叙事模式，"大话"揭示出怎样的时代症候？有人将"大话"定义为"解构一切，除了爱情"[36]。作为"准网络时代"的重要文本，《大话西游》解构了一切关于崇高的表述，这尤其表现为孙悟空形象的降落，在影片的大部分时间里，他只是一个苟且求安的山贼。可到了结尾，孙悟空竟然恢复了本相，他穿着盔甲踩着七色云彩，上演一出英雄救美的高潮戏，那一刻，"爱情"被陡然拔升至理想主义的高度，被重建为某种"崇高"。"解构一切，除了爱情"，这一定义切中肯綮地描述出《大话西游》所内蕴的时代精神：一面是自王朔以降的"躲避崇高"[37]（或曰虚无主义），另一面却是对美好爱情的诗意向往（或曰理想主义）。当然，极度的理想主义者很容易转化为极度的虚无主义者，因为他们的理想总是太美太脆弱，一旦遭遇现实的冲击，便碎了一地，随即陷入冷漠、自私、玩世不恭的信仰真空状态，或称为"小时代的犬儒主义"[38]。到了《悟空传》，除了愤世谐谑之外，那种关乎爱情的理想主义信念依然倔强地延续着。论格局，《悟空传》

甚至比《大话西游》更趋宏大，作者在重写"大闹天宫"段落时，曾引用德国古典浪漫派诗人荷尔德林的《面包与美酒》，旨在重建悲壮而崇高的史诗气质：

> 待至英雄们在铁铸的摇篮中长成，
> 勇敢的心像从前一样，
> 去造访万能的神祇。
> 而在这之前，我却常感到，
> 与其孤身跋涉，不如安然沉睡。

一边"躲避崇高"，一边"造访神祇"，《悟空传》继承了《大话西游》的"精神分裂症"——在渎神与敬神之间，在小时代与大人物之间，文本自身构成了一种张力。其实，荷尔德林的诗并没有引完，今何在隐去的后四句诗或许更能说明问题：

> 何苦如此等待，沉默无言，茫然失措。
> 在这贫困的时代，诗人何为？
> 可是，你却说，诗人是酒神的神圣祭司，
> 在神圣的黑夜，他走遍大地。

"贫困时代的诗人"、驯顺的孙悟空，还有作者今何在，他

第四章 英雄降落:孙悟空与中国青年亚文化

们其实是三位一体的。事实上,《悟空传》写成于今何在大学毕业后的第一年。在这个有意味的人生节点上,今何在创造了一组西天取经的人物群像,他们恰好也是世纪之交中国青年的社会镜像:"大智若愚、坚持理想的唐僧,深深掩藏感情与痛苦的猪八戒,迷失自我、狂躁不安的沙僧,还有那只时狂时悲的精神分裂的猴子。"[39]今何在以自叙传抒情的方式替那一代青年人苦苦追问:如何才能在小时代做个大人物?正是对"大"的追问,使得《悟空传》突破了《大话西游》的既有框架,周星驰舍不得解构的那份爱情,被今何在化归于"理想"之下。2011年的再版序言中,今何在将"理想"视作整部小说的主题词:"西游就是一个很悲壮的故事,是一个关于一群人在路上想寻找当年失去的理想的故事,而不是我们一些改编作品里面表现的那样,就是打打妖怪说说笑话那样一个平庸的故事。"[40]以"理想"为名,《悟空传》的核心焦虑不再是"一份真挚的爱情",而是关乎存在,关于人为什么活着。从赞美爱情到伤悼理想,《悟空传》把《大话西游》的"心理年龄"陡增了几岁,而这个微妙的年龄差,恰是大学生从走进校园到走向社会的几年之间。只有当他们走出象牙塔之后,"理想"才真正成了一个"问题",成了永远在消逝中并且永远被回溯性建构的"创伤性内核",因而"理想"也就能真正有效地产生阅读快感。

从《大话西游》到《悟空传》,其油滑、戏谑、桀骜不驯

图10 "大话西游派"相关作品

的腔调收获了一大批追随者,也开启了网络西游故事的一个重要脉络,即"大话西游派"(如图10),主要包括《唐僧传》(明白人,2001)、《沙僧日记》(林长治,2002)、《唐僧情史》(慕容雪村,2003)等。这些作品延续了周星驰"解构一切,除了爱情"的"大话"风格,即便主角换成了唐僧、八戒、沙僧,其人生观也是一样的,他们不想成佛,只想做个俗人,尝遍人世间的爱恨嗔痴。

同时,从文本生产方式的角度来看,"大话西游派"还具有"同人"创作特征。[41] 何谓"同人"?"同人"一词来自日语的どうじん/doujin,这个词在日文中有两种含义,一是"同一个人、该人",二是"志同道合的人、同好"。真正使"同人"成为关键词的正是日本ACG(Animation, Comics, Games,即动画、漫画、电子游戏)文化,这一文化场域中的"同人"取第二个意思,即业余动漫游戏爱好者所进行的非商业的自主创作,

第四章 英雄降落:孙悟空与中国青年亚文化

其本质上是二度创作,是同好者在原作或原型的基础上进行的再创作活动。换言之,同人创作往往需要遵从原作的基本设定,其人物性格、主要情节等都和原作基本相符。然而,同人创作的真正乐趣并不在复述,而在于可参与的改写。如果"同人文"是戴着镣铐跳舞,那么重要的不是"镣铐",而是"跳舞"。为了进一步说明这种粉丝生产力,我们必须引入西方文学的"粉丝小说"(fan-fiction)概念,它或可看作某种"同人"的对应物。费斯克指出,粉都(fandom,即粉丝圈)的文化经济拥有符号生产力、声明生产力和文本生产力三个特征。其中,文本生产力(textual productivity)这一概念有效表明了粉丝文本的衍生能力,它将以"延异"的方式织出一个流动的文本网络。对此,西方世界的典型案例莫过于《星际迷航》。1966年,电视连续剧《星际迷航》首次在美国播映,这部播放周期长达三十九年的系列剧培养了几代忠实的"航迷"。"他们撰写了完整的小说来填补原版叙事中的语意空白,并利用一个广泛的发行网络在粉丝中传播这些小说和其他作品。"[42]针对粉丝经济这种强大的文本生产力,费斯克得出结论:"粉丝文本必须是'生产者式'(producerly)的,因为它们必须是开放的,包含空白、迟疑不决和矛盾,使粉丝生产力得以成形。在这些文本被粉丝重新创作和激活之前,它们都是欠缺的,不足以发挥其传播意义和快感的文化功能,粉丝们正是通过这种重新创作的活动生产出自己的大众文化资本的。"[43]

从2005年起,网络西游同人的文本生产力开始陡增,其重要原因是网络文学版图格局的变化:"玄幻小说"[44]开始兴起。事实上,"玄幻"引发了Fantasy(幻想小说)一词的中国化,广义的"玄幻"既包括玄幻修真、中国传统的奇幻仙侠,也包括西方的奇幻魔法。在这些错综复杂的支脉之上,西游同人逐渐呈现出玄幻特征,生产出一批玄幻西游小说,形成了与"大话西游派"相反相成的"玄幻西游派"。这一脉络主要包括:《朱雀记》(猫腻,2006)、《重生成妖》(蛇吞鲸,2008)、《重生西游》(宅猪,2008)、《黑风老妖》(和气生财,2008)[45]等。如果说"大话西游派"是在古典名著《西游记》的语意空白中发现了"爱情",那么"玄幻西游派"则有意强化了西游故事的"战斗"主题及其英雄主义情结。以战斗与英雄主义为快感模式,"玄幻西游派"甚至走出了文学场域,发展出更加丰富的产业链。以"网易西游三部曲"(《大话西游》《梦幻西游》《创世西游》)及腾讯《斗战神》[46]为代表的网络游戏,使我们在面对"英雄"时,开始用"养成"这个动词,而非从前惯用的"成长"。因为当"打怪升级"成了全新的时代精神,通往大人物的道路也就变成了可量化的指标,以战斗次数、怪物等级、经验值为基本参数的养成体系,使"英雄"变成了一种可复制再生产的"热血"产品。

第四章 英雄降落:孙悟空与中国青年亚文化

从"大话西游派"到"玄幻西游派",《悟空传》开启了网络西游同人的两条丰富光谱。从悲喜剧的风格上说,《悟空传》是"大话西游派"的开山之作;但从英雄主义的角度上讲,《悟空传》的战斗精神又与"玄幻西游派"相合。基于这种复杂性,我们必须回到《悟空传》的文本内部,对其主题进行深入探讨:作为《大话西游》的精神之子,《悟空传》如何弥合叛逆与皈依的文本裂隙?在其"成长论"的背后,是怎样的意识形态缝合术?

顾名思义,《悟空传》是为孙悟空作传,因此,要理解《悟空传》所包孕的时代精神,则必须先理解原著中孙悟空这一人物的变化轨迹。学界历来认为,《西游记》的故事主线存在着明显断裂,具体到孙悟空的相关情节,就是前七回"闹天宫"与后面"取经记"之间的矛盾,这直接导致了小说主题的不统一,而这一矛盾也成为后世研究者的争论焦点:50—70年代的研究范式以张天翼的《〈西游记〉札记》[47]为代表,倾向于使用唯物主义阶级论的方法来分析这一矛盾,结论是农民起义英雄孙悟空最终被统治阶级"招安";进入80年代,研究多侧重讨论人生现实,对《西游记》的阐释回归"大写的人",有研究者认为孙悟空经历了从"追求"到"挫折"再到"成功"的过程,他的历史"是一条完整的人生道路","是一部很典型的精神发展史"[48];20世纪90年代以降,学界对《西游记》的研究呈现出一种"少年化"的趋势,林庚的《西游记漫话》重点讨论孙悟空形象的"童话精神",施战军更是直接将《西游记》解读为"中国式的成长小说"[49]。

如果把《西游记》的学术史脉络做简单梳理,我们会发现,为了弥合"闹天宫"与"取经记"的根本矛盾,研究者的研究方法呈现出从"阶级"到"人"的演变过程。事实上,学界对《西游记》的研究本身即是"文本",在其背后是当代中国文化政治的变迁,其"后革命氛围"恰是《悟空传》诞生的背景。正如福柯所说,重要的不是话语讲述的年代,而是讲述话语的年代。面对"阶级""人生""少年"等话语织就的历史语境,今何在仍需回应那个古老的命题:"闹天宫"的孙悟空与"取经记"的孙悟空是同一个人吗?对此,《悟空传》给出的答案是肯定的,作者将这一根本矛盾解读为个体的"成长",即"闹天宫"的孙悟空是青春期少年,"取经"的孙悟空则是中年,而从"闹天宫"到"取经记"正是孙悟空成长的必然过程。这无疑是对《西游记》的重要改写:在原著中,自孙悟空于生死簿中勾去自己的名字,他的生命便与"时间"无关了,他长生不老,永不消亡;可《悟空传》却充满了对"时间"的焦虑,充满了对生命有限性的嗟叹。这种焦虑感内化于孙悟空的精神世界,使他的心理时空阴晴不定,那只原本活泼明媚的猴子竟多了几分阴鸷之气。《悟空传》一开篇即交代了孙悟空的精神分裂症(或可看作对《西游记》"六耳猕猴"一回的改写),第一个孙悟空

第四章 英雄降落:孙悟空与中国青年亚文化

杀死唐僧、打死龙王、撕去生死簿、捣毁天地伦常,第二个孙悟空却浑然不觉、坚守大义,结局是真假美猴王终极对决,孙悟空杀死自己:

> 他忽然觉得很累了。
> 方寸山那个孱弱而充满希望的小猴子,真的是他?
> 而现在,他具备着令人恐惧的力量,却更感到自己的无力。
> 为什么要让一个已无力作为的人去看他少年时的理想?
> 另一个孙悟空的声音还在狂喊:"你们杀不死我!打不败我!"
> 他又能战胜什么?他除了毁灭什么也做不了了。[50]

所谓"少年的理想",具体来说就是"闹天宫",就是那个不会投降的自己,在此时此刻,它只能作为心理闪回出现,它变成了一段不可讲述的前史,一种被压抑的潜意识。套用弗洛伊德的"本我—自我—超我"结构,《悟空传》显然将"闹天宫"的那只猴子指认为邪恶本我,"取经记"的孙悟空是麻木自我,"斗战胜佛"则是修成正果的超我;而所谓西游,就是自我不断压抑本我,最终达成超我的人生之路。事实上,这种"自我"杀死"本我"的结局本身即是一种价值判断,它包含着从恶到善、从兽到人、从少年到成年的线性逻辑。在这个意义上,成长小说其实是现代主义的发明,而"成长"的世界观正是《悟空传》与《西游记》的根本差异:《西游记》是空间小说,取经之路是漫游与历险,一回合一地点,章回之间也自成单元,并不构成逻辑上的递进或生命时空的累积;《悟空传》则不同,它有效植入了"时间"的维度,用五百年前/五百年后对应着少年悟空/中年悟空,于是"大闹天宫"成为孙悟空青春记忆的显影,用彼时的热血反抗与此时的冷血麻木相对照。如此说来,原著里的空间漫游不再是无目的、无功利的,而是现代个体获得成长的必要条件,孙悟空必须在取经路上习得如何做"人"的基本要领。至此,作者将"大闹天宫"的反叛精神归于青春期叛逆,实际上是把"成长"的逻辑植入了孙悟空的生命链条之中。今何在想说,人终将走向成熟,终将走上"取经"的西游之路,而"真经"正是网罗万象的规则与秩序,谁都无法逃脱。当抵抗精神降维成"青春期叛逆",一切蕴含着革命诉求的行动也就不过是少不更事的"热病",那仿佛是在告诫我们:既然无力改变世界,我们就只能驯服自己。

于是,文本中的"成长"或可解读为个体对外部世界的适应,解读为纯洁心灵对"丛林法则"的服膺,孙悟空获得"成长"的前提正是对既有秩序的认可。作为《悟空传》的基本叙事策略,"成长"无疑是对《西游记》的一次缝合式改写,其

第四章 英雄降落:孙悟空与中国青年亚文化

缝合对象在文本层面是"闹天宫"与"取经记"的断裂,在意识形态层面则是中国"独生子女一代"[51]的心灵创伤。在中国,"独生子女一代"大多具有城市家庭背景,从小衣食无忧,因而将注意力更多地投射于自我,关注"存在"的意义。从小到大,他们一直是家庭的中心,一直背负着父母双亲(乃至爷爷、奶奶、外公、外婆)的情感负荷,因此,他们的自我价值实现总是受到诸多制约,他们必须在内部理想与外部期待之间苦苦周旋,随之而来的自然是令人窒息的生存焦虑。对独生子女一代来说,他们只是"看上去很美"而已,在万千宠爱于一身的高压之下,他们的"自由"其实相当有限,这种囚禁感也就是今何在所说的"转圈":

> 很小的时候,因为是独生子女,父母上班后,我就一个人在家中自己与积木游戏。然后我发明了一个游戏,骑一辆儿童小三轮车,车轮沾上水,就在客厅里不停地转圈,然后看着自己划出来的轨迹,非常开心。
>
> 可能每个人童年的经历都会暗中影响我们的一生,现在我也总有一种感觉,这世界其实只是看起来很大,可实际上你哪儿也去不了,只能在这有限的几平米空间中不停地划圈,你以为你走了很远,一看里程表都好几万公里了,其实只是在转圈。[52]

可以说,"转圈"形象地描绘了独生子女一代的精神困境,那是一种进退维谷的牢笼状态,那是一条以特立独行的名义随波逐流的命运轨迹。在第三卷"百年孤寂"中,今何在将这种困境具体阐释为一堵"透明的墙":"你以为你可以去任何地方","事实上你没有选择"的"界限"。[53] 对于这一悖论,读者宋阿慕有着相当深入的讨论:"社会学的发展成功地限制了个人自由,于是个人对社会的反抗也就极有源头地理所当然起来。这几乎是个无解的问题,要么选择个人自由的无限放大,同时社会陷入相互抵消合力为零的怪圈,要么选择适当压抑个人自由,产生能够令社会前进的正合力……个人自由是一个人赖以度生的根本,但社会赖以发展的关键就在于,通过各种合力抵消个人绝对自由对社会的侵蚀。"[54] 在现代社会学的大背景之下,我们必须追问的议题还有"代际"与"感觉结构",即这一代人的生命感觉何以如此困顿?他们的"自由"何以如此受限?可以肯定的是,独生子女一代的自我意识相当强大,在他们的自我世界与外部世界之间,存在着明显的紧张关系;换言之,"百年孤寂"的根源是外部压迫。可面对这种压迫,他们却无力指责,无权控诉,因为这座囚笼是以"爱"之名建造的。当他们被排山倒海的"爱"所包围,就只能阳奉阴违地做着"两面派":在现实世界中压抑甚至驯服自己,而在"二次元世界"中投射过剩的自我意志。有趣的是,在"自由"与"禁锢"之

第四章 英雄降落:孙悟空与中国青年亚文化

间,在个体意志与社会规训之间,他们确实找到了某种中间状态,找到了这一代专属的生命关键词,那就是"羁绊"。

"羁绊"(きずな/kizuna)一词来源于日本动漫文化,它在日语中表示人与人之间难以断绝的情感联结,通常表现为"剪不断理还乱"的友情或爱情。"羁绊"之所以能够引起中国独生子女一代的情感共鸣,正因为它有效慰藉了这群空前自由却又空前孤独的现代个体。当然,"羁绊"一词所指向的情感纽带又与现实世界不同,它是"二次元"人物在冒险过程中建立起来的,是战斗热血的燃点:"在'二次元'的世界观设定下,这种情感联结往往同时还承载着某种为'世界之意志'所'选召'的'使命感',叠加有某种被'因缘的纽带'所牵引的'命运感';在世界规模的巨大危机持续深化的过程中,人物之间的'羁绊'也不断受到近乎生离死别的威胁和考验,为了在极端情境下维系这份虽然脆弱但必须守护的'羁绊',人物必须让'因缘的纽带'化作激发潜能的钥匙,从而经受住超乎常人的磨难和历练,释放出'内心小宇宙'的无穷能量,克服重重阻力,战胜种种挑战,在守护'羁绊'的同时拯救'外在的大宇宙'。"[55]其实,《悟空传》里取经团队走上西游之路的根本原因都是某种"羁绊":金蝉子(唐僧前世)对佛祖的弑师之愤,孙悟空对阿瑶、紫霞的暧昧之伤,猪八戒对阿月的深情之痛,小白龙对唐僧的暗恋之苦。如果我们把"西游"看作一个冒险故事，那么"保护唐僧"也就成为西天取经的终极使命。在这种使命的感召下，在降妖除魔的战斗过程中，原初设定的种种负向"羁绊"又逐步深化为更具战斗能量的正向"羁绊"，使这个战斗团队不离不弃，生死相依。

因此，"羁绊"或可看作对"转圈"的修正性表达，它展现出独生子女一代心灵成长史的积极面向，这也让《悟空传》的精神内涵变得更加复杂。如果说"转圈"指向的是成长的结果，是成年，是虚无，太虐太屈服；那么"羁绊"则指向成长的过程，是少年，是热血，很燃很叛逆。更重要的是，今何在希望《悟空传》能够激励读者在无聊的"取经"路上重拾"闹天宫"的激情，哪怕结局还是"转圈"，也别忘记一路走来的"羁绊"，这种"老男孩"式的自我激励无疑是当代中国青春文化最具症候性的表述之一。

《悟空传》的结局是一场烧了七天的"天宫大火"，孙悟空杀死了自己，天地间的一切都被焚毁，西游也随之成为如烟往事。那些叛逆的主体不复存在了，可天地间的秩序却重新凝聚。原来，我们终究改变不了世界，到头来，还是世界改变了我和你：

> 瓦砾重新聚成殿宇，天宫又回到了安定与祥和。众神开始各归其位。
>
> 二郎神驾云出了天庭，奉命收拾战场，他忽然愣住了。

第四章 英雄降落:孙悟空与中国青年亚文化

云头下烧焦的花果山大地上,孙悟空扔下的金箍棒不见了。

怎么可能有人将它拿走?除了孙悟空还有谁搬得动它呢?

观音驾云出了天庭,她从怀中摸出了金蝉子那本手写的经文,抚着,若有所思。

他们飞过的天空下,五行山,默默地立着,等着那漫长岁月后的一声巨响。

这个天地,我来过,我奋战过,我深爱过,我不在乎结局。[56]

在这场自我与外部世界旷日持久的较量之中,曾经无比倔强的自我终于败下阵来,这是"老男孩"们无法改写的结局。其实,"天宫大火"烧死的只有自己,如此悲情的不可抗力灾难无非是为叛逆者的"皈依"提供一个契机,使他们能够不失尊严地妥协。"我来过,我奋战过,我深爱过,我不在乎结局",这四句自我激励之所以简洁有力、感动人心,正缘自其残忍的过去时态,而与之相对的,正是"我"丧失行动力的现在时态。所以,电影《后会无期》(韩寒导演,2014)的片尾曲一定是"平凡之路",因为那些叛逆少年除了融入主流社会之外,似乎别无选择,听上去,那歌词更像是对《悟空传》结尾的复现:"我曾经跨过山和大海/也穿过人山人海/我曾经拥有着的一切/

转眼都飘散如烟/我曾经失落失望失掉所有方向/直到看见平凡才是唯一的答案。"

作为一种臆想式补偿(或曰"脑补"),"老男孩"们试图用"少年热血"为中年的疲惫心灵注入活力,他们不断地宽慰自己说:我还年轻,我还有梦想,我还要奋斗。这种臆想或许是一群老男人"飙车斗恶煞"(九把刀小说《后青春期的诗》),或许是一场"任岁月风干理想再也找不回真的我"的音乐选秀(筷子兄弟微电影《老男孩》),更或许是一部能让自己一夜暴红、屌丝逆袭的公路小说(韩寒电影《后会无期》)。以上种种具有"返老还童"症候的叙事单元提示我们,"后青春期"[57]正在成为一种有效的理论话语,这里的"后"不是英语里的after,而是 post,它既是生理年龄的断裂,又是心理年龄的绵延。

诚然,作为一个不同社会阶层共享的超级能指,"后青春期"仍是一种弥合社会矛盾的润滑剂,它的基本功能是让不安分的社会主体宣泄掉那些过剩的力比多,进而更平滑地回归其社会位置。然而我们真正需要反思的是,"后青春期"这一话语是否还孕育着某种抵抗能量?"人不中二枉少年",这句网络流行语或可看作对"后青春期"的另一种阐释。它牵引出当代中国青春文化的另一症候,我们称之为"中二病"[58]。"中二"是日语对"初中二年级"的称呼,"中二病"则用来指称一种如青少年般"病态"的强烈的自我意识。然而,当我们宣

第四章 英雄降落：孙悟空与中国青年亚文化

称"中二"是一种"病"时，我们似乎先在地否定了其可能内蕴的能动性，否定了青春文化中那种"羁绊"与"热血"的正向价值。福柯的病理学研究曾告诉我们，任何的"精神病"都源自一种社会分类，都源自主体对他者、中心对边缘、压迫者对被压迫者的权力筛选。同理，如果对主体性的强烈自觉都成了一种"病"，那么我们又何谈改变世界呢？因此，仍需感谢《悟空传》，感谢那些让我们感受到"青春的羁绊"的网络西游故事，它们不仅开启了当代中国文学的"网络生命"，更询唤出一批对自身主体性保持警觉的网文读者，只要他们还能意识到"我"的存在，只要他们还能感知到"我"与"世界"的矛盾冲突，他们就持有改变世界的最后可能。正是在这个意义上，《西游记》得以跨越古典时代，成为网络时代的不朽经典。

五、"在路上"：90年代与60年代的历史接合

《另一种声音》将孙悟空定义为"行者"，却一口咬定"旅行毫无意义"；《大话西游》以孙悟空背离痴男怨女的独行孤影作结，称西天取经是"难逃避命运"；而《悟空传》（完美纪念版）的作者自序则直接定名为"在路上"，并将小说主题解读为成长之路。显然，将《西游记》解读为公路小说，已然成为20世纪90年代以来中国社会的文化共识，直到今天，这种共

识依然在发挥着效力。2012年,《三联生活周刊》主笔王小峰假托美国导演斯皮尔伯格与迈克·贝的口吻,虚构了一场关于《西游记》电影拍摄的对话。文中,"斯皮尔伯格"明确表示要把《西游记》拍成一部公路片,因为原著本身就是比《在路上》还要实在的公路小说,而"大闹天宫"部分由于不符合类型需求,只能单独拍摄成为《西游记前传》。[59]这篇文章真正有趣的部分,在于一种"自然而然"的他者视点;简单地说,就是作者不假思索地使用了美国视点来观察中国,可作者却恰恰是土生土长的中国人。这再一次暴露了"反认他乡是故乡"的中国文化主体中空状态,而《西游记》与"在路上"的联结,恰恰是这种主体中空状态的一种折射。更重要的是,将《西游记》解读为公路小说,这本身就意味着一种文化选择,在原著"闹天宫"与"取经记"的结构性断裂面前,这种选择彻底抛弃了前者,也就是彻底取消了反抗性。

因此,今何在将《悟空传》的序言定名为"在路上",这本身就是一种后革命时代的价值选择。在这里,我们有必要再次回到《悟空传》的文本内部,讨论其"公路"主题的生成。《悟空传》的故事主线依然是西天取经路,但与《西游记》不同,《悟空传》重在写心理而非行动。也就是说,这不是关于"九九八十一难"的历险故事,而是师徒五人叩访真经的心路历程。作者深入剖析了每个主要人物的性格特征,并始终围

第四章 英雄降落：孙悟空与中国青年亚文化

绕三个基本问题展开讨论——为何成佛？如何成佛？何苦成佛？作者对命运的执着追问，使得《悟空传》的人物群像立体而饱满："唐僧是带着五百年前记忆的如来弟子金蝉子，他为了指出佛祖的谬误不惜放弃一切所得的功业再次转世寻求真理，他是个真理的执着者；孙悟空成了忘记齐天大圣为何物、一心只为成仙的乖猴儿，一个为目标而非理想奋斗的人；猪八戒由于不肯放弃前世的记忆而根本不相信玉帝，却又不得不按照玉帝的指示护送唐僧西游，一路上，他揣着明白装糊涂，辛酸种种都被他当作笑话在不经意中表达，他是生活中那类不得已而必须为之的人；最悲剧的是沙僧，为救王母娘娘打碎了琉璃盏被贬下凡，自以为努力找回琉璃盏的所有碎片就可以重回天界，殊不知玉帝贬他的真正目的是为了让他监视悟空——一生辛苦却不知为何忙碌的人；再算上一匹为爱痴狂的白马，五个人组成的西游团队正可以代表一个社会，而五个人的结局也无不暗示了社会人的最终结局——无法超越的社会存在和宿命的悲剧。"[60]这种把小说主题归纳为"宿命"二字的粉丝评论极具代表性，"宿命"也是最常被提及的关键词之一。所谓"宿命"，是指生命的局限性，即我们的青春敌不过衰老的局限，我们的自由意志也敌不过社会规训的局限。《悟空传》里的角色之所以给人宿命悲剧感，正因为他们的根本理想不是"成佛"，"成佛"不过是外界强加给他们的规定，他们知道"西游"是虚伪的,却无力抗拒。

> 西游果然只是一个骗局。
>
> 没有人能打败孙悟空。能打败孙悟空的只有他自己。
>
> 所以要战胜孙悟空,唯一的办法就是让他怀疑他自己,否认他自己,把过去的一切当成罪孽,把当年的自己看成敌人,一心只要解脱,一心只要正果。
>
> 然而,在神的字典里,所谓解脱,不过就是死亡。所谓正果,不过就是幻灭。所谓成佛,不过就是放弃所有的爱与理想,变成一座没有灵魂的塑像。[61]

毫无疑问,这是《悟空传》最悲情也最动人的段落之一,借由孙悟空的内心独白,今何在从根本上取消了"西游"的合法性,质疑了"成佛"的正面价值,最终收束于繁华落尽的虚无主义情调,极具煽动性。然而,我们必须追问的是:明知是骗局,何必西游?当"成佛"沦为"理想"的反义词,当"西游"沦为自甘平庸与自我放逐,孙悟空为何不能像从前一样奋起反抗呢?他为什么毫无行动力?困住其无边法力的"紧箍咒"究竟是什么?在这个意义上,对秩序的服膺与忍受(而非反抗)才是《悟空传》的真正命题。对此,今何在于文本中给出的解释是"失忆",即由于失去"大闹天宫"的前世记忆,孙悟空

第四章 英雄降落：孙悟空与中国青年亚文化

便忘记了自己是谁，所以才会驯服得像一条狗。可正如《大话西游》一样，这种"前世今生"的叙事策略（或曰修辞）不过是为了延宕那个脚踏七彩祥云、现出悟空真身的高潮戏时刻，而所谓"失忆"也不过是一种"选择性遗忘"，是精神分析意义上的"压抑"。对于"大闹天宫"，孙悟空无法想起，也不愿想起，因为"抵抗"的逻辑在当今世界已然不再可能。《悟空传》对抵抗性记忆的放逐，正是它与现实达成和解的前提，只有忘记"大闹天宫"，才能安心"西天取经"。《悟空传》完美诠释了齐泽克的"启蒙的绝境"："人们很清楚那个虚假性，知道意识形态普适性下面掩藏着特定的利益，但他拒不与之断绝关系。"[62]当整个社会文化走向犬儒，民众不爱真理，只爱"鸡汤"；他们不要悲观的清醒，只要温暖的慰藉。如果十年前的今何在仍纠结于要不要抵抗，那么十年后的他早已放弃抵抗。在2011年《悟空传》（完美纪念版）的序言中，今何在以"在路上"为题，用人生导师的"过来人"口吻如此劝慰读者：

> 我心目中的西游，就是人的道路。每个人都有一条自己的西游路，我们都在向西走，到了西天，大家就虚无了，就同归来处了。所有人都不可避免要奔向那个归宿，你没办法选择，没办法回头。那怎么办呢？你只有在这条路上，尽量走得精彩一些，走得抬头挺胸一些，多经历一些，多

想一些,多看一些,去做好你想做的事。最后,你能说,这个世界我来过,我爱过,我战斗过,我不后悔。[63]

十年后,今何在将"西游"阐释为"道路",这实在意味深长。这段肺腑之言至少包含两种意思:其一是时间的维度,即人生必将虚无,理想终将逝去,故西游的基调一定是悲观的;其二是空间的维度,即"在路上"的真义不在终点,而在道路本身,不求结果,只问过程,于是西游又被裹上了一层糖衣。今何在用所谓的"在路上"提醒读者:与其在"小时代"中渴求"大人物",不如在"大悲观"中保持"小乐观"。这种化"大悲观"为"小乐观"的鸡汤逻辑,不仅是对"在路上"这一能指意涵的混淆,更是对20世纪60年代历史文化语境的"降维"表述。

在此,我们有必要把"在路上"视作一种话语,并对其进行知识谱系考察,因为任何话语的形成都是一个历史化的过程,解析其历史嬗变,才能洞见其背后的意识形态变革。"在路上"首先是美国作家杰克·凯鲁亚克的一部长篇小说。《在路上》(1957)描绘了战后美国青年浑浑噩噩的精神空虚,它被认为是20世纪60年代嬉皮士运动和"垮掉的一代"的代表作品,其核心文化症候是自由与反叛,是对一切秩序、规范的彻底拒绝。同时,"在路上"又联系着诞生于"二战"后、鼎盛于20世纪60年代的一种美国电影类型,即"公路片",尤以《邦妮

第四章 英雄降落：孙悟空与中国青年亚文化

和克莱德》(1967)与《逍遥骑士》(1969)为代表。公路片以汽车或摩托车为主要交通工具，旨在用路途来表达人生感悟，主角往往因生活挫败而展开一段自我放逐的心路历程，其文化底色依然是20世纪60年代世界青年的反秩序诉求。

然而，随着20世纪60年代的终结，"在路上"逐渐被置换为"公路"。"公路"作为一种话语变体，将"在路上"原始语境中的"抵抗"改写为"治愈"。于是，青年人"开车上路"的动机不再是反叛，而是疲惫，他们只是渴望"一场说走就走的旅行"，借以暂时摆脱沉闷无聊的日常生活，尤其是家庭生活，而在做好心灵按摩之后，他们终将回归家庭。这种转变首先表现在美国"公路片"中，以《雨人》(1988)为标志，那条"反叛之路"正式被改写为心灵救赎的"回归之路"。事实上，自尼克松之后，美国历任总统都在试图修复保守主义的中产阶级家庭观，以防20世纪60年代幽灵的复归。吉米·卡特在1976年的竞选演讲中反复强调"美国家庭出了问题"，乔治·布什更是在1988年骄傲地指出，美国已经从20世纪60年代的"逍遥骑士社会"遗留风气（长发、性爱、吸毒、暴力社会抗议）中成功恢复过来。可以说，在这个保守主义政治时期，20世纪60年代遗留的反秩序诉求与抵抗精神代表了某种具有破坏力的东西，它是民族经济复兴的阻力，是"退步"的。[64]

可见，"公路"的治愈功能是与资本主义经济稳步上行、都市中产阶级崛起等社会现实息息相关的,这也就是为什么"公路"直至新世纪才真正成为中国文艺生态的关键词。特别是2010年以来,中国都市中产阶层在金融危机的重创之下纷纷"逃离北上广",治愈系公路片也随之成为极具市场号召力的电影类型,如《无人区》(2013)、《心花路放》(2014)、《后会无期》(2014)等,都十分典型地呈现出"公路"这一话语在当下中国社会文化中的煽动性。尤其是《后会无期》,韩寒选择"公路片"作为自己的电影导演处女作,恐怕绝非偶然。从某种程度上说,《后会无期》是网络西游故事的精神之子,因为它真正遗传了自《悟空传》以降的中国青春文化的"公路病"。早在2010年,韩寒筹划新作《1988:我想和这个世界谈谈》时,便与其团队共同提出了"公路小说"的概念。这部小说以一辆1988年出厂的旅行车为载体,通过在路上的见闻、过去的回忆、扑朔迷离的人物关系等各种现实场景来获取一种观察世界的别样眼光。韩寒将"公路"理解为"旅途",这种治愈系风格直接延续至电影《后会无期》。韩寒声称《西游记》是这部电影的母本,他也将《西游记》视作中国公路小说的鼻祖。在2014年7月24日的微博中,韩寒写道:"《后会无期》就像一场各取所需却各自失去的《西游记》,很多遗憾只能遗憾,有些错过不是过错。"

至此,以"公路"为话语系统,古典名著《西游记》及

第四章 英雄降落：孙悟空与中国青年亚文化

其当代改写构成了一个重要的文本序列，它们彼此交叠，构成了中国当代青春文化的一组剪影。韩寒在2014年8月3日的微博中说："这首朱茵的《追月》是《后会无期》里的一段环境背景音乐。'青春的心灵百般奇妙，缤纷的思潮，梦中一切没缺少。'是的，它是《大话西游》的片尾曲。它和《女儿情》是《后会无期》对两部《西游》和过往青春的致敬。"从《大话西游》到《悟空传》，再到《后会无期》，这些作品无一例外地书写着青春成长，并且塑造了同一种青年形象：叛逆的皈依者，即以叛逆的姿态上路，并最终被社会收编的青年人。这一形象谱系正是索解90年代中国青年亚文化状况的关键所在。

在更为广阔的视阈之内，《悟空传》的案例实际上揭示了一种"历史接合术"，即90年代与60年代的文化"接合"。与此相关的另一例证，则是电影《大话西游》在呈现孙悟空英雄主义段落时，两次使用了1962年民族舞剧《小刀会》的民乐配乐《小刀会序曲》。那么，究竟该如何理解这种60年代与90年代的文化耦合呢？英国理论家约翰·斯道雷在《九十年代中的六十年代：拼贴还是超级意识？》一文中，提出了90年代与60年代的历史接合议题。他首先援引了美国思想家詹姆逊关于60年代的讨论，在詹姆逊看来，60年代是这样一个历史阶段："当资本主义在全球范围内扩张的同时……未理论化的新生力量的向外无限放射：黑人和'少数民族'的种族力量,或者'第三世界'各地的运动,区域主义的力量,以及学生和妇女运动中新生和强硬的'剩余意识'之承受者等等这一切都得到了大发展。这些新近释放的能量不仅在传统马克思主义的二分的阶级模式上无法估量,同时,它们似乎也提供了超越古典经济基础的制约的自由王国和唯意志论者的可能性。然而,这些自由感和可能性——就60年代的过程来说,它们是瞬息间的客观现实;以80年代的眼光来看,它们是一个历史的幻觉——也许最好的办法是把它看作资本主义经济基础或体制舞台向另一个转型过渡下的上层建筑的运动和游戏。"[65]也就是说,从80年代美国的角度回望,60年代文化符号的不断复现不过是一种历史幻觉,或者说"拼贴",其抵抗性已经被主流意识形态所收编。因此,詹姆逊的立论态度是十分悲观的,60年代最终将沦为资本主义经济体制的一个内部游戏。

对此,斯道雷的态度显然更为中立,他将90年代对于60年代的文化复现理解为一种"后现代超级意识":那些后现代文化作品"(与詹姆逊的看法不同,特别是因为它同时激活'结构'和'能动性')的确呈现了批判性地思考'怀旧''互文性''循环利用''拼贴'和'愉悦'的方法",更接近于一种"后现代超级意识(hyperconsciousness)"[66],它得以重新激活乃至重构一代人的感觉结构。仿佛一种剪辑法,60年代与90年代之间的历史蒙太奇只有在"接合"的意义上才能得到解释,这也

第四章 英雄降落:孙悟空与中国青年亚文化

是斯图亚特·霍尔的理论关键词。霍尔认为,"接合"是文化研究的一种重要思维方式,它指向一种特定的文化连接:"在任何情况下它都不必一定作为一项法则或一种生活的事实被预先给定的,但是它需要特定的存在条件而出现。必须为特定的过程积极地维持,它不是'永恒的',而是被持续不断地更新,会在某些环境下消失或被颠覆,从而导致旧的连接被消解而新的联系——再接合——被巩固。其重要性还在于,不同实践之间的接合并不意味着它们会变得相同或一个会消解到另外一个当中。每一个都保持了其特定的存在的决定性和条件。然而,一旦接合被创造出来,那么这两个实践就会一同起作用,不是作为一个即刻的认同,而是作为统一性中的特定性。"[67]在"接合"理论的启发下,我们会发现,孙悟空恰恰成为90年代与60年代的历史接合点,而这种"接合"又是多方面的。除了"在路上"与青年亚文化的维度之外,我们还会发现,90年代的孙悟空形象总是具有一种精神分析意味,无论是梦、精神分裂,或是成长。而事实上,弗洛伊德主义恰恰是60年代美国文化的重要内驱力,[68]因为它让青年们坚信,一切文明都建立在"压抑"的基础上,而他们真正要做的就是"释放",所以马尔库塞才会与马克思、毛泽东一起成为60年代的"3M"旗帜。

可以说,60年代的历史维度拓展了90年代孙悟空形象的文化空间——从精神分析层面的叛逆/皈依的辩证法,到抵抗/

收编的青年亚文化机制,再到60年代/90年代的历史接合术,孙悟空的自我变异正是现代性的内在需求。这种自我的相异性恰恰回应着原著中"变"的美学,正如严锋所指出的:"孙悟空,这个可以随心变化和穿越时空的怪物,这个伟大的前人类(pre-human)、超人类(super-human)和后人类(post-human)的混合体,正是新生代中国青年最新的(同时又是古老而陈旧的)化身,这些青年们在新的媒介(例如互联网)中找到了他们的自由意志的想象性的实现方式。"于是,《悟空传》的标志性呼喊也颇具"现代中国"的主体意味:我要这天,再遮不住我眼;要这地,再埋不了我心;要这众生,都明白我意;要那诸佛,都烟消云散!"在这宣言式的呐喊中,我们可以看到1980年代中国启蒙运动的一丝残迹,甚至还可以看到改革前毛泽东时代反叛的革命的孙悟空形象的点滴踪影。但是在社会主义文学中,革命的孙悟空与反革命的白骨精势同水火的对抗已经融化为甜蜜、悲伤而又滑稽的后现代罗曼司,见证了一部关于变形的古典中国小说,在现代中国从反人道主义,到人道主义,再到后人道主义的变形。这是一种双重的变形:历史与政治意义上的改革(reform)和媒介意义上的改形(re-form),两者交相作用,互为前提。"[69]正是在相异性的自我超越诉求中,孙悟空之"七十二变"成为"现代中国"的根本象征。对于这个经历了20世纪所有革命形态的国家而言,孙悟空正是中国制造

第四章 英雄降落:孙悟空与中国青年亚文化

的"中国故事",他从古典名著中走出,闯入现代,不断"变形",并成为激变时代的见证者。这再次印证了解构主义的论断:一切传统皆是现代的发明。

〔1〕[英]雷蒙·威廉斯:《文化分析》,赵国新译,《文化研究读本》,罗钢、刘象愚主编,北京:中国社会科学出版社,2000,第125—126页。

〔2〕"新人类"一词最早是由日本作家界屋太一提出,用来指称出生在20世纪70年代,以反叛父辈传统、敢于冒险和大胆直接的自我风格为典型形象的一代日本人。1989年,香港作家马家辉在《都市新人类》一书中,将年龄在12—24岁、出生于大都市(譬如中国香港地区、东京、纽约等)并生活在资本主义现代都市,并且持有某些新生活价值的年轻人称为"新人类"。90年代以后,"新人类"在中国大陆地区开始被广泛使用。

〔3〕"新新人类"一词是20世纪80年代末期至90年代初期的台湾地区流行语。最早起源为20世纪80年代末期"信喜实业股份有限公司"产品"开喜乌龙茶"的电视广告,有"新潮""年轻""不同于旧时代的人们"的意思,主要泛指当时的初、高中生。随后流行于中国大陆,用来指称80年代生人。

〔4〕[美]迪克·赫伯迪格:《亚文化:风格的意义》,陆道夫、胡疆锋译,北京:北京大学出版社,2009,第111—112页。

〔5〕[法]贾克·阿达利:《噪音:音乐的政治经济学》,宋素凤、翁桂堂译,上海:上海人民出版社,2000,第34页。

〔6〕同上书，第43页。

〔7〕刘春：《给周星驰配音的那个人》，《大话西游宝典》（第二版），张立宪等编，北京：现代出版社，2001，第74页。

〔8〕[英]约翰·克拉克：《风格》，[英]斯图亚特·霍尔、托尼·杰斐逊编：《通过仪式抵抗：战后英国的青年亚文化》，孟登迎、胡疆锋、王蕙译，北京：中国青年出版社，2015，第304页。

〔9〕[美]迪克·赫伯迪格：《亚文化：风格的意义》，陆道夫、胡疆锋译，北京：北京大学出版社，2009，第122—123页。

〔10〕[英]约翰·克拉克、斯图亚特·霍尔、托尼·杰斐逊、布莱恩·罗伯茨：《亚文化群体、文化群和阶级》，[英]斯图亚特·霍尔、托尼·杰斐逊编：《通过仪式抵抗：战后英国的青年亚文化》，孟登迎、胡疆锋、王蕙译，北京：中国青年出版社，2015，第124页。

〔11〕[加]马塞尔·达内西：《酷：青春期的符号和意义》，孟登迎、王行坤译，成都：四川教育出版社，2011，第103页。

〔12〕[英]约翰·克拉克、斯图亚特·霍尔、托尼·杰斐逊、布莱恩·罗伯茨：《亚文化群体、文化群和阶级》，[英]斯图亚特·霍尔、托尼·杰斐逊编：《通过仪式抵抗：战后英国的青年亚文化》，孟登迎、胡疆锋、王蕙译，北京：中国青年出版社，2015，第85页。

〔13〕李冯：《另一种声音》，《北京文学》，1993年第8期。

〔14〕同上。

〔15〕戴锦华：《隐形书写：90年代中国文化研究》，南京：江苏人民出版社，1999，第54页。

〔16〕戴锦华：《拼图游戏——〈花城〉1996小说概览》，《花城》，

第四章 英雄降落:孙悟空与中国青年亚文化

1997年第3期。

〔17〕徐肖楠:《李冯的戏仿小说》,《作家》,1997年第9期。

〔18〕戴锦华:《隐形书写:90年代中国文化研究》,南京:江苏人民出版社,1999,第50页。

〔19〕[法]让-弗朗索瓦·利奥塔:《后现代状态:关于知识的报告》,车槿山译,北京:生活·读书·新知三联书店,1997,第1页。

〔20〕同上书,第2页。

〔21〕南月:《小说的另一种声音》,《南方文坛》,1997年第2期。

〔22〕李冯:《创作谈》,《花城》,1994年第5期。

〔23〕陈晓明:《表意的焦虑:历史祛魅与当代文学变革》,北京:中央编译出版社,2002,第164—165页。

〔24〕[美]马泰·卡林内斯库:《现代性的五副面孔:现代主义、先锋派、颓废、媚俗艺术、后现代主义》,顾爱彬、李瑞华译,北京:商务印书馆,2002,第201—202页。

〔25〕同上书,第237页。

〔26〕陈晓明:《表意的焦虑:历史祛魅与当代文学变革》,北京:中央编译出版社,2002,第166页。

〔27〕陈弋弋、廖仕祺:《王家卫独家爆料〈东邪西毒〉》,《南方都市报》,2009年3月18日。

〔28〕[日]千野拓政:《东亚诸城市的亚文化与青少年的心理——动漫、轻小说、cosplay以及村上春树》,窦悦朗、肖佳萍整理,《东吴学术》,2014年第4期。

〔29〕[法]让-吕克·南希:《解构的共通体》,夏可君编校,郭建

玲、张建华等译,上海:上海人民出版社,2007,第36页。

〔30〕同上书,第348页。

〔31〕今何在:《悟空传》(完美纪念版),长沙:湖南文艺出版社,2011,封面。

〔32〕金庸客栈:所属于新浪论坛历史文化社区,成立于1996年,主要分为武侠小说讨论、影视评论与原创小说等板块,众多当下负有盛名的网络写手都曾混迹其中。

〔33〕轻钢、秋水:《网文十年十书:从〈悟空传〉到〈鬼吹灯〉》,《新京报》,2008年7月26日。

〔34〕电影《大话西游》在内地广泛传播的主要原因之一是盗版VCD市场:"据一位号称北京盗版界四大家族之一的大卖家透露,早在1995年,就在北京市场出现过《大话西游》的盗版录像带,但销售平平,直到1996年底VCD版本出现,当时每盘30元的高价位都没有吓倒《大话西游》迷们。真正的火爆是在1997、1998年间,在这一段盗版VCD的黄金时节,《大话西游》的销售也屡创高峰,最高纪录一天就卖到上百张,热销的场面通常发生在公司和新闻单位。这个大卖家透露,在这两年期间,他无论拿多少《大话西游》的盘都会被抢购一空,光他个人这些年手中卖出的《大话西游》VCD就有两三千张,以他的'业内专业眼光'分析,全国至少卖出十万张以上,北京至少占到四五万张。"钟鹭:《大话西游之路》,选自张立宪等编:《大话西游宝典》(第二版),北京:现代出版社,2001,第96—97页。

〔35〕水木清华曾经是中国大陆最有人气的BBS之一,代表着中国高校的网络社群文化。1997年国庆期间,有人将电影中一段经典台词贴在

第四章 英雄降落:孙悟空与中国青年亚文化

了 BBS 上:"曾经有一份真挚的爱情放在我面前,我没有珍惜,等到我失去的时候才后悔莫及,人世间最痛苦的事莫过于此。你的剑在我的咽喉上割下去吧!不用再犹豫了!如果上天能够给我一个再来一次的机会,我会对那个女孩子说三个字:我爱你。如果非要在这份爱上加个期限,我希望是一万年!"过了几天,这个 IP 地址又连篇累牍地续贴好几段台词,引发了校园大学生对《大话西游》的广泛关注。随后,学生们争相租借、购买电影 VCD,并掀起了一场波澜壮阔的"贴台词运动",而在清华的聊天室内,至尊宝、紫霞、菩提老祖等网名也比比皆是。

〔36〕《新新人类体味生活的另类文化——"大话"文风在流行》,搜狐文教,2001年6月28日。

〔37〕王蒙:《躲避崇高》,《读书》,1993年1月。

〔38〕"犬儒主义支配下的中国当代青春文化或低眉顺眼,或少年老成,或虚假励志,以一种自欺欺人、逆来顺受的姿态抚慰着青年的心,也麻醉着青年的心。"邵燕君:《中国当代青春文化中的犬儒主义》,《天涯》,2015年第1期。

〔39〕今何在:《一万年太久(序)》,周星驰、今何在:《西游降魔篇》,南京:江苏文艺出版社,2013。

〔40〕今何在:《序:在路上》,《悟空传》(完美纪念版),长沙:湖南文艺出版社,2011。

〔41〕"同人"有广义与狭义之分——广义的"同人"指一种由原著粉丝驱动的创作方法,狭义的"同人"则是一种网络小说类型。本书取"同人"概念的广义性。事实上,作为类型的"同人"最初进入中国网络文学视野之时,是与"耽美"基本重合的,后来同人小说逐渐扩容,凡是对其

他文本的重写文字都被称为同人小说,也就是晋江现在所谓的"衍生类小说",主要包括正常向的同人与耽美向同人。今何在的《悟空传》应属男性向同人小说。

〔42〕〔美〕约翰·费斯克:《粉都的文化经济》,选自陶东风主编:《粉丝文化读本》,北京:北京大学出版社,2009,第11页。

〔43〕同上书,第13页。

〔44〕"玄幻"也是网络小说的新兴类型,其内涵也有狭义与广义之分。狭义的玄幻小说概念始于黄易,侧重的是人的精神力的无限提升,直至最高的天人合一的"破碎虚空"境界,后来发展成为网络小说中的玄幻修真流。在网络小说的"幻想"类小说的发展中,最早应是老猪的《紫川》和树下野狐的《搜神记》开启的异世大陆玄幻武侠和中式奇幻仙侠风潮,后来才有了萧鼎的奇幻仙侠《诛仙》、萧潜的玄幻修真《飘渺之旅》、说不得大师的西式奇幻《佣兵天下》,最终这些外延太大的小说都被装进了广义玄幻的类型之中。

〔45〕"玄幻西游派"多以"起点中文网"为主要平台,其中,《朱雀记》《重生成妖》《重生西游》《黑风老妖》等作品均名列"起点中文网"总点击排行榜的前一千名,每一部小说的点击量都在四百万以上。

〔46〕腾讯网游《斗战神》以小说《悟空传》为背景蓝本,并由今何在担任其世界观架构师。

〔47〕张天翼:《〈西游记〉札记》,《人民文学》,1954年第2期。

〔48〕金紫千:《也谈〈西游记〉的主题》,《文史哲》,1984年第2期。

〔49〕施战军:《论中国式的成长小说的生成》,《文艺研究》,2006年第11期。

第四章 英雄降落:孙悟空与中国青年亚文化

〔50〕今何在:《悟空传》(完美纪念版),长沙:湖南文艺出版社,2011,第107页。

〔51〕1980年9月,五届人大三次会议确立了20世纪末将中国人口控制在12亿以内的奋斗目标,随后,中国人口政策骤然收缩,从"晚、稀、少"变为"一胎化",这种政策调整直接造就了中国的第一代独生子女,并催生出"80后""90后"等诸多关乎代际命名的关键词。

〔52〕今何在:《序:在路上》,《悟空传》(完美纪念版),长沙:湖南文艺出版社,2011。

〔53〕今何在:《悟空传》(完美纪念版),长沙:湖南文艺出版社,2011,第150页。

〔54〕宋阿慕:《从黄粱一梦里醒来的悟空如你如我》,豆瓣网,2008年5月26日。http://book.douban.com/review/1389754/

〔55〕林品:《"二次元""羁绊"与"有爱"》,《中国图书评论》,2014年第10期。

〔56〕今何在:《悟空传》(完美纪念版),长沙:湖南文艺出版社,2011,第119页。

〔57〕"后青春期"指青春期过后却尚未成熟的过渡状态。作为一种文化现象,这个概念首先出现在2008年台湾摇滚乐团"五月天"的专辑《后青春期的诗》中。2009年5月,台湾作家九把刀又出版了同名小说。但是从源流上看,早在2004年,"五月天"在专辑《神的孩子都在跳舞》中就收录了《孙悟空》,歌词内容奠定了"后青春期"的一种基调:"齐天大圣是我/谁能奈何了我/但是我却依然不小心败给了寂寞/如果要让我活/让我有希望的活/我从不怕爱错/就怕没爱过/如果能有一天/再一次

重返光荣/记得找我/我的好朋友。"

〔58〕"中二病"语出日本主持人伊集院光的广播节目《伊集院光 深夜的马鹿力》，后流行于网络。

〔59〕王小峰：《斯皮尔伯格：〈西游记〉是一部公路片》，《三联生活周刊》，2012年第8期。

〔60〕林间的猴子：《你们的经典，我们的自传》，豆瓣网，2012年1月16日。http://book.douban.com/review/5270586/

〔61〕今何在：《悟空传》(完美纪念版)，长沙：湖南文艺出版社，2011，第114页。

〔62〕[斯洛文尼亚]斯拉沃热·齐泽克：《意识形态的崇高客体》，季广茂译，北京：中央编译出版社，2002，第40页。

〔63〕今何在：《序：在路上》，《悟空传》(完美纪念版)，长沙：湖南文艺出版社，2011。

〔64〕李彬：《从反叛圣歌到心灵鸡汤——20世纪80年代以来美国保守主义家庭观回归与公路电影转型》，《贵州大学学报》(艺术版)，2013年第3期。

〔65〕[美]詹明信：《60年代：从历史阶段论的角度看》，《晚期资本主义的文化逻辑》，张旭东编，陈清侨等译，北京：生活·读书·新知三联书店，1997，第393—394页。

〔66〕[英]约翰·斯道雷：《九十年代中的六十年代：拼贴还是超级意识？》，《记忆与欲望的耦合——英国文化研究中的文化与权力》，徐德林译，桂林：广西师范大学出版社，2007，第130页。

〔67〕邹威华：《斯图亚特·霍尔的"接合理论"研究》，《当代外国文

学》,2012年第1期。

〔68〕[美]莫里斯·迪克斯坦:《伊甸园之门:六十年代的美国文化》,方晓光译,南京:译林出版社,2007,第72页。

〔69〕严锋:《变形的意义:对〈大话西游〉热的跨艺术解读》,《中国比较文学》,2006年第4期。

第五章　多元中国：
"离散"视野下的孙悟空符号

新世纪以来，全球化将国族身份认同凸显为核心议题。越来越多的传统文化符号被不断复制再生产，进而再现于中国电影银幕之上，这既是资本全球流动的结果，也传达出跨文化结构中的主体化诉求。在这些视觉符号中，孙悟空尤其典型，因为它是世界眼中的"Chinese Monkey"。以 BBC 制作的北京奥运会宣传片为例，全片以孙悟空破石而出为始，以孙悟空在鸟巢体育馆中举起火炬作结，辅以画外音"为了希望"，十分明确地将孙悟空表述为中国崛起的象征。

那么，如何理解跨文化语境下反复出现的孙悟空符号？美国加州大学的鲁晓鹏教授曾提出中国电影研究的四种范式，即中国民族电影范式（Chinese national cinema）、跨国中国电影范式（transnational Chinese cinema）、华语电影范式（Chinese-language cinema）以及华语语系电影范式（Sinophone cinema）。[1] 以此框架为基础，本章试图从"语言"的角度出发，提出一种全新的观察视角：跨语际中国电影（translingual Chinese cinema）。此概念有两层意涵：其一是在中国崛起的图景之内重提中国电

第五章 多元中国:"离散"视野下的孙悟空符号

影,以回应中国作为新生电影资本中心的事实;其二是用跨语际整合跨国电影与少数民族电影,进而打开中国的多元性。本章拟选取《刮痧》(2001)、《静静的嘛呢石》(2005)、《孙子从美国来》(2012)三部电影,以孙悟空这一文化符号为核心,将"翻译孙悟空"作为中国电影的跨语际实践,讨论孙悟空如何从外部与内部形构了新世纪的国家想象。

一、翻译孙悟空:跨语际实践中的空洞能指

20世纪90年代以来,全球化十分深刻地冲击了中国电影格局:一方面,随着港台及大陆的跨域流动,"中国电影"这一命名方式暴露出局限性,海外研究者创造出"华语电影"[2]这一概念,旨在突破"民族国家"的话语局限,确立"重写电影史"这一全新视角;另一方面,好莱坞电影在半个世纪之后重新涌入中国市场,令国产片一度萎靡不振,可随着2001年中国加入WTO,好莱坞入华配额的放宽反而激发了中国电影的潜力,国产"大片"纷至沓来并成功抗击好莱坞。两相参照,新世纪中国电影产业的变局折射出全球化的"去领土化"与"再领土化"。从某种程度上说,正是全球化使电影成为国家形象名片,而孙悟空正是中国电影名片上浓墨重彩的一笔。

在全球化与跨文化语境中讨论孙悟空,"翻译"成为一个

首要问题，而任何翻译都无法避免一定程度的文化误读。事实上，真正将"翻译孙悟空"标识为重要文化事件的是美国华裔作家汤亭亭的小说《孙行者》(1989)。小说中文版于1998年被译介。小说主人公惠特曼·阿新是一位生活在美国的华裔嬉皮士，他是耶鲁少壮派诗人、剧作家，毕业于加州大学伯克利分校英语系，然而优秀的学历与文化水平并不能保证他成为一个美国人，他的华裔身份依然随时受到质疑；可以说，他无法摆脱美国社会对于"中国佬"的刻板印象。为了证明自己，并向种族主义者发起反击，他决定书写一个以孙悟空为主角的话剧剧本，并在唐人街中华会馆寻找演出机会，以此获得代表华裔人群公开发声的可能性：

> 帷幕拉开了——他把她的衣服抛到一边去——观众看见了拴在铁链上的大杀手猿猴。血红的眼睛转来转去，利齿咬得格格响。吼！吼！他张大嘴，像在演无声电影。你在笑我吗？看看我的红舌头，还有咽喉——真猴，不是披猴衣的假货。试试我喷出的热气。我要挣脱这铁锁链。白种猎人，你们必死无疑。我把手变小，变成一个翅膀，一个红翅片。哦，不，我就是猴子。我要长——千万丈高。锁链突然拉断。"放下帷幕！"舞台指导喊道。帷幕拉上了，从上面降下一堵石棉墙。巨大猿猴的身体不断隆起膨

胀。他撕破这隔离现实的阻碍物,跳下舞台,进入观众中间。挥动着锁链——舞动工具的猴子——他套上吊灯杆,爬上去,骑在上面。他的叫声比太太们的尖叫声还要高。用他的长臂抱住费伊·雷,他和她一起在旧金山歌剧院的天花板上荡秋千。水晶片和粪便落到观众脸上。巴尔苏·斯耐尔。噢,你明白吗?这猴在向美国拉屎撒尿,破坏他们的聚会。张开他的大嘴,吃掉他们的菜肴,喝下他们的香槟。这宴餐是我的。[3]

这是主人公惠特曼·阿新在想象自己的戏剧上演。显然,这一段"神游"用马戏团、杂技替代了中国传统的戏曲表演,更重要的是,孙悟空被塑造成电影《金刚》中的大猩猩,成为一个巨型实体怪兽。同时,这只"大猿猴"又是对白人充满仇恨的,他在挣脱锁链之后,必须在种族的意义上实施报复。在这里,"孙悟空"被翻译成"Tripmaster Monkey"(孙行者),这种译法本身包含着双重误读:一方面,trip 指向一种"在路上"的嬉皮士生活态度,这是主人公惠特曼·阿新的生活方式;另一方面,trip 又暗示着吸食大麻等毒品所带来的致幻效果,是一种精神上的旅行,或可称之为"神游",这种近乎意识流的自由状态恰好是小说文本与其嵌套的戏剧文本所共享的结构方式。在跨文化的语境之下,"孙悟空"成为一个被抽空的能指,它杂糅着中国禅意、美国60年代反文化运动、华裔生存处境等多重维度，成为不断被误读的语言交互空间；进一步说，是某种"神游"中的异域。"文化反叛者把自己的意愿和渴求转投到其他文化上，从而把异域事物当作其自身意识形态的反映。异域风情的魅力不是个新现象。通过对'他者'的苦苦寻找来发现自我，是西方文明中反复出现的主题，其呈现形式包括西部荒野、神秘非洲及古老东方等幻景。它基于这样一种人所共有的信念：文明的发展使我们与真实的自我、真实的生活相隔离。"[4]只有如此，我们才能解释"孙悟空"为何被惠特曼·阿新解读为一种充满禅意的"空"，这种精神上的"空"指向一种近乎"审美现代性"的心灵宁静，是60年代美国对于中国古典文化的有意误读。

由此，我们必须引入刘禾的"跨语际实践"理论。刘禾认为，翻译本身即政治："如果进行宽泛的界定，那么研究跨语际的实践就是考察新的词语、意义、话语以及表述模式，如何由于主方语言与客方语言的接触/冲突而在主方语言中兴起、流通并获得合法性的过程。因此，当概念从客方语言走向主方语言时，意义与其说是发生了'改变'，不如说是在主方语言的本土环境中发明创造出来的。在这个意义上，翻译不再是远离政治和意识形态斗争或与利益冲突无关的中立事件。实际上，它恰恰成为这种斗争的场所，客方语言在那里被迫遭遇主方语言，

第五章 多元中国:"离散"视野下的孙悟空符号

二者之间无法化约的差异将一决雌雄,权威被吁求或是遭到挑战,歧义得以解决或是被创造出来,直到新的词语和意义在主方语言内部浮出地表。"[5]

在这个意义上,"翻译"至少包含着外部与内部两个层次,前者体现为一种主/客语言策略,后者体现为方言策略。电影《刮痧》讲述了一则发生在美国圣路易斯市华裔移民家庭的文化误读案例:父亲许大同(梁家辉饰)来自北京,母亲简宁(蒋雯丽饰)来自中国台湾,为了更好地融入美国,他们在家中只对儿子Dennis说英语;由于语言障碍,从中国飞来的爷爷(朱旭饰)被完全隔离于这个中产阶级核心家庭,沦为"内部的他者"。于是,祖孙之间的日常交流必须经由父亲和母亲的"翻译",这一语言中介的存在反而加固了代际间的文化壁垒。除却汉语/英语的对立,《刮痧》也设置了一种方言策略——梁家辉说港式国语,却扮演北京人;蒋雯丽说普通话,却扮演台湾人;朱旭更是用东北口音演绎着老北京。如此混杂的方言错置揭示出"中美文化冲突"表象下的隐含层次:作为一个想象的共同体,"中国"是内部多元的,这些声音来自不同地域,却又众声喧哗,充满着交锋与协商。更有趣的是,《刮痧》完成了一次主方语言/客方语言的"颠倒":作为中国生产、中国消费的商业电影,本片的主方语言应当是汉语,但创作者却刻意将之呈现为英语片,从而将中国观众结构于"外来者"的观看位置之上,将自我体认为他者，以此制造一种国族认同危机。

"颠倒"同样发生在藏族导演万玛才旦身上，其处女作《静静的嘛呢石》是中国第一部真正意义上的藏语电影，然而，这部藏语电影却是由主流电影体制生产的，并且获得了国家级电影奖项的认可。[6]因此，影片本身的"藏语中字"策略在面对汉语观众时，便产生了弦外之音，"藏语对白具有一种完全自足的文化姿态，借助翻译关系的颠倒，把一个原藏族题材电影中的均享国家意义的统一主体分割成自我和他者，完成了从为统一主体的文化共述到为自我的文化自述的转变，在藏族题材电影中第一次建立了一种由藏语承载的'本位视角'"[7]。相较而言，电影中的汉语却构成了一种现代性冲击力——从藏语对白的发音中，我们可以清晰辨认出"生意""电视""VCD机""唐僧""孙悟空"等汉语外来词，这些词语形构了一种现代性想象。特别是弟弟教小喇嘛读汉语课文的段落："弯弯的月儿小小的船，小小的船儿两头尖。我在小小的船里坐，只看见闪闪的星星蓝蓝的天。"一边是弟弟的流畅朗读，另一边却是小喇嘛的茫然表情。在这里，"翻译"成为一种现代性部署方式，它从汉语／藏语的语际分野出发，打开了世俗／宗教、富裕／贫穷、城市／乡村等诸多社会维度。同时，《静静的嘛呢石》也使用了方言策略，片中所使用的藏语并非拉萨地区的标准语，而是青海安多地区的藏语方言，因此本片所聚焦的地区并非西藏之中心，而是汉语／藏语的双重边缘地带，影片具有"翻译"意味的双语策略真正打开了"西藏"的多元性。

那么，如何将主／客语言策略与方言策略统一起来呢？电影《孙子从美国来》提供了一种全新的想象方式：寻找可通约的共同语。在影片中，中国爷爷只会说陕西方言，可以听懂普通话；美国孙子的母语是英语，在学校学习过中文。因此，祖孙之间的沟通必须以中文普通话作为基本媒介，这是他们可沟通的唯一路径。不期然地，中文普通话成为语码转换的中介，作为"翻译"环节，中文普通话连通了内部的方言与外部的英语，形成了一套有效的语言等级秩序体系。在拉康眼中，共同语是一种社会建制，是"大他者"的一种，它将有效促进主体性的生成。让中文普通话成为跨文化交流的唯一中介，其背后是"中国崛起"引发的全新国家想象。因此，我们也就不难理解十年前那个"爷爷到美国去"的故事（《刮痧》）为何被改写成《孙子从美国来》——令毫无血缘关系的美国孙子认同中国爷爷，这无疑是一种充满信心的自我表述，而支撑着这份主体性诉求的，或许是片中台词所揭示的基本经济事实："现在，咱中国是美国大债主。"

诚然，中国崛起已然是我们所处时代的核心议题之一，尤其是2008年金融海啸之后，中国成为经济学意义上的价值洼地，吸引了全球资本的热切涌入，由此急需一种文化上的主体

图 11 电影《静静的嘛呢石》中小喇嘛沉默伫立

性表述来跟上经济发展的高速步伐。于是,越来越多的中国符号重现于国际舞台,孙悟空正是其中之一。如若把孙悟空作为中国符号,则我们有必要从能指/所指的符号学角度对其进行符号学解析。具体到影片,我们会发现在"翻译"过程中,"孙悟空"之所指已被抽空,它成为一个不断飘浮的空洞能指,其文化意义亟待填充,然而却又不断回返至"主体中空"[8]的基本困境。《刮痧》里的孙悟空是许大同的个人象喻,他认为,孙悟空是传统中国的英雄,正义、善良而有道德,可美国律师却认定其顽劣粗鲁,有暴力倾向。到了影片结尾,许大同为重获自己的家庭身份,只得穿上圣诞老人的衣服表演爬烟囱,这宣告了孙悟空在符号学意义上的根本失败,而他送给儿子的孙悟空玩具竟具有一副怪兽"金刚"[9]的躯体,显得混杂而怪诞。无独有偶,在电影《静静的嘛呢石》的结尾处,小喇嘛因受到取经故事的宗教感召,情不自禁地戴上了孙悟空的面具,手捧电视剧《西游记》的 VCD 空壳,沉默伫立(如图11),这两种"外壳"事实上将孙悟空符号的空心状态具象化了,孙悟空成为一个等待填充的意识形态装置。

二、超级英雄:孙悟空的跨国镜像

如果说,中国电影的跨语际实践将孙悟空悬置为一个空洞的能指,那么它可能被怎样的话语填充?这个问题同样有外部与内部两个层次,体现为国家与民族的双重视野:在美国文化的语境中,孙悟空可能被解读为"超级英雄";而在中国内部,在藏族文化的语境中,孙悟空又被解读为"现代圣徒"。

电影《孙子从美国来》又名"当孙悟空遇上蜘蛛侠",这种"关公战秦琼"式的跨时空对抗,或可揭示出全球化时代中国文化内部的主体焦虑——中国有自己的超级英雄吗?于是,我们遭遇了一个温情脉脉的段落:中国爷爷将美国孙子深爱的蜘蛛侠制成皮影人偶,在手电筒的光照下,孙悟空终于和蜘蛛侠正面对战,嬉笑打闹。光不再被幕布遮挡,而是直接在墙壁上投下两个跃动纠缠的影子。这个场景仿佛一则文化寓言:皮影幕布的"拆除"

固然象征着祖孙之间的破壁和解,爷爷也固然提出了让孙悟空和蜘蛛侠成为好朋友并"一起保护地球"的美好愿景,但这种和解只能是一种想象性的抚慰,因为孙悟空在墙壁上的投影是以自我抹除为前提的。确切地说,影子的"真实"从来就是不可靠的,一如柏拉图的"洞喻"。如果孙悟空与蜘蛛侠不是一回事,那么为何要把孙悟空与蜘蛛侠并置呢?中国的孙悟空和美国的超级英雄具有跨语际实践意义上的"等值关系"吗?对此,刘禾指出:"人们并不是在对等词之间进行翻译,恰恰相反,人们是通过翻译在主方语言和客方语言之间的中间地带,创造着对等关系的喻说。为新词语的想象占据着的这个虚拟的对等关系的中间地带,就是历史变迁的基础。这种变迁的概念是不能被化约为按照本质主义理解的现代性的,原因在于非传统的并不必然是西方的,而所谓现代的也并不必然是非中国的。"[10]事实上,"当孙悟空遇上蜘蛛侠"这种命名方式本身即是一种文化意义上的翻译行为,它是在两种不同文化传统的中间地带所进行的主观想象,并将孙悟空指认为中国的超级英雄。

那么,孙悟空真的有可能成为超级英雄吗?要回答这个问题,我们必须首先回答什么是"超级英雄"。需要注意的是,对于任何文化关键词的讨论都必须将其"历史化",我们必须把"超级英雄"视作一种话语,视作不同社会文化权力斗争与协商的场所。"超级英雄"始自 1938 年的美国漫画《超人》,后

第五章　多元中国:"离散"视野下的孙悟空符号

继者有蝙蝠侠、蜘蛛侠、X战警等。1978年,由理查德·唐纳导演的电影《超人》问世,狂收3亿美元的票房,令"超级英雄"成为一种美国主流文化现象。事实上,超级英雄电影虽然习惯于采取动作片与科幻片的类型融合策略,但其精神谱系却是美国西部片。西部片形塑了一种经典的美国硬汉形象:他们具有开拓精神与勇武力量,却又秉持个人主义信条,因此当他们完成保护村庄的使命之后,总是选择独自离去。超级英雄电影一方面承继了西部片的硬汉形象,另一方面也对英雄人物身上个人主义与社会秩序的固有冲突进行了新的调适,由此形成了"超级英雄"的两大要素:肌肉/紧身衣与双重身份。肌肉/紧身衣关乎超级英雄的身体层面,展现出一种对强势男性力量的崇拜;双重身份则让超级英雄获得了一种日常都市生活角色,使其既能轻松地融入社会秩序,又能在社会遭遇危机时挺身而出。那么,作为一种"有意味的形式",肌肉/紧身衣与双重身份揭示了超级英雄建构过程中怎样的意识形态诉求?在此,我们必须引用美国学者斯蒂芬·普林斯的经典论断:超级英雄脱化于美国的"冷战"想象。自里根总统执政后,美国社会试图修复20世纪60年代青年运动所带来的文化创伤,采取了一种新保守主义的文化立场,他呼唤社会秩序的重建,也呼吁用父权力量的回归来打击社会主义阵营。当这种新保守主义的文化政策投射于好莱坞大银幕之上,我们也就不难理解史泰龙、施瓦辛格等肌肉男明星的走红，以及超级英雄电影的大获成功。"传统警察、超级英雄的英勇叙事，提供了传统表现的框架，而这正是吸纳早期冷战思想中暴力和妄想的形象所必需的，意识形态和类型结构性的融合有助于这些影片对意识形态进行强有力的表达和传播"。[11] 可以说，作为一种类型元素，男性的健硕躯体成为一种美国意识形态象征："最原始的对个人的崇拜是对男性身体的崇拜，1980年代的新保守主义将男性身体提升到主宰命运的地位。无论是成功还是生存，都更依赖于身体的力量，而不是政治、社会或经济的权利。"[12] 因此，作为话语的"超级英雄"自诞生之日起，便烙上了不可磨灭的民族/国家印痕。说到底，超级英雄是一种关乎想象共同体的凝聚力量，这是新世纪好莱坞不断复制再生产超级英雄电影的根本原因。以2002年的超级英雄电影《蜘蛛侠》为例，全片以蜘蛛网与美国国旗的前后景对位开篇，又以蜘蛛侠爬上美国国旗旗杆作结，这种超级英雄与美国国旗的重叠策略，意在实现"9·11"事件后的民族自我修复，起到了抚慰国家创伤的疗愈效果。

然而，在20世纪"冷战"历史结构的另一端，孙悟空却成为社会主义中国反封建、反美苏霸权的民族英雄。毛泽东写于1961年的那句"金猴奋起千钧棒"，勾起诸多关乎社会主义中国的历史记忆，其中有动画片《大闹天宫》，也有绍剧戏曲片《孙悟空三打白骨精》。带着这份历史遗产/债务，我们

第五章 多元中国:"离散"视野下的孙悟空符号

图 12　电影《孙子从美国来》全家福长镜头中的孙悟空和蜘蛛侠

再来重新审视超级英雄。所谓"当孙悟空遇上蜘蛛侠"的表述,实际上是一种典型的"后冷战"意识形态,这具象化为电影《孙子从美国来》的结尾镜头。那是一张颇具意味的全家福照片:中国爷爷和儿子立于左侧,美国儿媳立于右侧,其左右位置恰好对应着后景中孙悟空与蜘蛛侠的门神画像。令人意外的是,美国孙子最终逃出了对称构图,爬上了梯子,表达出某种超越性的诉求(如图 12)。诚然,将曾经分属"冷战"对立双方的英雄人物并置于同一画框,其"大和解"的政治企图不言自明,但是20世纪关于"冷战"的历史记忆真的可以就此抹除吗?这与其说是与历史的"遭遇",毋宁说是历史之感觉结构的"错位"——即便是表达面向未来的超越性希冀,逃出"后冷战"结构的却只能是美国孙子,我们依然无法找到自身的主体位置。进一步说,这种"错位"还有更为细致的层次,同样是"翻译"问题:Spider-Man为何被译作"蜘蛛侠"?美国的"超级英雄"可以对应为中国文化结构中的"侠"吗?在"锄强扶弱"的意义上,"超级英雄"和"侠"固然是可以互通的,但是他们对于社会秩序的态度却有着根本差异。超级英雄源于西方文化的骑士精神,双重身份策略更确保了他们对社会秩序的成功捍卫;侠则不同,其根基是"以武犯禁"的游侠精神,这种精神是反秩序的。陈平原在《千古文人侠客梦》中提到,"游"是"侠"的文化前提:"'游侠'之'游',首先是随意游动背井离乡——即'不安居';引申为不安本分不修其业——即'不乐业';更推衍为逸出常轨、蔑视规矩——即'不守法'。其共同特点是流动变迁,因而可能扰乱固定的社会秩序,打破原有的政治格局。"[13]因此,将Spider-Man译作"蜘蛛侠",同样是一种有意味的"误读",它让超级英雄的"冷战"现代史维度彻底脱落,成为前现代的"侠",用一种看似古典的"文化中国"替换了"政治中国",是谓"去政治化的政治"。

第五章 多元中国:"离散"视野下的孙悟空符号

三、现代圣徒:孙悟空与"少数电影"

如果说,超级英雄是孙悟空在全球化时代的一种跨国镜像,那么万玛才旦的电影《静静的嘛呢石》则提供了一种从"内部的他者"出发的不同想象方案。本片用近乎"三一律"的方式描绘了青海安多藏区一位小喇嘛在四天三夜之间的生活片段:小喇嘛回家过年时,被 VCD 里的电视剧《西游记》吸引,对寺院以外的世俗生活产生了兴趣;他迷恋孙悟空形象,却也在故事情节中找到了宗教的意义;小喇嘛最终承诺要像孙悟空保护唐僧西天取经那样,保护老师父去拉萨朝圣。在小喇嘛眼中,孙悟空的英雄主义色彩被淡化,宗教色彩却异常突出,他将孙悟空视为现代圣徒,为求佛经,笃定西行。作为一种文化意义上的"中心",藏文化视点中的孙悟空符号具有两面性:作为一个呈现于 VCD 和电视机里的媒介符号,孙悟空是现代性的产物;但作为一个文化符号,孙悟空也象征着政治意义上的"中国"。因此,孙悟空对小喇嘛既构成了诱惑与冲击,却也询唤出某种身份认同感。

在孙悟空这条线索之外,《静静的嘛呢石》还设置了另一个与之对应的人物——智美更登。孙悟空与智美更登虽然都是宗教圣徒,但文化传播力却大相径庭。如片中所述,现今依然信仰智美更登传说的藏民已属寥寥,就连终日诵经的小喇嘛也不忍藏戏的无聊，悄悄逃回家看《西游记》。他更愿意通过一个充满现代感的、来自异族的文化形象来获取宗教认同感，这同样是一种文化错位。我们必须追问的是，造成这种错位的根本原因是什么？这需要深入到藏戏《智美更登》的叙事逻辑中去。《智美更登》讲述了智美更登王子的慷慨事迹：他乐善好施，把自己所有的东西都施舍给他人，即使是他父亲的王国，他因而被流放至魔鬼国；在流放途中，他又将子女施舍给了假扮成乞丐的魔鬼；十二年后，他与妻子获许重归父亲的王国，归国途中，他却将眼睛赠予一个盲乞丐；回国后，智美更登获得了奇迹般的回报，他的眼睛、王位和子女均失而复得。在藏语中，"智"的意思是"污秽"，"美"的意思是"无"，"更登"的意思则是"完全"，因此，"智美更登"意为"无所不能的圣洁者"，其圣洁之处恰在于"施舍"。然而，"施舍"本身是一种反资本主义现代性的行为逻辑，它与资本主义私有制在根本上是抵牾的。所以，饰演智美更登的哥哥才会遭到观戏者的戏谑：既然是乐善好施的佛教圣徒，他为什么不能给弟弟零花钱呢？既然智美更登都将妻子赠予他人，他为什么不能献出自己的女朋友呢？如此的质询深刻地勾勒出一种文化困境：在现代性的冲击之下，传统藏戏的宗教逻辑已无法感动人心，本土圣徒的故事也无法讲述了。齐泽克曾提示我们，"要探测所谓时代精神（Zeitgeist）的变迁，最为简易的方式就是密切注意,某种艺术形式(文学等)何时变得'不再可能'"。[14]显然,智美更登被孙悟空所取代的现实命运,恰恰印证了传统西藏文化的衰落,以及现代西藏文化所面临的主体中空状态。

那么,少数民族究竟如何才能在第三世界的国家话语结构中找到自身的位置?这或许是藏匿于小喇嘛的那副孙悟空面具之后的真正议题。对此,比利时学者方文莎(Vanessa Frangville)提供了一种审视万玛才旦电影的新视野,那就是德勒兹意义上的"少数电影"。她认为,"少数电影"与"主流电影"并不构成辩证对立关系:"'少数作品'的潮流并不是在主流'以外'兴起,而是由主流内部的潮流产生出来的。'少数'并非在质或量上逊于主流,亦并非其分支,而是主流的一部分,但同时具备微妙且主流无法限制的分别。事实上,少数和主流共用相同的元素,只是使用的方法有所不同。"[15]事实上,德勒兹提出"少数电影"的理论出发点是"少数文学"(littératures mineures)。他认为,卡夫卡的文学创作陷入了一种写作的绝境:身为布拉格犹太人却要用德语写作。"从少数文学到少数电影,从卡夫卡到第三世界的电影人,如果说他们的创作分享着一个共同的出发点,那么这个出发点就是'无法忍受':'不书写的不可能性、以统治语言书写的不可能、其他书写的不可能'。只是基于这样一种绝境,才创生了'少数'的最终的人民性。"[16]

在德勒兹看来,"少数电影"是真正意义上面向未来的政治电影,其根本任务是生成人民——"艺术,尤其是电影艺术应该参与到这项工作中来:不是给一个假定的人民,而是献给新创生的人民。当主人和殖民者宣称'这里从未有过人民'的时候,缺席的人民是一种生成(devenir),它在贫民窟、集中营或少数人聚居区自我生成,在新的条件下,一种必然政治化的艺术投身于此。"[17]

从"少数电影"的角度重新理解《静静的嘛呢石》,我们会从小喇嘛头戴孙悟空面具沉默伫立的身影中,解读出更为丰富的意味:当小喇嘛为自己的宗教生命找到意义时,他与孙悟空已融为一体,小喇嘛挪用了孙悟空这一汉族文化符号,将其内化为西藏地区的现代圣徒,如此的现代圣徒形象正是"少数电影"力图生成的那种人民。而这种第三世界少数民族形象之所以是新生的,正因为导演万玛才旦采取了不同于主流电影的形式风格:放弃冲突/和解式的情节剧策略,放弃好莱坞商业电影的正反打镜头模式,而采用固定机位、全景、自然光、现场音效以及非职业演员。这种纪实美学对全球化现代性构成了一种抵抗,在这里,"客观"与"真实"也成为一种第三世界少数民族的意识形态,它们用以生成本土身份,进而开拓少数民族的异质性表达空间。

四、第三度空间:"离散"视野下的孙悟空符号

作为跨语际实践的不同向度,电影中的孙悟空符号被"翻译"为超级英雄与现代圣徒,并由此牵涉出全球化时代想象中国的全新方式。回看《刮痧》《静静的嘛呢石》《孙子从美国来》,我们会发现,这三部电影实际上聚焦于同一种家庭诉求:孙子对爷爷的文化认同。在这种祖孙关系之中,爷爷总是象征着具有"原初"之民族时间意味的文化之根,孙子则象征着现代性的"寻根"冲动。故事在开始时习惯性地设置代际文化冲突,这可能来自语言,可能来自社会化,也可能来自国族身份,但到了故事的结尾处,电影却又不约而同地表达出孙子们的某种认同感,而孙悟空恰恰成为弥合文化断裂的情感纽带。更重要的是,随着文化断裂程度的逐步加深,孙悟空的文化询唤功能也逐渐凸显出来——《刮痧》中祖孙之间依然是有血缘关系的,孙悟空成为跨越语言的心灵之桥;到了《静静的嘛呢石》,小喇嘛与老师父已是宗教意义上象征性的祖孙关系,并最终被孙悟空与唐僧的隐喻关系所替换;而《孙子从美国来》更是直接令美国孙子自发地认同中国爷爷,甚至把蜘蛛侠变成了皮影人像,让他与孙悟空并肩战斗。

如将爷爷／孙子视作跨文化叙事中的二元对立结构,那么孙悟空符号就成为霍米·芭芭意义上的"第三度空间"。在霍

米·芭芭看来，任何文化行为都有语言差异性："阐释的契合绝不简单的是陈述中指称的那种你我之间的交流行为。意义生产要求这两个方面一并穿越第三度空间（Third Space），这个空间既表示语言的一般状况，也表示以它自己无法意识到的行为或制度策略所言说的特定涵义。这种无意识关系把一种矛盾性带入阐释行为。句子的代词'我'不能用自己的词语向言说主体发话，因为这不是个人行为，而是话语图式和策略中的一种空间关系。"霍米·芭芭正是借用建筑学意义上从 A 处所到 B 处所的"中间通道"，提出了"第三度空间"的概念，其真正意图是揭示跨文化流动中的杂交状态，并质疑全球化语境下任何符号再现的原创性与纯洁性。可以说，"正是第三度空间构成了发布行为的话语条件，确保文化的意义和象征没有原本性的单一体或固定态，而且使同一符号能够被占有、转译、重新历史化和重新解读"[18]。在那些二元对立的话语裂隙之间，孙悟空试图弥合全球化的诸多碎片，使其凝聚成可被不同民族/国家立场所共用的超级能指，它指向一种具有跨地性、流动性和多元性的国家想象，真正询唤出斯图亚特·霍尔所说的那种文化身份：在文化断裂之后，回溯性地生产身份认同，并"把一种想象的一致性强加给分散和破碎的经验"[19]，途径是对记忆、幻想、叙事和神话的重组。

然而，正如后结构主义所讨论的，一切"传统"皆是"现

第五章 多元中国:"离散"视野下的孙悟空符号

代"的发明创造。我们不禁发问:孙悟空符号可以真正通往民族之根吗?那个根真的存在吗?抑或是现代民族/国家话语的另一种政治运作?王德威将此种文化症候解读为"根的政治",并视其为中国崛起的联动产物:"中国论述面对海外离散境况,每每比拟祖国的历史文明仿佛大树一般,根深柢固,华裔子民就算在海外开枝散叶,毕竟像'失根的兰花',难免寻根的冲动。离散者最后心愿无他,就是叶落归根。"[20]不期然地,王德威揭示出跨语际"寻根"的另一观察视野,即"离散"(diaspora)。何谓离散?如果我们进行一次词源学回溯,就会发现 diaspora一词源于《圣经新约》所记载的犹太人的被逐经历,分别是在公元前 586 年被巴比伦人赶出朱迪亚(Judae)和公元前 135年被罗马人驱离耶路撒冷,"它强调丧失家园后四海为家,在迁徙过程中创造新生感知和另类文化身份的社会与心路历程"[21]。换言之,"离散"的最初语境就是家园的彻底丧失,而"离散"之"寻根"冲动恰恰反证了"根"的不可能性。或许,我们可以将理论的视野再向前推进一步,"离散"之"根"可以理解为德勒兹、瓜塔里论及的"根茎"(rhizome)。他们的"根茎论"是对现代主义树形思维之中心/边缘论的彻底拆除,他们构想出一种无孔不入、盘根错节、各行其是的茎脉形态,旨在打开一种面向未来的文化游牧空间。因此,"跨语际中国电影"中的孙悟空更接近于一种"根茎",我们必须突破能指/所指的符号学局限,而将孙悟空理解为一种永不关闭、永无终点的能动性空间;在这里,一切的边界都被打开,一切的秩序都将重组;它既是离心的,又是向心的,它是"去领土化"与"再领土化"的"接合"点,是"多元中国"的文化象喻。

五、多元中国的身份认同

"多元中国"(Multi-China)由美国加州大学圣地亚哥分校的张英进教授提出。他在《多元中国:电影与文化论集》序言中提到,传统的空间概念指涉一个四周封闭、界限分明的稳定结构,并由此产生本地认同,抵御外界入侵,引起怀旧乡愁;可是近年来,随着西方人文社科界所发生的"空间转向",空间被重新定义为不稳定体,其边界是多孔的,其内涵是多元的,其性质是不断被重新塑造的。随后,他援引英国学者多琳·马西在《保卫空间》中的论述,总结出三个要点:其一,空间是社会、政治、经济的产物,而非自然规定;其二,空间是一个过程,涉及多样性、多种关系和多方向运动;其三,空间是创造性的能动力量,空间的变动产生新的经验,创造新的故事。事实上,这三个要点也就是张英进提出"多元中国"的理论背景。具体来说,他将这种"多元性"题解为"跨地性":"在很多情况下,目前我们反复提到的'跨国性'(transnationalism)在许

第五章 多元中国:"离散"视野下的孙悟空符号

多情况下应该被重新定义为跨地性才更为准确,因为与人们习以为常的思维相反,最为重要的联系规模并不一定总是定位在民族/国家的层面。"[22]这提示我们,要在对地缘文化的再思考中,重新审视电影《刮痧》《静静的嘛呢石》与《孙子从美国来》所呈现的空间关系:《刮痧》聚焦于美国密苏里州圣路易斯的都市空间,而爷爷的归所北京则指向了一种不可见的乡愁式远方,它连同"刮痧"的中医话语、"我儿勿念"的传统书信语体一起,将北京想象为古老的东方;《静静的嘛呢石》呈现了青海省的海南藏族自治州贵德县的寺庙空间,而老师父一生渴望去朝圣的拉萨则指向了藏区的宗教中心,万玛才旦在这个汉语/藏语的双重边缘地带,发现了西藏的流动边界;《孙子从美国来》展示的是陕北华县的黄土村落,而故事展开的前提却是布鲁克斯父母远赴可可西里参加藏羚羊保护行动,于是西部地区也具有了一种多元性。从圣路易斯到青海的海南藏族自治州,再到陕北华县,这张"孙悟空"的旅行地图提供了一种想象中国的全新方法,它试图回避那种表面化的民族/国家连接,而将本土性置于跨地性的视野之内,将孙悟空符号生成为地域/语言边界地带的越界力量。

诚然,作为"多元中国"的文化象喻,跨语际中国电影里的孙悟空符号必然询唤出一种身份认同,但这种认同并不是预先给予的身份证实,而是一种身份"意象"的生产,是对扮演该意象的主体的改造。在自我/他者的秩序结构中,"多元中国"提供了一种"内部的他者"的观看位置,力图在空间中触摸边缘,并重新审视中国,而那段观照距离也就是认同的过程。"对于认同来说,身份决不是一个先验的东西,也不是一件成品;认同不过是向一个总体'意象'靠近的有问题的过程。因为那个意象——作为认同的地点——标志着一种矛盾情感的所在。它在空间上的表征总是分裂的——它使缺场的东西在场——并暂时延异——它是一种总是在别处的时间的再现,一种重复。"[23] 当身份认同成了一个永无终点的过程,我们也就必须一次次地讲述关于孙悟空的故事,孙悟空把那些被语言、民族、国籍所割裂的现代个体再度整合起来,这种文化弥合术成为关于"多元中国"的民族寓言。于是,我们不得不返回至詹姆逊的经典论断:"第三世界的文本,甚至那些看起来好像是关于个人和力比多趋力的文本,总是以民族寓言的形式来投射一种政治:关于个人命运的故事包含着第三世界的大众文化和社会受到冲击的寓言。"[24] 在晚期资本主义的文化逻辑之内,孙悟空成为主体中空的符号,一个可被不同话语填充的共用能指。一方面,作为身份意象的孙悟空彰显着空前的民族自信,它成为"中国崛起"的回音,这个英雄人物的不断再现是对晚清以降民族之痛的有力逆转;另一方面,这一身份意象所生产出的文化认同却又是多元的、多中心的,或散居族裔,或少数民族,或文化

第五章　多元中国:"离散"视野下的孙悟空符号

寻根,充满了话语权力的斗争与协商,所谓"多元中国"正折射出了全球化时代"去领土化"的身份焦虑。这种一体两面性才是孙悟空符号的复杂之处,也是我们将其问题化的思想根基。

〔1〕鲁晓鹏、李焕征:《海外华语电影研究与"重写电影史"——美国加州大学鲁晓鹏教授访谈录》,《当代电影》,2014年第4期。

〔2〕吕新雨、李道新、鲁晓鹏、石川、孙绍谊、柏佑铭、唐维敏、王汝杰、唐宏峰、李力等:《"华语电影"再商榷:重写电影史、主体性、少数民族电影及海外中国电影研究》,《当代电影》,2015年第10期。

〔3〕[美]汤亭亭:《孙行者》,赵伏柱、赵文书译,张子清校译,桂林:漓江出版社,1998,第244页。

〔4〕[加]约瑟夫·希斯、安德鲁·波特:《叛逆国度:为何反主流文化变成消费文化》,张世耘、王维东译,上海:上海译文出版社,2014,第247页。

〔5〕刘禾:《跨语际实践:文学、民族文化与被译介的现代性(中国1900—1937)》,宋伟杰译,北京:生活·读书·新知三联书店,2008,第36页。

〔6〕电影《静静的嘛呢石》于2005年11月25日参展法国南特三大洲电影节,于2006年6月1日在国内上映,由北京电影学院青年电影制片厂制作,并获得第25届中国电影金鸡奖最佳导演处女作奖。

〔7〕胡谱忠:《藏语电影的生产背景与文化传播》,《电影新作》,2014

年第3期。

〔8〕戴锦华:《历史、记忆与再现的政治》,《艺术广角》,2012年第2期。

〔9〕美国电影《金刚》(*King Kong*)上映于1933年,由梅里安·C.库珀导演。影片讲述了一只巨大的非洲猿猴金刚被逮住并带到纽约,沦为供人观赏的怪物;在纽约,金刚爱上了一个美女,为了追她,它逃脱主人的牢笼,最终爬上帝国大厦之尖顶,葬身于飞机的枪林弹雨。《金刚》开启了好莱坞电影的"怪兽片"类型,形构了美国右翼对于异己力量的恐怖想象。

〔10〕刘禾:《跨语际实践:文学、民族文化与被译介的现代性(中国1900—1937)》,宋伟杰译,北京:生活·读书·新知三联书店,2008,第55页。

〔11〕[美]斯蒂芬·普林斯:《冷战思维下的好莱坞电影》,选自吴琼编:《凝视的快感:电影文本的精神分析》,胡泊译,北京:中国人民大学出版社,2005,第248页。

〔12〕[美]约翰·贝尔顿:《美国电影美国文化》(第二版),米静等译,上海:上海人民出版社,2010,第362页。

〔13〕陈平原:《千古文人侠客梦》,北京:人民文学出版社,1992,第163页。

〔14〕[斯洛文尼亚]斯拉沃热·齐泽克:《斜目而视:透过通俗文化看拉康》,季广茂译,杭州:浙江大学出版社,2011,第83页。

〔15〕[比利时]方文莎:《万玛才旦的〈寻找智美更登〉:创造"少数电影"》,《东吴学术》,2015年第4期。

第五章 多元中国:"离散"视野下的孙悟空符号

〔16〕孙柏:《少数电影:理论概念和批评实践》,《南京师范大学文学院学报》,2012年第3期。

〔17〕[法]吉尔·德勒兹:《电影、思维与政治》,李洋、唐卓译,选自李洋选编:《宽忍的灰色黎明:法国哲学家论电影》,郑州:河南大学出版社,2014,第242页。

〔18〕[美]霍米·芭芭:《献身理论》,马海良译,选自罗钢、刘象愚主编:《后殖民主义文化理论》,北京:中国社会科学出版社,1999,第199—200页。

〔19〕[英]斯图亚特·霍尔:《文化身份与族裔散居》,陈永国译,选自罗钢、刘象愚主编:《文化研究读本》,北京:中国社会科学出版社,2000,第210页。

〔20〕[美]王德威:《"根"的政治,"势"的诗学——华语论述与中国文学》,《扬子江评论》,2014年第1期。

〔21〕[美]凌津奇:《"离散"三议:历史与前瞻》,《外国文学评论》,2007年第1期。

〔22〕[美]张英进:《全球化中国的电影与多地性》,《多元中国:电影与文化论集》,南京:南京大学出版社,2012,第51页。

〔23〕[美]霍米·芭芭:《纪念法侬:自我、心理和殖民条件》,罗钢、刘象愚主编:《后殖民主义文化理论》,北京:中国社会科学出版社,1999,第210页。

〔24〕[美]詹明信:《处于跨国资本主义时代中的第三世界文学》,张京媛译,选自《晚期资本主义的文化逻辑》,北京:生活·读书·新知三联书店,1997,第523页。

第六章　民族话语里的主体生成：
中国动画电影中的孙悟空形象

2015年9月9日，动画电影《西游记之大圣归来》正式下线，票房锁定9.56亿，位列华语片票房历史第十名。无论是市场层面的逆袭，还是表意层面的民族形式，我们都有理由将《西游记之大圣归来》视作一次重要的文化事件，它激活了诸多网络文化关键词，如"自来水"[1]"国漫"[2]"二次元民族主义"[3]，以上种种皆成为进入本片的全新路径。然而，《西游记之大圣归来》并非横空出世，它是中国动画电影长期积累后的爆发，在其背后是脉络深广的电影史谱系。在这个意义上，中国动画电影中的孙悟空形象有必要进行重绘。所谓重绘，是将孙悟空这一银幕形象视作"文本"，视作不同话语与历史叙述结构进行权力斗争的场域，而孙悟空的每一次复现，都是多种话语协商的结果。因此，本章试图从孙悟空的视觉造型出发，集中讨论中国动画电影史的四部杰作：《铁扇公主》（1941）、《大闹天宫》（1961、1964）、《金猴降妖》（1985）与《西游记之大圣归来》（2015）。本章试图探讨的问题是：孙悟空在银幕上的"身体"如何生成了"主体"？其身体的发育如

第六章 民族话语里的主体生成:中国动画电影中的孙悟空形象

何形构了历史的成长?在民族话语的主导结构下,孙悟空所讲述的"中国故事"是否产生了颠覆性力量?那些众声喧哗的复调话语又是如何破坏了孙悟空的主体化进程?

一、身体的发育:孙悟空视觉造型嬗变

毫不夸张地说,孙悟空可能是中国动画电影的唯一名片。从中国第一部动画长片《铁扇公主》,到"中国学派"集大成之作《大闹天宫》,再到近十亿的票房神话《西游记之大圣归来》,孙悟空是不变的视觉中心,而世界电影正是经由"Monkey King"认知中国动画。当然,作为古典神魔小说的虚构人物,孙悟空的视觉造型设计永远是艺术创作的第一步。事实上,从《铁扇公主》开始,孙悟空一直在动画银幕上寻找着自己的身体,从衣着配色到身材比例,从皮肤毛发到面部表情,即便是其鹅黄上衣、豹皮短裙、红裤黑靴的经典造型程式,也经历了相当复杂的探索过程。对此,学界近年来有了初步讨论,但存在着一定程度的遗憾:刘佳、於水[4]将探索过程划分为摸索期(1922—1949)、成熟期(1949—1989)与多元期(1989年至今),分期依据是历史、文化、创作者、造型特征等不同因素,对"形式"的沿革阐释丰富,但未能对"形式的意识形态"进行深入挖掘;任占涛[5]则以"民族化"为线索,考辨了孙悟

图 13　孙悟空在中国动画电影中的视觉造型

空动画造型的文化源流,指出当前动画电影民族化的基本困境,但未能解读其造型嬗变的时代文化症候。这说明,研究者仍没有找到探究孙悟空形象文化嬗变的基本方向,进一步说,是缺少一种"历史化"的视野。

基于以上思考,我们将以全新维度来审视孙悟空的视觉造型嬗变,即身体的发育。从《铁扇公主》到《西游记之大圣归来》,孙悟空的身体经历了从幼儿(动物)到少年,再到成年,进而中年的发育过程,这集中体现在头身比例上(如图13)。《铁扇公主》里的孙悟空借鉴美国动画风格,头大身小,头身比例为1∶2左右,更像动物;《大闹天宫》开始了孙悟空造型的民族化探索,身材更修长,线条更流畅,更人性化,突出其

第六章 民族话语里的主体生成：中国动画电影中的孙悟空形象

神采奕奕、勇猛矫健的少年动态；《金猴降妖》延续了这一程式，但头身比例进一步缩小，身材也更趋魁梧，呈现为有骨感有棱角的成熟形象；到了《西游记之大圣归来》，孙悟空有了明显的肌肉和发达的上肢，面容亦沧桑不少，终成中年酷大叔。更重要的是，这种视觉造型的身体的发育绝非偶然，而是创作者有意为之。例如，《金猴降妖》的导演特伟就在创作谈中提到："'大闹天宫'之后，孙悟空被如来佛压在五行山下，到随唐僧西天取经，已经过去了五百年。五百年之后的猴王，应该有所发展。我们认为，他在'三打白骨精'里，除了英勇顽强而外，表现得更加成熟了……我们只需根据他性格的成长，使造型有所发展。在《大闹天宫》时，他还带有一点稚气，形体比例接近少年，头部较大。而在《金猴降妖》中，他已长大成人，形体比例也接近成年，身材魁梧壮实，更有阳刚之气。"[6]《西游记之大圣归来》的导演田晓鹏更是直接将孙悟空指认为"大叔"："虽然他长生不老，却被压了五百年，因此他看上去不可能还像十几岁的少年。我们把他所有的经历都外化到了容貌上，那么多褶子就是让观众觉得：嗯，这个大叔有故事。"[7]

如此自发地描绘孙悟空身体的发育，我们只能将其理解为创作者对于时间的自觉，即每一次对孙悟空艺术形象的再创造均是前作基础上的推进，创作者自觉将不同文本中的孙悟空理解为同一个"身体"，这种进化论身体观亦是典型的现代性范畴。

在原著《西游记》第三回中,孙悟空将自己的名字从生死簿中勾去,"九幽十类尽除名"[8],自此,他的生命便与时间无关了,他是无法感知青春或衰老的。因此,将"年龄"与"时间"铭刻于孙悟空的身体形态,本就是一种现代性改写。更重要的是,这种时间是有方向感的,它不是上古时代的循环时间,也不是本雅明所说的"空洞的、同质的时间",而是合目的的线性时间,是社会达尔文主义的历史观,是朝着更高、更快、更强方向狂飙突进的成长。所以,在身体发育的维度之上,还存在着一个精神成长的维度。这个精神的维度至关重要,因为孙悟空在精神气质上的成熟深刻揭示了黑格尔的历史观:历史是"精神"在时间里的发展和在现实中的实现,是人的意识的展开过程。

二、历史的成长:从身体到民族主体

英国电影理论家帕特里克·富尔赖(Patrick Fuery)曾详细讨论"电影话语的形体存在",从形体存在的角度说,人可以区分为三个层次:具体物化的肉身(flesh),人物形象所依附的整体身躯(body),以及个体抽象实质存在的主体(subject)。借由电影的视觉语言,肉身、身体与主体得以实现一种递进的发展关系。而那些被导演调度、被美术师设计、被摄影机规训过的"身体",之所以能够生成"主体",正因为其内蕴着某种

第六章　民族话语里的主体生成：中国动画电影中的孙悟空形象

颠覆性力量："电影的承载物、驱动力和表现对象就是人物的身躯。但它不是简单的身躯，而是那种有反抗、有需求、被社会化了的，而且抵制着所有与社会趋同的身躯，它虽然丧失了一定的权力，却又充满颠覆性的力量。这是一种有形存在的话语，由肉体、身躯和主体组成，同时反过来又可以通过这种有形的话语组成肉体、身躯和主体。电影同人物身躯的关系更像是一种征兆的运作，而这种征兆说明了被掩饰的意象和符号就是形体存在的标记。电影的话语就是人物身躯的话语。"[9]

显然，孙悟空日渐成熟的"身体"成为中国动画电影的核心景观。他在被凝视的同时，也呈现出某种能动性：他总是能够询唤出观影主体的身份认同，并深刻契合不同时代观众的"感觉结构"。我们反复强调文艺的时代精神，但孙悟空却从不过时，他的叙事逻辑永远有效，这是颇为神奇的。或许，只存在一种可能，即孙悟空的故事就是中国故事。讨论中国动画电影中的孙悟空形象，绝不是把这个命题本质化——孙悟空是一个漂移的能指，是一种想象中国的方法。他虽没有固定的内部指涉，却在历史叙述结构中不断滑动着，这一滑动过程可以被理解为德里达所说的"踪迹"（trace），被理解为关于中国的意义播撒。因此，"身体的发育"仅是孙悟空"主体化"的物质基础，其"精神"与"历史"的共振，才是"主体化"的关键。

孙悟空的身体范畴必然包含着那张猴脸，而那张猴脸总

图 14　孙悟空的"时代表情"

能呈现出最鲜活、最典型也最具表意功能的时代表情（如图14），而每一种时代表情均有其特定的历史政治意涵。《铁扇公主》中的"滑稽"是用美国造型对抗日本侵略的主体中空，《大闹天宫》的"昂扬"是社会主义中国的革命乐观主义，《金猴降妖》的"悲情"是"文革"后中国知识分子的创痛，而《西游记之大圣归来》的"沧桑"则是以"父"之名对处于大国崛起时代的中国所投射的自我期许。

作为孙悟空在动画电影中的初次亮相，《铁扇公主》用一种美国化的方式将其呈现为"东方米老鼠"，那种调皮滑稽是孙悟空在1941年的基本表情。进一步说，孙悟空在本片中没

第六章 民族话语里的主体生成：中国动画电影中的孙悟空形象

图 15 动画片《大闹天宫》上下集结尾的"崔嵬式庆典"

有任何主观视点镜头或心理时空，而仅仅是客体，他脸上那种"单调的滑稽"正映衬出抗日战争年代上海孤岛文化的主体身份失落；到了 60 年代，孙悟空首先获得了"看"的权力（仰视玉帝、俯视猴子猴孙），同时也被赋予了心理时空（想象玉帝来斟酒、忆起天庭的不公），在这个意义上，他才开启了"主体化"进程，于是也就不难理解《大闹天宫》上下集为何采取相近的结尾定格镜头——孙悟空面带笑容仰望天空，周围环绕着高举手臂的群猴，那是专属于社会主义文化的"崔嵬式庆典"[10]（如图 15），是人民对新中国的自信与期许；1985年的《金猴降妖》本是为庆祝"粉碎'四人帮'"、迎接国庆三十周年而创作的献礼片，"三打白骨精"的矛头无疑指向"文化大革命"，而故事中被唐僧诬陷、驱逐却终复归来的孙悟空，正是"文革"中被迫害的知识分子的悲情写照，他用泪水、怀疑与愤怒记录了 80 年代初的中国；《西游记之大圣归来》的文化意味更为复杂,因为孙悟空完成了两种表情的渐变,即从戴着镣铐的无力冷漠变为"救救孩子"的无私热忱,这种英雄主义召唤首次将孙悟空结构于"父"的位置,令他成为被孩童观看的偶像。于是,整部电影也就成为中国对于自我与他者的全新想象,回应着中国高速的经济发展势头,投射着现代性逻辑内中国的自我期望。

考察中国动画电影中的孙悟空形象,我们从最基本的身体层面出发,探究其面部表情(expressions)对于"历史"的表达功能(express),进而延伸至精神层面的成长。也只有在精神成长的意义上,才可讨论主体的形构过程。这里的成长具有双重意味,既是生理学上的长大成人,也是人对"历史时间"的认知与把握,是历史本质的生长过程。苏联文艺理论家巴赫金在解读"成长小说"时提到了这一点:"在诸如《巨人传》《痴儿历险记》《威廉·麦斯特》这类小说中,人的成长带有另一种性质。这已不是他的私事。他与世界一同成长,他自身反映着世界本身的历史成长。他已不在一个时代的内部,而处在两个时代的交叉处,处在一个时代向另一个时代的转折点上。这一转折是寓于他身上,通过他完成的。他不得不成为前所未有的新型的人。这里所谈的正是新人的成长问题。"[11]可见,"人在历史中成长"是巴赫金对"成长小说"的最基本定义,这将引领我们对孙悟空的成长进行再思考:孙悟空的故事本体虽不

第六章 民族话语里的主体生成:中国动画电影中的孙悟空形象

是历史,但其行为逻辑在隐喻层面不断重构着历史。

《大闹天宫》的第一句台词即是孙悟空在花果山喊出的——"孩儿们,操练起来!"随后,画面转入猴子猴孙挥舞兵器组成的军事武装方阵,传达出"保家卫国"的民族—国家意识形态。这个开头为全片奠定了一种基调:"花果山"就是隐喻的中国。后来,以巨灵神为代表的天兵天将进犯,孙悟空率领猴儿们以"敌大我小、敌进我退"的"游击战"模式保卫了家园,这无疑是对社会主义革命历史的回溯。而当天庭试图招安孙悟空时,他却质问:"谁要他封?"如此,我们又正面遭遇了社会主义中国的国际处境,即"承认的政治"——花果山对天庭的拒绝正是 20 世纪 60 年代社会主义中国的国际姿态,它身处"冷战"的社会主义阵营,被资本主义阵营孤立,却又试图挣脱社会主义苏联的大国霸权,它决绝地坚持自身的独特性,并以之挑战世界体系。正是从《大闹天宫》开始,创作者开始有意识地将孙悟空与中国同构。到了 80 年代初,《金猴降妖》里的花果山却呈现出别样意味。孙悟空被唐僧驱逐后,孤身回到花果山,他发现曾经枝繁叶茂的故乡竟成了焦土,于是召唤风雨雷电,让花果山重添绿色。诚然,这一节奏明快的抒情段落是《金猴降妖》的艺术再造,创作者以一种百废待兴的叙事修辞回应了"文革"后的中国社会心态:过去十年的震荡历史,正如花果山的满目疮痍,中国唯有在历史的废墟之上重新出发。

因此，孙悟空身体的发育正隐喻着中国历史的成长。正由于孙悟空在历史叙述结构中占据了民族主体位置，他在大银幕上的每一次重现，也就必须行使询唤观影者民族身份认同的功能。有趣的是，自我总是通过"他者"而得到认知的，任何民族主体身份的获得，都必须借助对"他者"的想象与再造。于是，孙悟空在动画电影中试图对抗的"反派"，也就折射出中国的主体位置与观视方式。

三、他者的再造："中国"的主体生成与观视方式

如上文所述，讨论中国动画电影中的孙悟空形象，应避免把这一命题本质化，而是始终将其放置于历史的叙述结构之中进行思考，只有如此，才能"锚定"（anchorage）其主体位置。所以，我们有必要对孙悟空所对抗的反面角色做深入的分析，我们需要在自我/他者的结构中窥见孙悟空形象的复杂性。在中国古代通俗小说中，《西游记》可划入神魔类型，其基本叙事策略是"道德化"修辞：神是正，魔是邪，正邪势不两立，邪不可压正。妖魔代表着极端的黑暗与邪恶，取经师徒则代表着天然的光明与正义，其集体身份的认定是本质化的，不可流动的。然而，在这种模式化的情节背后，《西游记》本身却蕴含着明显的自反性。何谓自反性？这集中体现在孙悟空身上，

第六章 民族话语里的主体生成：中国动画电影中的孙悟空形象

即"闹天宫"与"取经记"存在着根本的断裂。在前七回中，孙悟空的对立面是天庭神权；可到了后面，他却自觉承担起降妖除魔的义务。换言之，孙悟空的他者由"神"转变为"魔"，反之其自我身份认同也就从"魔"转变为"神"。《西游记》前后相反的叙事结构，使得孙悟空身上混杂着两种不同的叙述话语，这种杂语现象令孙悟空在大银幕上的身体变得分裂而充满矛盾，其形体话语也就具备了富尔赖意义上的"颠覆性"。

回到这四部动画电影，创作者对于《西游记》的主要改写策略是"道德政治化"，即孙悟空的每一位敌手都有着较为确定的历史指涉，这使得孙悟空的主体位置不断滑动。为了更清晰地描绘这一滑动过程，我们必须将影片中的"他者"形象进行具体指认。《铁扇公主》诞生于1941年的上海孤岛，其艺术创作的根本原因是"全国人民联合起来对付日本侵略者，争取抗战的最后胜利"[12]，直接动因则是1937年美国迪士尼公司动画片《白雪公主》的问世，以上两个向度的民族主义是讨论本片不可绕过的历史政治坐标。而在文本内部，日本侵略者的反面形象是以十分曲折的方式表现出来的：一方面，创作者改写了原著中"孙悟空三调芭蕉扇"的情节，将其戏份平分给悟空、八戒和沙僧三人，又增加了唐僧政治动员、村民对抗牛魔王的集体场景，以"共同体"的行动方式来对抗他者；另一方面，火焰山大火被拟人化为凶神恶煞的面孔，人形火焰的五官

图 16 《铁扇公主》中的人形火焰与日本武士面具对比

绘制方式与日本武士面具的胡须、獠牙与尖下颌造型构成了某种历史的"耦合",这种极具冲击力的视觉表达方式保证了观影者对于"他者"的准确识别(如图 16)。

60 年代的《大闹天宫》将斗争矛头调回至民族内部,目标对准以玉皇大帝为代表的封建统治者:"外表端庄、慈祥,貌似庄严,但实际虚伪,不轻言,不苟笑,居心叵测而不外露,只是在激动时眉梢浮露凶残,暴露他内心的狠毒与空虚。"[13] 这显然是社会主义中国对于民族历史的内部清理,只是"他者"的面目已没有那么狰狞,变得善于隐藏,形态上更为中立,这十分内在地呼唤着观影者的智性参与。到了 1985 年的《金猴降妖》,识别"他者"的难度再次升级,白骨精虽战斗力不

第六章 民族话语里的主体生成：中国动画电影中的孙悟空形象

强，也并非出身天庭，但善于变化，极具迷惑性。孙悟空即便有"火眼金睛"，也难逃蒙冤遭逐的命运。我们不禁要问：这法力平平的白骨精何以令取经队伍分崩离析？作为一个强大的"他者"，她究竟指涉着什么？或许可以从两个角度解读：其一是十分浅表的，由于《金猴降妖》的创作意图剑指"四人帮"，作为女性形象的白骨精很容易让人联想到江青；其二却是更为隐晦而深入的，在本片中白骨精的三次变化被改写为"少妇—儿子—老翁"的祖孙三代更替，于是"他者"的阴谋也就被赋予了"血缘家庭"的逻辑。这在不经意间触及了现代中国文化政治的一组核心议题：作为两套叙述话语，"血缘家庭"与现代民族—国家之间存在着怎样的关系？"中国"作为一个现代民族—国家的确认，正是建立在对传统血缘家庭逻辑的否定与颠覆之上，从"五四"时期巴金《家》中的"人肉筵席"，到社会主义文化结构中的阶级认同，莫不如此。然而，进入到80年代之后，情况却有所变化，正如戴锦华所描述的："血缘家庭的形象同样被剥离开来，分属两个不同的话语系列：作为封建文化的象征，它是个人的死敌，是'狭的笼'，是对欲望的压抑，对生命的毁灭；作为民族生命之源，它是亲情、温暖和归属所在，它规定着我们的身份，创造着民族的力量。"[14]正是这种关乎血缘家庭的杂语结构导致了《金猴降妖》的分裂："未完成的现代性"要求孙悟空必须用金箍棒摧毁血缘家庭，可"国庆献礼片"的民族主义诉求却又使得唐僧对血缘家庭的坚守合情合理。悟空没有错，唐僧似乎也没有错，我们既为悟空的遭遇感到愤愤不平，也对祖孙三代接连丧命的"幻象"感到触目惊心，我们惶惑于主导叙述话语的迷失。作为动画电影"中国学派"的收官之作，《金猴降妖》的文本结构不如《大闹天宫》那样封闭、向心，它是敞开的、多义的："大写的人"仍需彻底解放，受伤的民族亟待伟大复兴，启蒙、革命、民族主义群起发声，却没有一种声音可以稳固地占据结构中心，这种众声喧哗的杂语状态正是"文革"后中国历史舞台的真实写照。

那么，谁将重新占据这个历史叙述结构的中心呢？虽然中国的"主体化"被70年代末与80年代末的两次历史剧变所切断，但其"主体过程"持续发生着，从未停歇。阿兰·巴迪欧在《主体理论》中区分了"主体化"（subjectivization）与"主体过程"（subjective process）两个概念的不同之处：前者是短暂的、鲁莽的动作，时常被中断破坏；后者则是正在进行的、没有终点的时间重构，是对新型正义与新秩序的诉求。由此，他将主体定义为"不可预测的分歧"（unpredictable bifurcation）："任何主体都是强制的例外，它们总是第二次到来。"[15]而当主体第二次生成时，其本身已经蕴含了自我破坏的冲动，如此往复。巴迪欧的主体理论是极具启发性的，作为一种意识形态征兆，"主体的再度生成"正是《西游记之大圣归来》的基本叙事逻

第六章 民族话语里的主体生成：中国动画电影中的孙悟空形象

辑。影片设置了一个外在的超级反派形象——山妖，其造型灵感来自《山海经》所载的上古神兽"混沌"。但是，山妖的指涉对象并非外在的他者，而是孙悟空的内心，导演田晓鹏看中的正是"混沌"的无形可依："《西游记》里的妖怪都过于具象，太像人类的行为举止。'混沌'代表的却是一种无形的恐惧，象征着孙大圣内心潜伏的心魔。"[16]因此，孙悟空所要对抗的真正敌手不是别人，正是自己。[17]为了对抗这个"内在的他者"，孙悟空必须召回"大闹天宫"的历史记忆，找回"从前的我"[18]，挣脱镣铐，恢复神力，这才是"大圣归来"的真正含义。有趣的是，《西游记之大圣归来》之"主体的再度生成"是在两种时间中同时进行的：一种是个体生命，另一种是历史。一方面，现代性的线性时间观主导着孙悟空的生命，"大闹天宫"被缝合为个体生命的青春期，而中年孙悟空所要做的，正是找回青春期的激情；另一方面，"大圣归来"亦是60年代民族历史的归来，是对"时间开始了"[19]的历史原动力的招魂。我们知道，只有当孙悟空的过去与现在被缝合起来，自我才能识别"内在的他者"，主体才能再度生成，然而为了呈现时间的流逝感，影片本身却使用了2D与3D的不同视觉空间效果来呈现"大闹天宫"与"大圣归来"，诚如詹姆逊对晚期资本主义文化逻辑的经典论断："时间之空间化。"[20]于是，原本封闭的叙述结构再度敞开，历史的断裂感再度强化，孙悟空的主体化进程又一次被延宕了，在他红袍加身的瞬间，我们甚至无法判断，他到底是曾经的民族神话，还是好莱坞的超级英雄。

四、政治激进主义与文化民族主义的协商

在对孙悟空形象进行"重绘"的过程中，我们提出"民族话语里的主体生成"这一主线。需要注意的是，这并不是把"主体生成"作为确定的结论，而是勾勒"主体生成"的全过程，尤其是这一历史叙述结构的开放性与多义性。"主体"作为巴迪欧意义上的"过程"（而非结果），始终处于未完成的建构之中。纵然孙悟空呈现出进化论式的身体发育形态，并在隐喻层面同构着民族历史的成长，但是其叙事结构却始终难以封闭，这集中表现为诸多二元对立项对于孙悟空形象的联合挤压，诸如反日情绪/仿美造型之于《铁扇公主》，反封建内容/传统民族形式之于《大闹天宫》，个体解放诉求/血缘家庭逻辑之于《金猴降妖》，民族英雄符号/超级英雄叙事之于《西游记之大圣归来》等，这些杂语现象均通过现代性的自我/他者结构得以浮现。

因此，与其说"民族话语里的主体生成"是一个结论，不如说它是一个永恒的结构性困境，这不只是孙悟空的叙事困境，更是中国现代历史的根本困境，即自我意识的主体中空状态。

第六章　民族话语里的主体生成：中国动画电影中的孙悟空形象

作为中国现代历史的起点，五四运动之"反帝反封建"的基本口号本身就具有内在的分裂性："反帝"内在地呼唤一种民族主义的文化抵抗，可"反封建"却又要求与前现代文化彻底告别。于是，以西方现代化道路为镜，现代中国的民族文化状态呈现为新生的空白，只能等待他者的填充与书写，因此现代中国语境内的孙悟空形象，必然成为不同话语之间的角力场。

从根本上说，对孙悟空形象的现代想象始终是政治激进主义与文化民族主义之间的协商：前者指向反传统的现代性，是激进的政治破坏力；后者则指向空间意义上的民族—国家，是回溯的文化建构力。这种动态平衡的杂语结构正印证了美国历史学家杜赞奇的"复线历史观"。所谓"复线历史"，是指中国、印度等第三世界国家对于西方主导的单一民族"启蒙历史"观念的挑战。在杜赞奇看来，第三世界的历史或许不是大写的线性进化论，而是"一种同时兼具散失与传承的二元性或复线性的运动"，"复线的历史注意散失的历史被利用及一旦可能时又重构的时刻与方式"。[21]为此，他将"传承"（descent）与"异见"（dissent）两词合并，创造出"承异"（discent）的解构性概念，因为任何历史事件的传承均是以其意义的散失为前提的。

因此，当"大闹天宫"复现于《西游记之大圣归来》，当"三打白骨精"重演于《金猴降妖》，其原本的社会主义文化意涵早已散失。可以说，全球60年代的文化遗产以一种"历史蒙太奇"的方式被剪接于晚期资本主义的文化逻辑之内,成为一处可消费的符号与可生产的景观。在现代性的范畴之内,我们很难断定作为过程的"主体生成"究竟会取得成功还是失败,但只要孙悟空的反抗精神还在,只要他还能询唤出观影者的抵抗性与主体自觉,我们便可对"历史"的前进抱一份更为温暖的期许。

〔1〕自来水:"水军"指受雇于网络公关公司,以在各大网站发帖回帖等方法左右网络舆论获取报酬的人员。"自来水"取"自发而来的水军"之意,指自愿、免费的粉丝,是《西游记之大圣归来》影迷的专用昵称。在影片上映期间,"自来水"对《西游记之大圣归来》进行了大量的二次创作,为影片的票房成功做出了巨大贡献。张铁:《期待"自来水"浇灌中国电影》,《人民日报》,2015年7月27日。

〔2〕国漫:国产动漫。随着ACG产业的全球化,动画电影开始投射新一代观众的民族主义诉求,而《西游记之大圣归来》恰恰标识着"国漫崛起"。王蕾:《"我的中国梦"之国漫的未来天空——陈廖宇说〈大圣归来〉》,《人民画报》,2015年8月4日。

〔3〕白惠元:《叛逆英雄与"二次元民族主义"》,《艺术评论》,2015年第9期。

〔4〕刘佳、於水:《中国影视动画中孙悟空造型的演变》,《电影艺术》,2012年第6期。

第六章 民族话语里的主体生成:中国动画电影中的孙悟空形象

〔5〕任占涛:《试探中国动画造型的民族化之路——以国产动画中的孙悟空形象为例》,《当代电影》,2015年第8期。

〔6〕特伟、严定宪、林文肖:《〈金猴降妖〉的导演体会》,《电影通讯》,1986年第10期。

〔7〕李丽:《唐僧变熊孩子,孙悟空是酷大叔……》,《羊城晚报》,2015年7月6日。

〔8〕[明]吴承恩:《西游记》,北京:人民文学出版社,1980,第27页。

〔9〕[英]帕特里克·富尔赖:《从肉体到身躯再到主体:电影话语的形体存在(下)》,李二仕译,《世界电影》,2003年第5期。

〔10〕戴锦华在讨论电影《青春之歌》与《小兵张嘎》等影片时提到,这些文本总是以主角置身于盛大的群众场面为结束,她称之为"崔嵬式庆典":"在崔嵬影片所呈现的社会因果式中,个人必定要融合于集体(革命队伍),个体必定要融合于革命(党的事业)。然而这绝不是一种牺牲或代价,而是一场空前的庆典与凯歌。"戴锦华:《由社会象征到政治神话——崔嵬艺术世界一隅》,《电影艺术》,1989年第8期。

〔11〕[苏]巴赫金:《巴赫金全集》第三卷,钱中文等译,石家庄:河北教育出版社,1998,第232—233页。

〔12〕万籁鸣口述,万国魂执笔:《我与孙悟空》,太原:北岳文艺出版社,1986,第90页。

〔13〕同上书,第142页。

〔14〕戴锦华:《隐形书写:90年代中国文化研究》,南京:江苏人民出版社,1999,第216页。

〔15〕英译本原文：Any subject is a forced exception, which comes in second place. Badiou, A. *Theory of the Subject*. B. Bosteels (tr.). London: Continuum, 2009:88。

〔16〕屈婷、刘洋：《动画导演田晓鹏：孙大圣是中国的超级英雄》，新华网，2015年7月11日。

〔17〕"即便豪言与天齐名，想来猴子的初心也并非作战。即便一棒挑翻天地，月夜中，他的思念却还是花果山世外桃源。挫败大圣的若是狂傲呢？英雄归来却不因怨愤吧……成败只在一心一念。真正的敌人，原来并不是外间神佛。"《西游记之大圣归来》官方微博，2015年7月17日。

〔18〕《西游记之大圣归来》主题曲定名为《从前的我》，歌中唱道：心里的呼唤总在徘徊/风中的云彩它向我走来/远处那个人还在等待/熟悉的声音已不在/你说你要离开/明天还会回来/曾经忘不掉的/如今你是否还记得来/转身不算告别/分离却分不开/若是遇见从前的我/请带他回来。

〔19〕胡风：《时间开始了》，《人民日报》，1949年11月20日。

〔20〕[美]詹明信：《后现代主义或晚期资本主义的文化逻辑》，吴美真译，台北：时报文化，1998，第195页。

〔21〕[美]杜赞奇：《从民族国家拯救历史：民族主义话语与中国现代史研究》，王宪明、高继美、李海燕、李点译，南京：江苏人民出版社，2009，第71—78页。

结　语

我要这铁棒有何用

我有这变化又如何

还是不安　还是氐惆

金箍当头　欲说还休

——戴荃《悟空》

2015年夏，与动画片《西游记之大圣归来》一起红遍中国的，还有戴荃的原创歌曲《悟空》。这首歌最初诞生于选秀节目《中国好歌曲》，随后多次被明星翻唱，这或许是孙悟空作为"中国故事"的另一侧面。一方面，这首《悟空》的音乐风格是中国风，从编曲、配器，到中国调式、曲艺式唱腔，这一切都放大了流行音乐层面的中国，也呼应着选秀节目的国家主义意识形态（《中国好声音》《中国达人秀》同理）；另一方面，其歌词内容极具呐喊效果，演唱者以第一人称口吻自称"悟空"，却在现实面前流露出无用之感。这种无用暴露了当代中国青年与社会现实（尤其是经济现实）之间的紧张关系。只有在社会阶层固化的事实面前,"我"/悟空才会感喟,自己的努力奋斗可能毫无意义——我要这铁棒有何用?我有这变化又如何?

《悟空》的歌词或许揭示了孙悟空这个"中国故事"的另一面:弱者如何反抗?这里的"弱"首先是一个经济事实,也就是弱势阶级。50—70年代的中国戏曲通过自我改造,成功将孙悟空塑造为被压迫阶级的英雄偶像,也正是由于中国社会主义文化对孙悟空的推崇,才使其在当下社会成为某种幽灵般的存在。近三十年来,孙悟空形象之阶级性的消失是与中国社会转型密切相关的。当然,也正因为阶级性消失了,它才具有别样的意义价值,其批判意义恰恰在于这种有悖于全球资本主义时代文化逻辑的异质性。

同样是在2008年前后,孙悟空形象开始出现在与"底层"相关的文艺作品中,他开始成为打工者、农民工或失业青年的自我指称,这是一个很有趣的新现象。从2006年开始,作为文艺研究视角的"底层"开始崭露批评活力,而"底层写作"正是其中的重要现象。何谓"底层"?有论者指出,"底层"当然是一种题材,但更重要的是一种主体性视角,它是一种结构性的概念,虽然含混,但具有整合力:"如果我们从左翼思想的脉络中来看,'底层'概念的提出,可以说是左翼思想面临困境的一种表现,但也预示了新的可能性。正是因为'无产

结　语

阶级''人民'等概念已经无法唤起更多人的认同，无法凝聚起社会变革的力量，我们必须在新的理论与现实资源中加以整合。"[1]听上去，"底层"在中国思想界的诞生背景，很像是"诸众"（multitude）在欧美思想界的诞生背景。然而，两者的重要区别是，哈特和奈格里在《帝国》中对"诸众"的定义是"非物质劳动者"（immaterial labor），这对新世纪中国而言，是有局限性的。无论是从乡村涌向城市的农民工，抑或漂泊于大城市的失败青年，他们依然在从事着十分具体的"物质劳动"。在此，我姑且将这一脉络中的孙悟空称为"底层之神"，他成为被压迫者的自我疗愈方式。

小说《我叫刘跃进》（2007）讲述了一个"羊吃狼"的故事，而"羊"与"狼"的主要区别是经济实力，是阶层。"我叫刘跃进"的标题似乎预设了一种底层视角，然而我们进入小说后就会发现，农民工"刘跃进"不过是线索性人物，这部小说并不存在绝对意义的"主角"或"视角"。这桩由一个U盘引发的离奇案件，环环相扣，最终由芝麻滚成了西瓜，导致无法收场。从结局看，刘跃进这只羊吃掉了一群狼，但他算是英雄吗？恐怕不是。因为他的胜利是偶然获得的，而不是主动选择的。于是，整部小说只有事件发展逻辑，缺乏人物内在的精神成长逻辑，就像其不断演化的章节标题，各种人名不断流动，刘跃进的身份是不确定的，最终演化为"能指的漂移"。最有趣的是，

《我叫刘跃进》最后一章标题不再是错综复杂的人名,而是"孙悟空"。[2] 在故事中,"孙悟空"指的是一张银行卡,其中涉及上层阶级的商业机密,刘跃进弄丢了"孙悟空",也就意味着他的故事还没完,这场"羊吃狼"的游戏还要继续下去;但在集体无意识的层面,刘震云对孙悟空的使用又是对刘跃进的某种比喻,刘跃进或许就是这场游戏里的孙悟空,他一穷二白,却以弱胜强,成为胜利者。结合刘震云的另一部小说《我不是潘金莲》,官僚感叹那告状不成的李雪莲正是"孙悟空",她千变万化、神通广大、不可捉摸。于是,"孙悟空"也就成了底层的象征:他是具有自我疗愈功能的底层之神,是"吃狼之羊"的终极形态。

无独有偶,徐则臣的短篇小说《六耳猕猴》(2013)同样写到了"孙悟空",只不过,主人公冯年梦里的孙悟空是其假象"六耳猕猴",是北漂青年睡梦里的心魔:

> 他的梦也诡异,老是梦见自己变成一只六耳猕猴,穿西装打领带被耍猴人牵着去表演。要做的项目很多:翻跟斗、骑自行车、钻火圈、踩高跷,同时接抛三只绿色网球,还有骑马等等;尽管每一样都很累,但这些他都无所谓,要命的是表演结束了,他被耍猴的往脊梁上一甩,背着就走了。在梦里他是一只清楚地知道自己名叫冯年的六耳猕

结　语

猴，他的脖子上一年到头缠着一根雪亮的银白色链子，可能是不锈钢的；他的整个体重都悬在那根链子上，整个人像个褡裢被吊在耍猴人身上，链子往毛里勒、往皮里勒、往肉里勒，他觉得自己的喉管被越勒越细，几乎要窒息。实际上已经在窒息，他觉得喘不过来气，脸憋得和屁股一样红。[3]

冯年是中关村一家电子产品店的店员，家里存着四套西装，每天努力工作，却难逃遣返老家的结局。如果做一点"梦的解析"，那么，冯年的窒息感肯定来自生活的重压，具体一点，就是令人疲惫的经济成本。"钱"就是六耳猕猴脖子上的那条不锈钢链子，也是冯年北漂生活的焦虑之源。与此同时，猴子却还要穿西装打领带去做马戏表演，假装自己很体面，外在亢奋恰恰构成了对内在焦虑的压抑，因此噩梦不断重现。当然，以上种种只是解释了冯年梦里的猴身，却没有解释为何是六耳猕猴，这毕竟是《西游记》里的典故。在小说开头，徐则臣援引了如来对六耳猕猴的定义："善聆音，能察理，知前后，万物皆明。"如果说，六耳猕猴是孙悟空的假象，那么冯年梦见自己变成了"假悟空"，也就显得意味深长。一方面，他渴望自己成为真正的孙悟空，成为征服北京城乃至凌驾于资本逻辑之上的英雄；但另一方面，他终究是假英雄，是被奴役的对象，连自主权都没有，要被锁链牵着走。渴望成为城市主体却不可得，终至退出城市，返回故乡，这不正是当下中国底层的精准写照？而通篇以幻象显影却不见真身的孙悟空，也只能是对主人公冯年的一种自我宽慰或疗愈。

说到底，"底层想象"是近年来孙悟空形象嬗变的一条隐秘轨迹。在文化符号的层面，孙悟空依然象征着正义、公平、自由、勇敢，但是，他和底层的距离却如此遥远，他不是印在银行卡上，就是幻化在梦里。而在电影《大闹天竺》（2017）中，这种"遥远"被放大到极致。拆迁房穷小子"武空"（王宝强饰）与富二代"唐森"结伴上路，保护其在印度继承遗嘱，收获巨额财富。在结尾段落中，"武空"终于找到了自己的亲生父亲（六小龄童饰），并且穿上西装成功致富，将花果山承包为私有财产。这时，六小龄童饰演的孙悟空突然从画外飞入，对王宝强说"你中有我，我中有你"，接着便带他一起飞向花果山深处（如图17）。全片以此作结，在乐观昂扬的基调中意外揭示出悲伤的事实：社会变革中的底层终将变得不可见，他们终将消失于银幕深处，像"美猴王"一样无法归来。这真的是飞向未来吗？或许，只是逃离现实的最后方法。

更值得讨论的是，这是一部真正意义上的"王宝强电影"。作为导演，王宝强自我指认为孙悟空是极具症候性的。对大众而言，王宝强绝不是孤立的明星个案，他具有很强的社会阶级

结　语

图17　电影《大闹天竺》结尾镜头：孙悟空带王宝强飞向花果山深处

象征意味，这可以通过其经典银幕形象得到解读。从明星研究的视阈出发，文化符号"王宝强"的典型性，正在于他银幕内外形象的高度重叠，这个纯真的"底层"正是都市中产一厢情愿的想象，他的"纯真"抚慰着都市中产阶级的心。从《天下无贼》里的傻根，到《人在囧途》《泰囧》里的宝宝，如此纯真无邪的底层形象，成为尔虞我诈的都市中产获得治愈的良药。到了《大闹天竺》，王宝强终于有机会完成一次自我想象，除了保持纯真与耿直，他更为自己赋予了超凡的战斗能力，可是他保护的对象却成了不折不扣的富二代。在这个意义上，"孙悟空"不过是个保镖，他降落为资本逻辑内部的"打工者"。如此"蠢萌"的王宝强/孙悟空，正是建立在都市中产自以为是的智力优势之上；而当孙悟空失去洞穿真相的智慧，他也就不再是孙悟空了。

与底层想象并行的，是新世纪以来孙悟空形象嬗变的另一条线索,即孙悟空的数码化与魔幻化。在这个意义上,"中国故事"可以具体化为"中国IP"。何谓IP?国际通行的IP概念是指知识产权,也就是Intellectual Property,但在中国,它具体指向文化产业时代从上游内容(故事)到下游影视、动漫、游戏的衍生开发过程。其中,粉丝的参与至关重要,而粉丝本身就是巨型资本。从2013年起,作为"中国IP"的孙悟空开始成为"魔幻片"主角。借助3D立体技术,孙悟空的金刚不坏之躯被视觉化为一种数码幻象空间,其典型案例就是香港导演郑保瑞的"魔幻西游"三部曲[4],以及周星驰的"西游"续作[5]。

在电影《西游·降魔篇》(2013)中,周星驰将真正的主角设置为唐僧,而这段类似取经前史的故事被改编成了"驱魔人"的基本类型。其中,孙悟空变成了一个深居谷底、矮小丑陋、邪恶阴鸷的魔王。可以说,这一重大变化是颇值得玩味的,因为这是孙悟空文化嬗变史上的第一次"丑角"演绎。孙悟空的视觉造型显然借鉴自美国好莱坞"怪兽片"(诸如《金刚》等),极力渲染"怪兽"的黑暗与恐怖,但是作为一种特定历史情境的产物,"怪兽片"与"冷战"时期资本主义阵营的共产主义想象息息相关,从文化政治的层面说,那只巨型猩猩就是共产主义的象征。而在"后冷战"的语境之下,孙悟空变成金刚的影片事实恰恰说明了一种文化风险:中国仍在扮演西方眼中的

结　语

图 18　周星驰电影《西游·降魔篇》与《西游·伏妖篇》中的孙悟空造型

自己,而那个真正的"主体"却是不可讲述的。而在《西游·伏妖篇》(2017)中,孙悟空的"人身"与"兽身"截然分开,"人身"仍由演员出演,而"兽身"则是由数码技术制作而成,而整部电影的视觉逻辑就是"怪兽博物志",它将观影者的视觉快感集中在对"怪兽"的凝视上,在这个意义上,孙悟空和妖怪并没有本质区别(如图 18)。

如果对近年来《西游记》系列魔幻电影稍加回顾,我们就会发现,数码技术内在地呼唤着一种观影者执迷:原形毕露。所谓"原形时刻",也就是数码时代电影观众的高潮时刻。一方面,他们深知如果此时摘下 3D 眼镜,"怪兽"是无法对焦的,其幻觉属性会暴露无遗;但另一方面,他们又无法拒绝这幻象的诱惑,并在啧啧称奇的同时,陷入不可自拔的数字化崇拜。如此说来,数码时代并不存在真正的英雄主义,因为人们崇拜的不是具体的英雄形象，而是生产英雄的数字技术。本质上，这还是一种技术崇拜。在技术崇拜的维度上，英雄和怪兽并无本质区别，它们都是数字奇观。在"以怪打怪"的叙事逻辑中，我们无法区分善恶敌我，价值观的问题被悬置起来，而视觉成为观看"孙悟空"的全部意义，这或许是孙悟空形象嬗变史的一个黑色侧面，投射着"娱乐至死"的社会焦虑。

在梳理完底层想象与数码奇观两条线索后，我们有必要对现代中国视阈内孙悟空形象嬗变的基本轨迹做一个简要回溯。晚清时期，孙悟空是"滑稽小说"之亚类型"新西游记"的重要叙事元素，表现为"孙悟空游上海"的基本叙事模式，并被塑造为传统中国望向现代中国的一个奇异视点；作为一个"闯入者"，他具有了现代认识论的寓言意味。20世纪40年代，在日本侵华战争的沦陷危机之下，孙悟空被重新赋予了英雄主义色彩，或针砭时弊，或奥运扬威，或飞向火星；总之，他在民族主义、国家主义和国际主义的三重维度上表达了被压迫者的反抗激情。对于50—70年代的孙悟空而言，其"战斗性"被继续放大，在社会主义阶级论的基本语境中，他代表了"人民"，代表了以工农兵为主体的劳动阶级；同时其"火眼金睛"也被寓言化为对"敌人"的识别能力，需要注意的是，这一"敌人"既是阶级论意义上的，也源自"第三世界"国家所面临的"冷战"格局，以此为背景，孙悟空第一次从"现代中国"出发，发出

结　语

了自己的声音。进入80年代，孙悟空开始越来越多地被称呼为"孙行者"，其根本原因是一种关于"行者"的崇高美学的建立，而"行者"也成为中国知识分子的自我想象方式，其中既有无畏的理想主义，也有不知前路何方的迷惘彷徨；而孙悟空的西游之路正是"现代中国"的道路，他伫立于"面向现代化、面向世界、面向未来"的十字路口，成为80年代的一处文化路标。90年代以降，中国迅速市场化，重商主义的社会氛围导致了知识分子群体的"自我贬值"，于是孙悟空也遭遇了英雄主义的降落，苟且为只顾日常生活的凡人；更有趣的是，孙悟空同时成为中国青年亚文化的一个重要符号，用叛逆/皈依这两副面孔诠释了抵抗/收编的青年亚文化发展历程。新世纪的时代主题是"全球化"，于是孙悟空成为跨文化语境里的中国符号，"翻译孙悟空"也成为一则文化议题，因为这直接关乎如何讲述"中国故事"的重要命题；尤其是在"离散"的理论语境之内，孙悟空如何建构起"多元中国"的文化认同，这是值得深思的。而在中国动画电影的议题上，我们必将遭遇孙悟空的"主体"问题。这里的"主体"绝不是一个已然完成的结果，而是指向"主体化"的历史过程，是后发现代化国家的文化困境。

于是，我们必须回到《引言》所提出的问题：如何在国族寓言的层面解释"闹天宫"与"取经记"的结构性断裂？究其本质，这是一个从古典到现代的"转化"问题，而 50—70 年代社会主义文化的"革命"逻辑，又打破/加速了这一"转化"进程。汪晖将其描述为"反现代的现代性"："'反现代性的现代化理论'并不仅仅是毛泽东思想的特征，而且也是晚清以降中国思想的主要特征之一。'反现代'的转向不仅导因于人们所说的传统因素，更重要的是，帝国主义扩张和资本主义现代社会危机的历史展现，构成了中国寻求现代性的历史语境"，"甚至可以说，对现代性的质疑和批判本身构成了中国现代性思想的最基本的特征。因此，中国现代思想及其最为重要的思想家是以悖论式的方式展开他们寻求中国现代性的思想努力和社会实践的。中国现代思想包含了对现代性的批判性反思。然而，在寻求现代化的过程中，这种特定语境中产生的深刻思想却在另一方面产生出反现代的社会实践和乌托邦主义：对于官僚制国家的恐惧、对于形式化的法律的轻视、对于绝对平等的推重等。在中国的历史情境中，现代化的努力与对'理性化'过程的拒绝相并行，构成了深刻的历史矛盾。"[6]

事实上，汪晖提出的"悖论式情境"恰与孙悟空的文化困境相仿：启蒙与革命、传统与现代、文化民族主义与政治激进主义的多重纠缠。从詹姆逊之"民族寓言"的角度说，如果"闹天宫"代表了孙悟空身上彻底的抵抗精神，代表了中国对西方现代性及其理性主义的拒绝，那么"取经记"则凸显了孙悟空

结　语

的自我否定，无论是将其理解为借鉴西方经验的"取西经"，还是理解为时间意义上的线性进化论。总之，《西游记》的后半部分都无法脱离现代性的基本逻辑。因此，"反现代的现代性"正是本书进行叙述阐释的一个原点，从这一历史矛盾出发，中国能否提出一种全新的发展方案？孙悟空身上是否还孕育着第三种可能性？这才是笔者在《引言》中重提"第三世界"理论的问题意识所在。

在不断涌现的新现象面前，我们必须回到本书的标题"英雄变格：孙悟空与现代中国的自我超越"。需要保持清醒的是，标题里的"自我超越"并不是一个具有现实指导意义的解决方案，它更多地指向一种乌托邦主义的美好希冀。正如孙悟空越翻越高的筋斗云一样，这一文化形象标识着现代性逻辑所内蕴的速度与高度，却又以"空翻"之姿暗示着腾云驾雾的不可靠与不现实：在中国崛起的经济事实面前，我们并没有建构起相应的文化结构，因此孙悟空恰恰是今日中国文化的"主体中空"状态的最佳诠释。如果说，孙悟空身上真的存在一种有启示性的发展方案，那么或许只能是他的"七十二变"。毫无疑问，这种灵活的变异性正是"自我超越"的又一面向，它不仅是根植于中国文化内部的民间智慧，更是一种时刻对于语境保持清醒的辩证意识。也只有在"变"的意义上，孙悟空／现代中国才真的有可能跳出西方现代性话语所设置的诸多二元结构，

"变"出第三元或中介项,进而完成"自我超越"。

〔1〕李云雷:《如何扬弃"纯文学"与"左翼文学"?——底层写作所面临的问题》,《江汉大学学报(人文科学版)》,2006年第5期。

〔2〕刘震云:《我叫刘跃进》,武汉:长江文艺出版社,2007,第216页。

〔3〕徐则臣:《六耳猕猴》,《花城》,2013年第3期。

〔4〕包括电影《西游记之大闹天宫》(2014)、《西游记之三打白骨精》(2016)及未上映的《西游记之女儿国奇孕记》。

〔5〕包括电影《西游·降魔篇》(2013)与《西游·伏妖篇》(2017)。

〔6〕汪晖:《当代中国的思想状况与现代性问题》,《天涯》,1997年第5期。

附录 1

连环画《孙悟空三打白骨精》
1962 版与 1972 版对照表[1]

1962版序号	1962版插图内容	1972版序号	1972版插图内容
2	峭壁全景,师徒形象渺小	2	孙悟空近景放大
9	白骨洞群妖聚集,中心对称空间	9	群妖消失,中心对称空间消失
10	白骨精正面近景	10	近景消失,变为侧脸
		25*	孙悟空火眼金睛,认出少女
		36*	孙悟空火眼金睛,认出老妪
		37*	老妪(白骨精)拖走唐僧
35	远景,孙悟空棒打白骨精	38	近景,孙悟空棒打白骨精
		39*	文字:孙悟空望见"妖雾"
39	唐僧念紧箍咒,孙悟空疼痛难忍	43	紧箍咒消失,沙僧求情
41	白骨精托腮沉思	45	白骨精表情狰狞
53#	唐僧念紧箍咒,孙悟空疼痛难忍		
54#	孙悟空痛得在地上打滚		
55#	唐僧再次念咒,孙悟空再次疼痛		
		57*	文字:人妖不共戴天,不讲慈悲
56	孙悟空棒打老翁,老翁逃去	58	孙悟空直接将老翁打下山涧
58	天飘素绢,唐僧受蔽	60	文字:白骨精的又一条诡计
		74*	孙悟空在花果山惦记师父
82	白骨精正脸,白骨洞中心对称	85	白骨精侧脸,中心对称消失

301

(续表)

1962版序号	1962版插图内容	1972版序号	1972版插图内容
83#	猪八戒被抓		
		86★	孙悟空发现金蟾大仙
		87★	孙悟空打死金蟾大仙
		88★	孙悟空变成金蟾大仙
86	白骨精正脸,白骨洞中心对称	91	白骨洞地毯消失,轴线倾斜
		112★	孙悟空分身围剿白骨精
107	白骨精被打倒,以背影示人	113	白骨精原形毕露,化作骷髅
108	孙悟空跪着与唐僧和解	114	孙悟空站着与唐僧和解
		116★	唐僧忏悔:人妖颠倒
		117★	孙悟空教育唐僧:要多留神

〔1〕★号表示新增插图,#号表示原有插图被删去。

附录1

附录图1　1962版的"小"与1972版的"大"——英雄人物被突出强化

附录图2　1962版的"正面"与1972版的"侧面"——反面人物被弱化

附录2

哥特、怪兽与 3D
魔幻西游电影的学术坐标[*]

2019年春节档,我们的大银幕上居然没有出现师徒四人的身影,这是令人意外的"缺席",也是重新思考的契机。毕竟,从2013年开始,魔幻西游电影几乎连年献映,俨然春节盛筵的必备"硬菜"。从周星驰的《西游降魔篇》(2013)、《西游伏妖篇》(2017),到郑保瑞的《西游记之大闹天宫》(2014)、《西游记之孙悟空三打白骨精》(2016)、《西游记女儿国》(2018),再加上暑期档的《悟空传》(2017),以上六部电影票房合计近66亿。然而,除却火热的票房数字,魔幻西游电影似乎乏善可陈,观众口碑更是持续走低。为什么会发生这种"叫座不叫好"的现象?如何评价魔幻西游电影的艺术价值?"东方魔幻"是否陷入了自我言说的文化困境?要解答这些问题,我们就不能仅仅止步于泄愤式恶评,而是应该深入到文本内部,梳理其形式特征与文化逻辑,进而确立魔幻西游电影研究的学院派立场。

---

[*] 本文发表于《艺术评论》2019年第2期。

附录 2

在正式进入讨论之前,我们首先应当廓清"魔幻"与"奇幻"的内涵差异。对中国而言,"奇幻"是舶来品,对应着英文里的"fantasy",它是英语世界里的一种小说类型(比如托尔金的"魔戒"系列、刘易斯的"纳尼亚传奇"系列等),有着特定的文化坐标。约定俗成的说法是,科幻关于未来,奇幻关于过去,因此,奇幻的意识形态属性通常是更加保守的。正如魏然所说:"科幻拥抱可能性,奇幻拥抱不可能性。"[1]具体到"奇幻"的中文译法,是台湾朱学恒的创造。1992年,他在《软件世界》杂志开设了"奇幻图书馆"(Fantasy Library)专栏,从此,"奇幻"之名逐渐固定下来。

至于"魔幻",它最初是一个"纯文学"术语,曾在20世纪80年代的中国知识界小范围流行,用来描述以马尔克斯为代表的拉丁美洲文学风格,即"魔幻现实主义"。2000年,随着J.K.罗琳的小说《哈利·波特与魔法石》被译成中文,"魔幻"开始成为大众文化关键词,它直接让人联想起哈利·波特的种种魔法。2002年,电影《哈利·波特与魔法石》《指环王1:魔戒再现》先后在中国大陆院线公映,并引发观影热潮。或许是因为中文片名里都有一个"魔"字,片中也都出现了"魔法",二者被一同划入了"魔幻片",同时,中国电影界也开始呼唤"东方魔幻"的到来。也就是说,新世纪以降的"魔幻"变成了一个多义复合词,它叠加了多条迥异的文化脉络,彼此杂糅。具体到中国大众文化的场域之内,"魔幻"更多指向一种电影类型。

是故,本文倾向于使用"魔幻西游电影"的命名方式,而不是"奇幻西游电影"。从故事取材上看,古典小说《西游记》是"东方魔幻"艺术探索历程的第二站,此前是《聊斋志异》。2008年,正是电影《画皮》海报上的那句"中国首部东方新魔幻巨献",宣告了"东方魔幻"的到来,在这里,"魔幻"的定义变得更加清晰具体,即"人与魔"的对决。如果将《画皮》与《西游降魔篇》进行比较,我们就会发现,其最显著的共同点是"驱魔人"的角色设定。有趣的是,中国传统文化里从来不存在"驱魔人",所谓"驱魔",本质上是基督教(天主教)神父对异教徒的一种规训仪式。于是,"东方魔幻"的自我命名也就显得十分吊诡:用西方文化逻辑讲述"中国故事",文本怎能不"精神分裂"?既然重重裂隙已然敞开,本文的深度讨论也就从这些裂隙开始。

一、暗黑西游:哥特风格与激进政治

对于改革开放时代出生的中国人来说,关于《西游记》的记忆首先是1986年版电视剧,这真可谓几代人的童年经典。这个电视剧版本之所以适合孩子观看,是因为它足够"真善美",

就连妖怪们也具有可爱的人性化特征。尤其是"美",可以说,孙悟空在几代中国人心目中的"美猴王"形象,首先应归功于六小龄童极具美感的表演风格。当然,"人性化"与"人情味"本身是一种经典的80年代叙事,其背后是人道主义的文化意识形态:"作为'人的自由王国'与'人性最完满的展现','美猴王'之'美'令80年代中国脱身于'文革'后期的压抑沉闷,引渡其奔向充满无数历史可能性的'新时期',并将观众的审美目光延伸至社会各层面共享的乌托邦想象之中。"[2]

因此,当"美猴王"连年暑假霸屏之时,我们很难想象《西游记》竟然会有"暗黑"的那一天,直到电影《西游降魔篇》的上映。近年来,周星驰的"暗黑西游"收获了众多拥趸,支持者普遍认为,小说《西游记》本来就讲述了一个"暗黑"的故事,师徒四人西天取经不过是天庭政治斗争的一场阴谋,这显然是当下流行的"官场厚黑学"权力逻辑在发生作用。不过,具体到孙悟空的视觉形象,《西游降魔篇》化美为丑的"暗黑"处理,确实与原著更加贴合。比如原著第三十六回,宝林寺的老和尚就被孙悟空的丑态吓了一跳:"七高八低孤拐脸,两只黄眼睛,一个磕额头;獠牙往外生,就像属螃蟹的,肉在里面,骨在外面。"[3]

当然,"暗黑"仅仅是一种风格描述,尚不够学理化。所谓"暗黑西游",是多种文化意识形态角力协商后的结果,是一个美学杂合体。具体到魔幻西游电影，其"暗黑"视觉风格的美学支撑则是欧洲哥特文化。"哥特"（Goth/Gothic）本义是哥特人，即东日耳曼人的一个分支部族，他们曾是历史上首批劫掠罗马城的"蛮族势力"。文艺复兴时期，"哥特"开始被用来描述一种欧洲中世纪的艺术风格，其特征是恐怖、死亡、颓废、孤独、绝望，我们所熟悉的吸血鬼小说、古堡建筑与死亡金属摇滚乐，都属于典型的哥特艺术。更重要的是，"哥特"是欧洲文艺复兴时期的文化发明，人们使用"哥特"来代指中世纪黑暗艺术，恰恰说明"哥特"是欧洲"正统"文化的内部他者。如果说文艺复兴以来的欧洲形成了一整套关于"理性"的宏大叙事，那么，未经祛魅的哥特文化就具有了魔幻般的原始色彩。根据这套主流宏大叙事，欧洲历史的缔造者是有其特定脉络的：古希腊、罗马、基督教欧洲、文艺复兴运动、启蒙运动、工业革命、民主制、美国。这种现代欧洲历史叙事当然是一种典型的进化论表述，其背后是以基督教文化为核心的现代性意识形态。相应地，"哥特"作为历史上首批劫掠罗马城的"蛮族"，也就被他者化了。

时至今日，科技霸权的弊端日渐暴露，"科学"也不再是不容质疑的神话，而是可供拼贴的文化元素，例如，《西游降魔篇》和《悟空传》都出现了滑稽的"民科"形象，而《西游伏妖篇》里的红孩儿直接以"蒸汽朋克"造型登场,这些"科学"

意象都是反"奇幻"的,恐怕只能用"魔幻"来形容。随着启蒙神话的破灭,拒绝"光明"的哥特文化重新以时尚之名流行开来,它可能是文艺作品中的暗黑巫术,可能是T台上黑色金属质感的披肩、斗篷与长手套,也可能是皮肤苍白、眼圈浓黑、眼影颓废的华丽妆容。反观魔幻西游电影的人物造型,孙悟空的"烟熏妆"(《西游伏妖篇》)、白骨精的冷冽黑白服饰(《西游记之孙悟空三打白骨精》)等都是典型的哥特风格(如图1)。

穿透"暗黑"表象,我们或许还会发现"哥特"的激进政治潜能。正如哥特文化是现代欧洲历史叙事的内部他者,其反

图1 孙悟空与白骨精的哥特妆容

叛性冲动正是通过"暗黑"美学呈现出来的。风靡全球的英国小说《哈利·波特》系列就是证明，它明显受到了哥特文化（巫术、摄魂怪、古堡）的影响，并且呈现了阶级论意义上的政治激进性：在"纯血"至上的社会里，"麻瓜"应该奋起反抗，逆天改命。可以说，《哈利·波特》的"哥特精神"直接影响了《悟空传》的电影创作。电影《悟空传》将今何在原著小说的基本设定全面颠覆，天庭变成了一个霍格沃茨式的魔法学校，其中，所有学生根据家世、出身、血统分为"天系"与"地系"，无门无派的孙悟空自然是这个微型阶级社会的最底层，而他的任务就是破坏维持天地秩序的"天机仪"，进而逆天改命。结尾处，孙悟空用金箍棒劈开佛祖，银幕上打出《悟空传》原著小说的经典字句：我要这天，再遮不住我眼；要这地，再埋不了我心；要这众生，都明白我意；要那诸佛，都烟消云散！这是"暗黑西游"的反叛性所在，也是哥特文化之激进性的东方再现。

二、惊悚西游：从怪兽片到魔兽世界

魔幻西游电影的第二个学术坐标是"怪兽"。按照恐怖/惊悚片（horror film/thriller）的类型逻辑，电影中必须出现一个恐怖的他者形象，他是主角们的终极敌手。在一些魔幻西游电影中，这个令人恐惧的他者变成了孙悟空，而其中最惊悚的视觉奇观，就是孙悟空的巨兽形态——金刚。

在《西游降魔篇》中，唐僧收徒的三段故事被电影类型化为怪兽片拼盘，而随着叙事的推进，怪兽的战斗力也不断升级，从鱼妖、猪妖，到最后的终极猴妖。本片中，孙悟空形象共有三个维度：其一是由黄渤饰演的人形，造型借鉴自周星驰2004年电影《功夫》中号称"天下第一杀人魔"的火云邪神，可谓阴鸷、狡猾、丑陋（如图2）；其二是身穿戏曲服装的獠牙猴，矮小、狰狞、丑态毕露，这种形象一方面力图还原猴子的动物性，另一方面也参考了京剧武生的造型，尤其是孙悟空背上所插的"靠旗"，两相参照，构成了一种"沐猴而冠"的反讽意味；其三是巨兽形态，显然借用了好莱坞经典怪兽片《金刚》里的巨猿形象，这一造型维度为后来的魔幻西游电影创立了一种怪兽范式。在《西游降魔篇》的影响之下，《西游记之大闹天宫》中"孙悟空大战牛魔王"被数码技术演绎为"金刚大战炎魔"，而《西游伏妖篇》更是将愤怒的孙悟空塑造为熔岩巨兽，片中甚至出现了孙悟空吃掉唐僧的怪兽片经典场景（如图3）。

说到《金刚》，则不得不提美国怪兽片的发展历史。毫无疑问，1933年的《金刚》是美国电影史上第一部获得巨大商业成功的怪兽片，本片为后世的怪兽片创立了诸多经典模式：首先，巨型怪兽关乎美国人想象他者的方式，无论是金刚所在

图2 电影《西游降魔篇》中孙悟空人形造型借鉴自电影《功夫》的终极反派人物火云邪神

图3 电影《西游降魔篇》《西游记之大闹天宫》《西游伏妖篇》中的孙悟空巨兽形象模仿自美国经典怪兽片《金刚》

的印度洋"骷髅岛"(电影中描述为苏门答腊岛附近的"东方"),还是岛上皮肤黝黑的原住民(视觉上接近美国黑人),或是本片"大萧条"的时代背景,这些都说明,怪兽凝聚着美国人的多重心理恐惧;其次,怪兽爱上美女形成了一种叙事模式,但这种"爱"本身是带有种族主义意味的,正如片中的原住民所说,相较于皮肤黝黑的原住民女孩,金发白人女孩更容易得到金刚的喜爱,她是金刚新娘的最佳人选;其三,怪兽最具杀伤力的时刻是它冲进大都市,占据摩天大楼的至高点,并袭击现代民族国家的代表性建筑,正如金刚爬上纽约帝国大厦的经典场景所暗示的，怪兽是现代国家的公敌；最后，现代人战胜怪兽的武器往往是"先进"的科学技术，凶猛如金刚最终也不得不败于多架直升机的轮番轰炸，怪兽片使我们更加笃信现代科学的权威。事实上，这些经典叙事成规在郑保瑞导演的《西游记之大闹天宫》中都有所展现，比如孙悟空最终闹上天庭时，一定要占据至高点，把以"龙"为权力象征的金色宫殿彻底击毁，这与《西游记》原著小说"以小闹大"的游戏精神大不相同。当破碎的瓦砾在观众眼前飞过，这更像是一部怪兽灾难片。更重要的是，怪兽片的受众心理是站在都市人一边的，观众会将怪兽视为外来者的威胁，于是，在《西游降魔篇》《西游记之大闹天宫》这样的影片中，我们的主体位置与观视方式悄然转向了"驱魔人"与"天庭"，孙悟空成为了最恐怖的他者。在《西游记之大闹天宫》的结尾处，孙悟空为自己毁灭天宫的原始冲动而向玉帝忏悔，他表示，愿主动修补天宫，接受惩罚，而玉帝则成了宽容的仁者。这仿佛一个寓言，当代青年人对权力表现出一种内在的认同与理解，代价是将自身他者化。

《金刚》之后，美国怪兽片在冷战时期经历了两次热潮：一次是在50年代，以《黑湖妖潭》(1954) 为代表的怪兽片将怪兽塑造为潜藏暗处的神秘之物，它们并不是强势入侵，而是趁其不备袭击人类，这种"敌人就在身边"的间谍式恐惧，来自于美国麦卡锡主义对共产主义/冷战社会主义阵营的恐怖想象；另一次是在70—80年代，以《大白鲨》(1975)为代表的怪兽片剔除了"爱情"的浪漫元素，将怪兽纯粹化为彻底的残暴，这个"人鲨搏斗"的《老人与海》式故事，反映了美苏军备竞赛之紧张激烈。纵观冷战时期的美国怪兽片，水面与水底世界越来越多地成为一种适于场面调度的电影空间，因为真正的恐惧来自未知。这对魔幻西游电影也产生了影响，例如，《西游降魔篇》的鱼妖段落就致敬了《大白鲨》，尤其是多次"假悬念"的设置，与《大白鲨》几乎是完全一致的。这就涉及魔幻西游电影对"怪兽"的另一种再现方式，即妖怪的造型问题。

除了怪兽片之外，魔幻西游电影所倚重的另一重要视觉资源是电子游戏《魔兽世界》。如前文所述，《西游记之大闹天宫》将牛魔王的怪兽形态直接呈现为手持巨斧、双眼火红的"炎魔"，其所处"魔界"正是黑色岩浆组成的炼狱（如图4），因为"炎魔"在电子游戏《魔兽世界》中的身份是火元素领主，象征着愤怒与毁灭的地狱之火。更为突出的案例是《西游记之孙悟空三打白骨精》，白骨精的怪兽形态是一只巨型骷髅，由数以万计的密集白骨汇聚而成，这显然参考了《魔兽世界：巫妖王之怒》里的玛洛加尔领主，相似地，这位游戏中的"看门人"也是由一千根生物骸骨组合而成。就连白骨精所在的波月洞，外观上也像极了游戏里的"冰冠堡垒"（如图5）。从怪兽片到"魔兽世界"，我们会发现魔幻西游电影的视觉资源库已

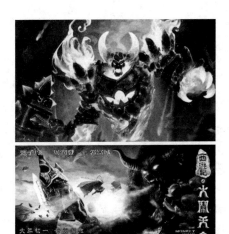

图 4 电影《西游记之大闹天宫》里的牛魔王造型借鉴自游戏《魔兽世界》里的炎魔

图 5 电影《西游记之孙悟空三打白骨精》的空间人物造型都让人想起游戏《魔兽世界:巫妖王之怒》的冰冠堡垒副本

不局限于电影本身,而是扩展至游戏、动漫等 ACG 文化。《西游降魔篇》里"佛光普照地球"的场景,直接挪用自日本游戏《阿波罗之怒》,而孙悟空的变身时刻,一定会让观众想起日本经典动漫《龙珠》里的"超级赛亚人"。从《魔兽世界》到《龙珠》,以上种种造型问题都提示着我们,魔幻西游电影是一种跨媒介的艺术实践。当"怪兽"被放置于跨媒介的视野之内,我们就会发现,它关乎我们内心深处的恐惧。

在观看魔幻西游电影时,我们究竟在恐惧什么?或许,仍要回到怪兽片的观看心理机制之中。观看怪兽片使我们不得不面对"风险社会"的种种不安定因素,但是,通过惊声尖叫,现代人的内心焦虑得以疏导,而最后,现代人又可以在人类战胜怪兽的结局中收获生活信心。正如加拿大学者大卫·斯泰梅斯特指出的:"《金刚》告诉观众,虽然我们可能会遭遇暂时的挫折,但我们的社会系统最终会取得胜利。现代民族国家的工业技术和军事力量终将占据上风。巨兽金刚(及诸如'大萧条'的突发事件)迟早会向坚定的、组织化的工业社会的技术先进性投降。这部电影戏剧化地呈现了美国现代生活方式的优越性。尽管'大萧条'被人格化地指认为一头巨大的有感情的野兽,但它终将在《金刚》的虚构神话中被杀死。"[4] 与之相仿,当魔幻西游电影陷入最后困境之时,往往是佛祖/观音突然现身,为受困的师徒众人指点迷津。观众从不会担心唐僧会被妖怪吃掉,因为佛祖终将战胜一切——如果只会原地等待他人拯救,我们又何谈改变世界呢?

三、3D 西游:原形毕露的"突显美学"

在"哥特"与"怪兽"之后,我们不应忽略魔幻西游电影的媒介维度,也就是"3D",毫无疑问,本文所涉及的六部魔幻西游电影全部以 3D 形态上映。3D 电影可以视作电影媒介发展史上的第四次革命,前三次分别是有声电影、宽银幕电影和彩色电影。从视觉原理上说,3D 电影是通过模拟人的左右眼视差,令观众产生具有纵深感的幻觉,也就是在传统电影画面组织的 x 轴和 y 轴以外,增加了纵深 z 轴,形成了三维立体感。通过佩戴 3D 眼镜,银幕空间被拓展为三个部分,即银幕前方的负视差区、银幕二维平面以及银幕后方的正视差区。

在 3D 电影发展的初始阶段,为了制造可触可感的立体效果,创作者专注于在负视差区朝观众"扔东西",无论是刀枪子弹还是生猛怪兽,都纷纷朝观众眼前飞来,这构成了一种朝向银幕之外的"突显美学"(aesthetics of emergence)。在早期 3D 电影中,恰恰是"突显美学"反向定义了 3D 电影的媒介特质。美国学者威廉·保罗甚至发出这样的天问:"如果没有突显美学,何来 3D?"[5] 也正因为"突显美学"的存在,美国电影史上的3D热潮与怪兽片热潮常常是重合的,例如,1954年的怪兽片《黑湖妖潭》就是用3D形式放映的,人鱼怪物的恐怖爪子通常出现在负视差区的前景位置,用以吸引观众的注意力。时至今日,3D电影在空间观念上已经呈现出更为复杂的追求。李迅跟踪观察了威尼斯电影节近十年来的3D电影单元,得出了"整体空间美学"的基本结论:"3D电影已经走过了专注负视差区扔东西噱头的'突显美学',也超越了只在正视差区做文章的'深度美学',进而走向打通正视差区(写实与戏剧化)和负视差区(奇异化与沉浸),并且在叙事中将这两个空间的不同功能加以整合的'整体空间美学'。"[6]

与国际3D影展上的"整体空间美学"不同,中国的魔幻西游电影依然处在"突显美学"的初级阶段,在《西游记之孙悟空三打白骨精》里,无论是朝观众飞来的密集骷髅,或是突然间的"老虎跳出屏幕",这都是"突显美学"在发挥作用。面对3D西游电影,我们并不反对奇观,我们只是反对与电影叙事毫无关系的"突显"。事实上,奇观本就是魔幻西游电影的内在要求,观众在观影时始终期待着一个电影时刻:妖魔原形毕露。所谓"原形时刻",也就是数码时代电影观众的高潮时刻。一方面,他们深知如果此时摘下3D眼镜,"怪兽"是无法对焦的,其幻觉属性会暴露无遗;但另一方面,他们又无法拒绝这幻象的诱惑,并在啧啧称奇的同时,陷入不可自拔的数字化崇拜。在"以怪打怪"的叙事逻辑中，我们无法区分善恶敌我，所有的矛盾都成了内部矛盾。在技术崇拜的维度上，英雄和怪兽并无本质区别，它们都是数字奇观。

魔幻西游电影的奇观特征与沉浸体验带我们回返至电影的本质，这或许回应了米莲姆·汉森所说的"白话现代主义"，在她看来，好莱坞经典电影的本质是"大批量生产的感觉"，是去精英化的、日常生活化的、可感可消费的现代主义，是一种《火车进站》式的"集体感官机制"[7]。"白话现代主义"提示着我们，电影研究的媒介维度正在兴起，它将有可能成为继精神分析 – 符号学 – 意识形态理论（麦茨）与形式主义 – 认知学（波德维尔）之后的理论第三极。在这个意义上，3D电影及其"突显美学"是魔幻西游电影研究的重要学术支点。

四、结语

虽然前文为魔幻西游电影确立了哥特、怪兽与3D的理论支点，但是，我们不难发现，这三重学术坐标（及其理论资源）都来自于西方话语体系。魔幻西游电影能否实现形式与内容的深度整合？"东方魔幻"如何才能建构艺术表达的主体性？这是创作者需要深入思考的问题。魔幻西游电影不应止步于资本牟利与奇观展示，更应建立可识别的东方美学体系。可供参考的是,中国动画电影已展现出向传统美学回归的趋势,比如,同属西游题材的《西游记之大圣归来》(2015)就成功使用了戏曲元素与民族美术风格,呈现出自觉的本土意识与美学追求。事实上,魔幻西游电影并非没有接通本土艺术传统的尝试。在电影《西游降魔篇》《西游伏妖篇》中,作为重要动作元素的"如来神掌",就是周星驰将香港粤语残片的神怪武侠传统与好莱坞的怪兽类型片规则相融合的有趣尝试,只是,这一切才刚刚开始,我们要给"东方魔幻"充分的发展时间。

在魔幻西游电影缺席的这个春节档,我们不妨暂且停下急速发展的脚步,回溯"东方魔幻"的艺术探索历程,重估其艺术价值,锚定其理论生长点。只有如此,我们才有可能真正窥见魔幻西游电影的未来,我们才有可能自信地铺展"东方魔幻"的第四重坐标——中国。

[1] 魏然:《奇幻的文化坐标》,《电影艺术》,2017年第4期。

[2] 白惠元:《电视剧〈西游记〉与80年代中国文化》,《文艺理论与批评》,2017年第4期。

[3] 吴承恩:《西游记》,北京:人民文学出版社,1980,第438页。

[4] David. H. Stymeist, Myth and the Monster Cinema, *Anthropologica*, Vol.51, No.2 (2009), pp.401. Published by: Canadian Anthropology Society.

附录 2

[5] William Paul, The Aesthetics of Emergence, *Film History*, Vol.5, No.3, Film Technology and the Public (1993), pp.331. Published by: Indiana University Press.

[6] 李迅:《从威尼斯国际电影节看 3D 电影到虚拟现实的美学轨迹》,《当代电影》,2017 年第 11 期。

[7] [美] 米莲姆·布拉图·汉森:《大批量生产的感觉:作为白话现代主义的经典电影》,刘宇清、杨静琳译,《电影艺术》,2009 年第 5 期。

附录3

全球化的中国,怎样讲述孙悟空? *

把孙悟空和蜘蛛侠相提并论,是全球化的叙事策略

澎湃新闻:你博士论文的题目叫"英雄变格:孙悟空与现代中国的自我超越"。你能用比较通俗的语言向我们介绍一下这篇论文主要是研究什么的吗?

白惠元:这篇论文主要是写晚清以来孙悟空形象的演变,以时间为线索:从晚清至20世纪40年代的"滑稽小说",到50—70年代的戏曲,再到80年代的电视剧,90年代的电影、网络小说,进而从新世纪回溯中国动画电影。我想要研究的是不同的孙悟空形象背后的社会意识形态机制是什么。简单来说,比如为什么1941年的动画片《铁扇公主》里的孙悟空像米老鼠,为什么去年《大圣归来》里的孙悟空是个中年形象,这都和背后的时代、意识形态相关。

---

* 本文系发表于澎湃新闻·文化课2016年11月22日的专访,访问人为沈河西。

论题、论点都得益于与导师陈晓明先生的反复讨论,他提出的"自我超越"概念恰恰内合于我的"中国故事"立场。而方法论上,跨学科性是这篇论文的鲜明特征,我想,这种方法恐怕是我的"一意孤行"了。我觉得,对于新一代青年学者来说,我们对于"人文学"应该有新的认识。学科的边界正在松动,"学术越界"是不可避免的,只有越界,才可能更自由,才可能生成全新的观察视野,贺桂梅老师称之为"人文学的想象力"。

澎湃新闻:是什么样的具体契机,让你产生了把孙悟空作为你博士论文的研究对象?因为你是孙悟空的狂热粉丝吗?或者说,以你的个人经验来说,你是如何遭遇孙悟空的,孙悟空在你的成长经历中意味着什么?

白惠元:老实说,我不太相信英雄,也对任何意义上的宏大叙事持审慎怀疑态度,因此,谈不上孙悟空的粉丝。在我有限的经验里,粉丝心态是写不出好论文的。我曾经狂热迷恋毕飞宇先生的小说,《青衣》《玉米》《推拿》,我爱到手不释卷。然而结局却是,我把论文写成了赞歌,我千方百计地试图论证毕飞宇的写作优点,现在想想,实在乏味。

我很喜欢你使用"遭遇"这个词,所谓"遭遇"应该是指向一种"震惊体验",一种期待视野中的巨大落差。那么,我必须说，遭遇孙悟空是"独生子女一代"成长经验中不可或缺的一部分：几年之内，先是央视版《西游记》为我们树起了英雄偶像，后经由周星驰《大话西游》将其拆毁。就我个人而言，真正意义上的"遭遇"发生在1997年的春节，我在CCTV6遇见了《大话西游》。不期而然地，孙悟空成了有七情六欲的山贼，困于挣不脱逃不过的世俗羁绊，最终变得"好像一条狗"，这个故事唤起了我对应试教育体制最初的绝望。

博士论文的学术契机发生在北京大学中文系的课堂上，具体来说，就是邵燕君老师主讲的"网络文学"课程。那次，我的学期作业是讨论《悟空传》与"后青春期"，我发现，孙悟空形象从古典文学中"穿越"而来，在经历了戏曲、电视剧、电影等不同媒介的再现后，竟又熔铸于网络文学的经典。在孙悟空身上，我看到了中国文学的生命力。对一篇中国当代文学专业的博士论文而言，我选题的首要依据就是生命力。

澎湃新闻：你在论文里写到《刮痧》《孙子从美国来》等电影，里面都把孙悟空和西方的蜘蛛侠等英雄形象进行并置，在你看来，孙悟空和蜘蛛侠是一个层面上的英雄吗？

白惠元：蜘蛛侠是美国漫画制造出的"超级英雄"，平时他们就是普通市民，关键时刻才换上紧身制服，成为都市的守护者。可见，"超级英雄"是现代市民社会的产物；孙悟空则不同，它诞生于中国古典文学，封建社会的权力结构赋予了他强烈的反权威精神，他要保护的是唐僧，是一种超越性的价值信仰。因此，蜘蛛侠和孙悟空当然不是同一个层面上的英雄。

近年来，电影作品频繁将他们并置，这本身就是全球化的叙事策略，似乎没有什么是不能平行比较的，我们都陷入了普遍主义与特殊主义的博弈之中。在这里，我真正关心的是"翻译"问题，更准确地说，是文化层面上的"翻译"问题。以蜘蛛侠为例。有美国学者就说过，超级英雄诞生自冷战时期的美国国家意识，它通过描绘一种强有力的男性身体，来凝聚民族国家认同。

可是，当我们把"Spiderman"翻译成"蜘蛛侠"时，我们显然带入了中国前现代的"侠文化"逻辑。所谓"以武犯禁"，正是一种游侠精神，是不安居、不乐业、不守法，它归根结底是反秩序的。于是，冷战的历史维度脱落了。全球化时代的中国用"文化"替换了"政治"，形成了一种更为柔性的美国认同。这是值得反思之处。

《西游降魔篇》把"反抗者"孙悟空改写成丑角，说明我们丧失了另类选择的可能性

澎湃新闻：在电影《西游降魔篇》里，孙悟空变成了一个

深居谷底、矮小丑陋、邪恶阴鸷的魔王,你怎么看这一形象的转变?

白惠元:我在情感上是有些抗拒的。从媒介视角看去,孙悟空魔化的直接原因是数码转型与3D技术。当观众戴上3D眼镜时,他们更希望获得"值回票价"的视觉观影体验,于是,孙悟空变成了"金刚",变成了使人毛骨悚然的怪兽,青面獠牙、暗黑阴郁。在好莱坞的文化谱系中,怪兽象征着邪恶的异己力量,是绝对的他者。

这背后究竟有何文化意义?《西游降魔篇》站在"驱魔人"的视角上,将孙悟空视作被征服的对象,唐僧的终极目标就是驯化孙悟空这个恐怖怪兽。不经意间,我们与社会权力结构达成了共谋——我们将曾经的"反抗者"改写为丑角,进而丧失了另类选择的可能性。面对晚期资本主义的文化逻辑,没人敢称"齐天大圣",没人敢另辟新路,这本身就意味着,我们被成功地奴役了。

同时,从电影类型的角度谈,古典小说《西游记》催生出全新类型:东方魔幻。当然,"东方魔幻"的概念本身就是杂合体——魔幻片(如《指环王》等)根植于基督教的"驱魔人"文化逻辑,其中的"魔"是绝对他者;而《西游记》重点在"游",是试炼和考验,你此生的敌手或许正是前世的朋友,其东方性在于辩证与流动。因此,东方魔幻恐怕又是一个难解的

"翻译"问题,比如香港导演郑保瑞的3D《西游记》系列,他正在探索自己的"形式",但也仅仅停留在探索层面。

澎湃新闻:你论文里提到,在中国崛起这一大语境下,我们呼唤与这一背景相应的文化符号,我们发现今天许多电影都是关于孙悟空的,为什么孙悟空可以成为一个如此强大的IP?

白惠元:毫无疑问,孙悟空是当代中国最大的IP之一,因为他可以最大程度地激起中国人的文化认同,因而也就更容易创造经济价值。当然,正因为他如此深入人心,我们也就必须明白,孙悟空本身是一个权力交锋的"场域",在这个形象内部,本就包含着不同话语之间的冲突与协商。但有一点是清晰的,孙悟空发出的声音,就是中国的声音,这关乎当代中国的主体位置。

一方面,从孙悟空的源流看,无论是鲁迅的"无支祁"论,还是胡适的"哈奴曼"论,至少可以确定的是,孙悟空属于"第三世界"。不管他是产自中国还是印度,他都是千真万确的"第三世界"构造。因此,孙悟空形象自诞生之日起,就关涉着"东方"如何表述自我的文化议题。

另一方面,表述自我又是困难的——向谁表述,如何表述?孙悟空的文化困境可能正和"中国"相仿。借用戴锦华教授的观点，孙悟空的文化困境正在于"闹天宫"与"取经记"的断裂。也就是说，孙悟空从前期的反抗者，变成了后期的效忠者，这是不是自相矛盾的？如果这是一个原型困境，那么，"文革"时期的"造反有理"与"无限忠于"是不是也是如此呢？在此基础上，我推进一步，在现代中国的视阈内，孙悟空的任何一次再现都试图缝合这种断裂，而在这种"缝合术"的背后，则是不同的意识形态诉求。以今何在的《悟空传》为例，他试图论证从"大闹天宫"到"西天取经"的必然性，而他给出的答案是：成长。于是，"闹天宫"的孙悟空成为了叛逆青春期，"西天取经"的孙悟空才是成熟状态，这是彻底取消了反抗的合法性。

我的立场是，"闹天宫"与"取经记"之间不存在进化论意味的线性转变，并且二者不可偏废。如果真的要给这种自相矛盾做出解释，那我只能说，这是中国文化所独具的"自我否定"精神，是一种朴素的辩证法。在论文中，我试图寻找到一种解释，比如竹内好先生的"回心说"：对后发现代化国家而言，只有朝向内部的自我否定，才能确立主体性。因此，孙悟空的故事就是"中国故事"。

86版《西游记》取景全国各地，通过风景重建民族国家认同

澎湃新闻：你写到86版《西游记》的时候有一个有意思

的观察,说这个电视剧取景于中国各地的风景名胜,你提到风景和后"文革"时期国家认同间的关系,能具体谈谈吗?为什么当时会出现重塑国家认同的问题?

白惠元:在对《西游记》的再现版本中,1986年的央视版电视剧《西游记》创造了两个"第一次"。首先,这是现代中国第一次对《西游记》全书的完整再现,而非此前的折子戏或邵氏电影,那些都是片断式再现,因此,"游"字(以及"路"的主题)才真正得以浮现。

其次,这是第一次对《西游记》的实景拍摄,如贵州黄果树瀑布、云南石林、九寨沟……每一集的取景地基本都是中国的4A或5A级景区,我称之为"实景的政治"。所谓"实景的政治",是基于"风景"的民族主义功效:从自然风光到国家风景本身就是一个文化赋值的过程。86版电视剧《西游记》通过将中国各地的自然风光集合呈现,询唤出观众对于"祖国"的认同感,这也是导演杨洁在自传中提到的。

那么,电视剧《西游记》为什么出现在这个历史节点上?"文革"结束后,个人和国家之间存在着一种关系。而80年代的文化策略正是用"祖国"取代"国家","国家"象征着计划经济时期的社会主义体制,"祖国"则指向"大好山河"。

澎湃新闻:在解读86版孙悟空的主题曲《敢问路在何方》

时，你有一个有意思的观察，说这和当时中央提出的"摸着石头过河"之间有一种巧妙的对应，你能具体解释一下吗？以及这种对应是有意识的还是某种时代的无意识？因为有人可能会问，这是不是你的过度诠释。

白惠元：从这首主题曲打开对电视剧《西游记》的阐释空间，当然是有根据的。一个重要史实是，《敢问路在何方》在1986年被官方列入社会主义精神文明文艺宣传材料。可以肯定的是，歌词最后的设问也就成了时代之音：敢问路在何方？路在脚下。这两句与"摸着石头过河"形成了一种微妙的对应，我认为，这种耦合无法在作者意识层面解释，我们只能将其看作80年代的集体无意识。换个角度看，"摸着石头过河"所强调的"试验""实践"与"反激进"三个层面，都可以在《敢问路在何方》中找到答案。

至于"过度诠释"，我想，"诠释"则必然过度，因为我笃信罗兰·巴特的那句"作者已死"。在后结构主义的谱系中，文本已不再是封闭的，它并不存在一个确定的中心意涵，而任何读解也都无法在原作者处找到答案。或许，更重要的问题是：在这个时代，文学/文化批评何为？我们面对的对象是谁？是那些具体的文本吗？恐怕不只是。我们更要解释这个时代，解释我们所生活的"中国"。在这个意义上，我始终铭记杰弗里·哈特曼的那句名言："作为文学的文学批评。"他是在说，

附录3

文学批评本就是一种虚构,它的根本任务和小说、散文、戏剧一样,只为对读者有所启悟,或曰打动人心。

澎湃新闻:你分析了不同时代的四部孙悟空主题动画电影,1941年的《铁扇公主》、1964年的《大闹天宫》、1985年的《金猴降妖》、2015年的《西游记之大圣归来》,从这四部电影中的孙悟空形象来看,孙悟空的形象发生了什么样的变化,这样的变化跟时代之间是什么样的关系?

白惠元:视觉造型层面的变化是显著的,即孙悟空的身体不断发育。从《铁扇公主》到《大圣归来》,孙悟空的"身体"经历了从幼儿(动物)到少年,再到成年,进而中年的发育过程,这集中体现在"头身比例"上,头的比例越来越小,身体的比例越来越大。更重要的是,这种"发育"是创作者有意为之的。例如,《金猴降妖》的导演特伟在创作谈中提到,经历《大闹天宫》之后,孙悟空的身体应该更魁梧,更成熟,更有阳刚之气。而《大圣归来》的导演田晓鹏则直接将孙悟空指认为"有故事的大叔"。

作为一种文化修辞,孙悟空身体的发育隐喻着中国历史的成长。在这四部动画片中,孙悟空的表情都是具有时代性的。1941年是米老鼠般"空洞的滑稽",呼应了孤岛时期的主体身份失落;1964年是"自信的微笑",是"人民"对"新中国"

的乐观期许；1985年是"悲情的冤屈"，是"文革"后知识分子的创伤记忆；2015年则是"疲惫"与"沧桑"，是占据父亲位置的中国，在经济崛起之后对全球格局的一种使命感。如此微妙的对应，加速着主体的生成。

《大话西游》孙悟空变山贼，象征着中国英雄主义的衰落

澎湃新闻：对于中国人来说，提到孙悟空，大家脑中的第一反应可能还是86版六小龄童饰演的孙悟空，每年86版《西游记》还在重播，一个看似简单而又复杂的问题是，为什么86版《西游记》如此经典？

白惠元：2016年给我印象最深的网络文化事件，正是年初微博里的"帮六小龄童上春晚"。几亿中国网民发出同一个声音，而且还是自发的，这在当下中国几乎是个奇迹。也正因为如此，六小龄童所饰演的孙悟空形象就更值得深入分析：他为什么是人人喜爱的表演神话？

杨洁导演给六小龄童定下的表演方针是"人性化"，六小龄童自己对孙悟空的定义是"真善美"。而从观众的角度出发，当我们提起"美猴王"三个字时，我们首先想到的就是六小龄童。在这里，我们的问题意识不应该是这一版孙悟空为什么美（那是表演艺术问题），我们真正应当反思的是，"真善美"这套话

语机制本身就是20世纪80年代的再创造,其背后,是"大写的人"与人道主义意识形态。因此,六小龄童版孙悟空备受推崇的原因,正是始终发挥作用的"人性论",它自80年代以降,有效替代了50—70年代的"阶级论"。

那么,在当下语境中,"人性论"将继续发挥作用吗?我想,随着数码转型和3D技术的崛起,随着"东方魔幻"类型的发展,"人性"的话语有效性正在降低。我们或许需要暂时搁置"人性",转而重提"人类"。因为,数码合成的孙悟空形象呈现为一种"后人类"状态:日常状态是"人",由演员表演完成;战斗状态是"怪兽",由数码技术合成。

我在查阅《西游降魔篇》的网络影评时,感受到了前所未有的震惊,因为许多网友都认为,那个"兽性"的孙悟空形象是更符合《西游记》原著的。对于这一论断,我从情感上难以接受,毕竟,我的情感结构是由央视版电视剧《西游记》及电影《大话西游》塑造的。但这至少提醒我们,数码转型的时代,巨变正在发生。

澎湃新闻:在论文里,你写到:到了20世纪90年代,孙悟空的英雄形象经历了一个失落的过程,他从英雄降为山贼草寇,为什么在90年代会发生这样的英雄失落?

白惠元:恐怕不只是英雄形象的衰落,而且是整个历史语境中英雄主义的衰落。1992年,中国市场经济扑面而来,资本逻辑彻底宣告了80年代的历史性终结。在这个意义上,我们遭遇《废都》和《白鹿原》是那么合乎情理,我们理解英雄为何颓废,乃至转向犬儒主义。具体到孙悟空形象,其特殊性在于,他从80年代的知识分子想象中脱轨,却又接合进了90年代的青年亚文化谱系。是因为孙悟空有"七十二变"吗?这太神奇了,也难以解释。但总之,孙悟空总是能生成全新的问题域,这也就是我所说的"文化生命力"。周星驰的《大话西游》自然是典型案例,至尊宝就是一个没什么宏大理想的山贼。他从叛逆走向皈依的成长经历,也就是中国青年社会化的收编过程。《大话西游》的悲剧精神正在于一种两难选择:要么快快乐乐做山贼,要么老老实实做条狗;保持天真则注定无能,成为英雄则必然虚伪。

澎湃新闻:孙悟空是一个反抗权威的形象,在当时新中国的文化政治里,孙悟空扮演了什么样的作用?

白惠元:对于20世纪50—70年代这一历史时期,我在论文中选取的研究对象是"猴戏",也就是戏曲改造中的孙悟空形象。这里有两则案例。其一是1956年上演的、由翁偶虹主笔修改的京剧《闹天宫》,其前身是清代连台本戏《昇平宝筏》中的《安天会》一折。从《安天会》到《闹天宫》,在名字上就可以读出主体的颠倒，孙悟空成了人民反抗权威的偶像。

其二是1961年进京演出的、由六龄童主笔修改的绍剧《孙悟空三打白骨精》，剧情整合了《西游记》中的四处情节，以达成孙悟空对唐僧的教育功能。整出戏的戏眼是"火眼金睛"，是"智取"而非"力敌"。再结合毛泽东、郭沫若、董必武等领导人观戏后的唱和诗，我们会发现，孙悟空的根本任务转移为识别他者，他必须区分人民内部矛盾与敌我矛盾。

从京剧《闹天宫》到绍剧《孙悟空三打白骨精》，在形式上是从北派猴戏到南派猴戏的转折，然而，这形式并不是孤立的。其思想立足点从"人民当家作主"的历史唯物论，转移至"主观战斗精神"的矛盾辩证法，是谓"形式的意识形态"。在新中国的文化政治中，孙悟空无疑是人民的代言人，是绝对的文化主体，然而其斗争对象（他者）却是不断漂移的。

澎湃新闻：你的分析文本主要集中在视觉文本，作为一个乐评人，你怎么看何勇的《姑娘漂亮》里的那句"孙悟空扔掉了金箍棒远渡重洋"以及2015年戴荃的《悟空》唱的"我要这铁棒有何用，我有这变化又如何"？在阶层分化的现实面前，孙悟空的金箍棒又有何用？

白惠元：这些歌词都被我写在了论文不同章节的开篇处。何勇的《姑娘漂亮》收录于专辑《垃圾场》，那是1994年，大陆摇滚乐的辉煌年代。作为一种文化意义上的"噪音",摇滚乐的生命力在于抵抗。何勇的歌词里唱道:"孙悟空扔掉了金箍棒远渡重洋/沙和尚驾着船要把鱼打个精光/猪八戒回到了高老庄身边是按摩女郎/唐三藏咬着那方便面来到了大街上给人家看个吉祥。"他在歌词里将孙悟空指认为中国青年,又在音乐风格上增添了朋克气息。

戴荃的《悟空》诞生于选秀节目《中国好歌曲》,随后不断被明星翻唱,成为热门单曲。这恐怕有两个原因:其一,是音乐风格的"中国化",从编曲、配器,到中国调式、曲艺式唱腔,这一切都放大了流行音乐层面的"中国",也呼应着选秀节目的国家主义意识形态(《中国好声音》《中国达人秀》同理);其二,是歌词内容的"呐喊性",以坚定的第一人称口吻自称"悟空",并且延续了《悟空传》式的感伤,或许正基于当下中国阶层分化加剧的事实,悟空才会感喟,自己的努力奋斗可能毫无意义——"我要这铁棒有何用/我有这变化又如何"。

澎湃新闻:我们当前面临着如何讲述中国故事的文化焦虑,而2015年的《西游记之大圣归来》获得空前的票房成功,你认为这部电影可以看成中国故事的一个成功案例吗?抛开技术层面的因素,你认为是什么促成了它的成功?

白惠元:在整部博士论文里,我贯穿其中的问题意识就是孙悟空形象再现与"中国故事"的同构性。在这个意义上,《大圣归来》是空前成功的,它有效调用了观影者的历史记忆,并凝聚为不同年龄段观众的"大圣情结",因而具有了史诗气质。

当然,回归《大圣归来》的叙事策略,我们会发现两个重点:其一,是影片首次将孙悟空结构于"父"的位置,并成功唤起了二次元群体的父性认同;其二,是影片以"大闹天宫"为前史,并且使用了2D效果,随后转入"大圣归来"段落,才是3D,这正是杰姆逊对于后现代的经典论断——"时间之空间化",也是主题曲《从前的我》所要表达的意思。动画电影《大圣归来》的票房成功与"自来水"现象或可说明,"网络一代"的民族主义认同达到了惊人的程度。因此,"二次元民族主义"确实是一个值得深思的命题。

澎湃新闻:在论文中,你提到在跨语际的视野里认识孙悟空,我注意到美国也拍过孙悟空,2001年拍过一部叫《齐天大圣》(*The monkey king*)的电影,观音是白灵演的。这部片子在网上被很多网友吐槽,觉得是恶搞。你认为西方人在看待孙悟空时,会遭遇怎样的文化障碍?他们如何想象孙悟空?你怎么看待美版《齐天大圣》这样的改编?

白惠元:在跨语际的视野中讨论"孙悟空",我会更倾向于使用"符号",而不是"形象"。在文化翻译的层面,西方人对孙悟空的认知，主要还停留在能指原材料层面，谈不上什么精神内涵。这个谱系包括华裔女作家汤亭亭的小说《孙行者》，也包括成龙、李连杰主演的美国电影《功夫之王》等。从更为宽容的视角出发，任何翻译行为都是一种有意的文化误读，其文化障碍都是不可逾越的。私以为，西方人对孙悟空的最大困惑或许是，为什么这只实践暴力抗争的猴子，能够俘虏中国人的温柔心？看上去，我们的民族性格里是没有这种暴力成分的。

而我更关心的问题是，西方人越来越容易用孙悟空来指代中国，并称之为"Chinese Monkey"。以英国BBC制作的北京奥运会宣传片为例，全片以孙悟空破石而出为始，以孙悟空在鸟巢体育馆中举起火炬作结，辅以画外音"为了希望"，十分明确地将孙悟空表述为"中国崛起"的象征。其背后的原因是有待阐发的。

澎湃新闻：我看到两个有趣的说法：一个说，全球化到这种地步，真的没必要出国念文科博士了；另一个在澳大利亚念人类学博士的朋友自嘲说，到国外做中国研究不是一件很可笑的事情吗？他觉得自己就是一个笑话。你怎么看？

白惠元：一方面，人文与社科仍有不同。就人文学而言，"国别"本来就是学科内部预设的基本视野，因此，中国研究的关键在于一种从"中国"出发的问题意识，尤其是具有当下性的问题意识,这和在哪里读书并没有太大的关系。具体到中国当代文学,国内自然是更容易占有资料的,问题域也更为"内部",说到底,需要的还是对中国现实的把握能力。

另一方面,我很喜欢读海外汉学家的著作。这不是说他们的研究有多精准,而是我欣赏他们的学术想象力,及其对学科边界拓展所做的努力。他们因为天马行空,而真正获得了学术上的自由。近年来,我越来越觉得选择从事文学/文化研究是很幸运的,因为我们的论文写作是被鼓励"不拘一格"的,我们是被允许在研究中释放个性的。我时刻意识到自己是知识的创造者,而不是学术工厂的机器零件。

在北京大学中文系读博士期间,我周边的求学者都对知识、思想本身保持着极高的热情,倒也未见崇洋媚外之风气。

参考文献

［美］阿尔君·阿帕杜莱:《消散的现代性：全球化的文化维度》，刘冉译，上海：上海三联书店，2012。

［美］阿里夫·德里克:《后革命氛围》，王宁等译，北京：中国社会科学出版社，1999。

阿英:《中国连环图画史话》，北京：中国古典艺术出版社，1957。

——《晚清小说史》，北京：东方出版社，1996。

［英］安东尼·吉登斯:《现代性的后果》，田禾译，黄平校，南京：译林出版社，2011。

［苏］巴赫金:《巴赫金全集》，钱中文等译，石家庄:河北教育出版社，1998。

包天笑:《新西游记》，上海：大东书局，1926。

［美］本尼迪克特·安德森:《想象的共同体:民族主义的起源与散布》，吴叡人译，上海：上海人民出版社，2005。

［日］柄谷行人:《日本现代文学的起源》，赵京华译，北京：生活·读书·新知三联书店，2006。

［法］柏格森:《笑》，徐继曾译，北京：北京十月文艺出版社，2005。

蔡翔:《革命/叙述：中国社会主义文学—文化想象（1949—1966）》，北京：北京大学出版社，2010。

参考文献

陈平原：《千古文人侠客梦》，北京：人民文学出版社，1992。

陈晓明：《表意的焦虑：历史祛魅与当代文学变革》，北京：中央编译出版社，2002。

——《德里达的底线：解构的要义与新人文学的到来》，北京：北京大学出版社，2009。

陈永国主编：《视觉文化研究读本》，北京：北京大学出版社，2009。

戴锦华：《犹在镜中——戴锦华访谈录》，北京：知识出版社，1999。

——《隐形书写：90年代中国文化研究》，南京：江苏人民出版社，1999。

[美]道格拉斯·凯尔纳：《媒体奇观——当代美国社会文化透视》，史安斌译，北京：清华大学出版社，2003。

[美]迪克·赫伯迪格：《亚文化：风格的意义》，陆道夫、胡疆锋译，北京：北京大学出版社，2009。

[明]董说：《西游补》，杨爱群主编：《西游记大系（二）》，哈尔滨：黑龙江人民出版社，1996。

[美]杜赞奇：《从民族国家拯救历史：民族主义话语与中国现代史研究》，王宪明、高继美、李海燕、李点译，南京：江苏人民出版社，2009。

耿小的：《云山雾沼》，上海：励力出版社，1948。

[日]沟口雄三：《作为方法的中国》，孙军悦译，北京：生活·读书·新知三联书店，2011。

顾锡东、七龄童：《孙悟空三打白骨精》，杭州：东海文艺出版社，1958。

贺桂梅：《人文学的想象力——当代中国思想文化与文学问题》，开封:河南大学出版社,2005。

——《"新启蒙"知识档案:80年代中国文化研究》,北京:北京大学出版社,2010。

[日]鹤见祐辅:《思想·山水·人物》,鲁迅译,北京:北京十月文艺出版社,2005。

陆钦选编:《名家解读〈西游记〉》,济南:山东人民出版社,1998。

[法]贾克·阿达利:《噪音:音乐的政治经济学》,宋素凤、翁桂堂译,上海:上海人民出版社,2000。

姜朴维编:《鲁迅论连环画》,北京:人民美术出版社,1956。

今何在:《悟空传》,北京:光明日报出版社,2001。

——《悟空传》(完美纪念版),长沙:湖南文艺出版社,2011。

[法]居伊·德波:《景观社会》,王昭风译,南京:南京大学出版社,2006。

[清]冷血:《新西游记》,上海:有正书局,1909。

李安纲:《苦海与极乐:〈西游记〉奥义》,北京:东方出版社,1995。

李彬:《公路电影:现代性类型与文化价值观》,北京:中国电影出版社,2014。

李冯:《广西当代作家丛书·李冯卷》,桂林:漓江出版社,2002。

[美]李欧梵:《上海摩登——一种新都市文化在中国(1930—1945)》,毛尖译,北京:北京大学出版社,2001。

李洋选编:《宽忍的灰色黎明:法国哲学家论电影》,郑州:河南大学出版社,2014。

参考文献

李杨:《抗争宿命之路:"社会主义现实主义"(1942—1976)研究》,长春:时代文艺出版社,1993。

——《50—70年代文学经典再解读》,济南:山东教育出版社,2006。

刘成禺、张伯驹:《洪宪纪事诗三种》,吴德铎标点,上海:上海古籍出版社,1983。

刘海粟:《刘海粟艺术随笔》,上海:上海文艺出版社,2001。

刘禾:《跨语际实践:文学、民族文化与被译介的现代性(中国1900—1937)》,宋伟杰译,北京:生活·读书·新知三联书店,2008。

刘习良主编:《中国电视史》,北京:中国广播电视出版社,2007。

刘勇强:《奇特的精神漫游——〈西游记〉新说》,北京:生活·读书·新知三联书店,1992。

六小龄童、徐林正:《六小龄童猴缘》,北京:京华出版社,2004。

[澳]雷金庆:《男性特质论:中国的社会与性别》,[澳]刘婷译,南京:江苏人民出版社,2012。

[英]雷蒙德·威廉斯:《马克思主义与文学》,王尔勃、周莉译,开封:河南大学出版社,2008。

[美]雷迅马:《作为意识形态的现代化:社会科学与美国对第三世界政策》,牛可译,北京:中央编译出版社,2003。

鲁迅:《中国小说史略》,《鲁迅全集》(第九卷),北京:人民文学出版社,2005。

罗钢、刘象愚主编:《后殖民主义文化理论》,北京:中国社会科学出版社,1999。

——《文化研究读本》,北京:中国社会科学出版社,2000。

[美]罗兹·墨菲:《上海——现代中国的钥匙》,上海社会科学院历史研究所编译,上海:上海人民出版社,1986。

[德]马丁·海德格尔:《海德格尔选集》,孙周兴译,上海:上海三联书店,1996。

[加]马塞尔·达内西:《酷:青春期的符号和意义》,孟登迎、王行坤译,成都:四川教育出版社,2011。

马少波:《戏曲改革论集》,上海:新文艺出版社,1953。

[美]马泰·卡林内斯库:《现代性的五副面孔:现代主义、先锋派、颓废、媚俗艺术、后现代主义》,顾爱彬、李瑞华译,北京:商务印书馆,2002。

[加]马歇尔·麦克卢汉:《理解媒介——论人的延伸》,何道宽译,北京:商务印书馆,2000。

[美]莫里斯·迪克斯坦:《伊甸园之门:六十年代的美国文化》,方晓光译,南京:译林出版社,2007。

欧阳健:《晚清小说史》,杭州:浙江古籍出版社,1997。

[美]浦安迪:《明代小说四大奇书》,沈亨寿译,北京:生活·读书·新知三联书店,2006。

[德]齐格弗里德·克拉考尔:《从卡里加利到希特勒:德国电影心理史》,黎静译,上海:上海人民出版社,2008。

[法]让-弗朗索瓦·利奥塔:《后现代状态:关于知识的报告》,车槿山译,北京:生活·读书·新知三联书店,1997。

——《非人——时间漫谈》,罗国祥译,北京:商务印书馆,2000。

[法]让-吕克·南希：《解构的共通体》，夏可君编校，郭建玲、张建华等译，上海：上海人民出版社，2007。

邵燕君：《新世纪文学脉象》，合肥：安徽教育出版社，2011。

——《网络时代的文学引渡》，桂林：广西师范大学出版社，2015。

[斯洛文尼亚]斯拉沃热·齐泽克：《意识形态的崇高客体》，季广茂译，北京：中央编译出版社，2002。

——《斜目而视：透过通俗文化看拉康》，季广茂译，杭州：浙江大学出版社，2011。

[英]斯图亚特·霍尔、托尼·杰斐逊编：《通过仪式抵抗：战后英国的青年亚文化》，孟登迎、胡疆锋、王蕙译，北京：中国青年出版社，2015。

[美]汤亭亭：《孙行者》，赵伏柱、赵文书译，张子清校译，桂林：漓江出版社，1998。

汤哲声：《中国现代滑稽文学史略》，台北：文津出版社，1992。

陶东风主编：《粉丝文化读本》，北京：北京大学出版社，2009。

[英]特里·伊格尔顿：《马克思主义与文学批评》，文宝译，北京：人民文学出版社，1980。

——《审美意识形态》，王杰、傅德根、麦永雄译，桂林：广西师范大学出版社，2001。

[日]藤井省三：《鲁迅〈故乡〉阅读史——现代中国的文学空间》，董炳月译，南京：南京大学出版社，2013。

[日]藤竹晓：《电视社会学》，蔡海林译，蔡振扬校，合肥：安徽文艺出版社，1987。

童恩正：《西游新记》，天津：新蕾出版社，1985。

［德］本雅明：《发达资本主义时代的抒情诗人》，张旭东、魏文生译，北京：生活·读书·新知三联书店，1989。

——《启迪：本雅明文选》（修订译本），［德］汉娜·阿伦特编，张旭东、王斑译，北京：生活·读书·新知三联书店，2012。

万籁鸣口述，万国魂执笔：《我与孙悟空》，太原：北岳文艺出版社，1986。

汪晖：《反抗绝望：鲁迅及其文学世界》，石家庄：河北教育出版社，2000。

——《去政治化的政治——短20世纪的终结与90年代》，北京：生活·读书·新知三联书店，2008。

［美］王德威：《被压抑的现代性——晚清小说新论》，宋伟杰译，北京：北京大学出版社，2005。

［美］温迪·J. 达比：《风景与认同：英国民族与阶级地理》，张箭飞、赵红英译，南京：译林出版社，2011。

翁偶虹：《翁偶虹编剧生涯》，北京：中国戏剧出版社，1986。

——《翁偶虹文集·剧作卷》，天津：百花文艺出版社，2013。

［明］吴承恩：《西游记》，北京：人民文学出版社，1980。

——《李卓吾先生批点西游记》，天津：天津古籍出版社，2006。

"五七干校"创作组：《连环画〈孙悟空三打白骨精〉》，上海：上海人民出版社，1972。

吴琼编：《凝视的快感：电影文本的精神分析》，胡泊译，北京：中国人民大学出版社，2005。

参考文献

奚冕周、陆士谔:《也是西游记》,上海:改良小说社,1914。

[唐]玄奘、辩机:《大唐西域记校注》,季羡林等校注,北京:中华书局,1985。

杨洁:《敢问路在何方——我的30年西游路》,南京:江苏文艺出版社,2013。

[元]杨景贤:《西游记杂剧》,隋树森:《元曲选外编》,北京,中华书局,1959。

[美]约翰·贝尔顿:《美国电影美国文化》(第二版),米静等译,上海:上海人民出版社,2010。

[英]约翰·伯格:《观看之道》,戴行钺译,桂林:广西师范大学出版社,2005。

[荷]约翰·赫伊津哈:《游戏的人》,多人译,杭州:中国美术学院出版社,1996。

[英]约翰·斯道雷:《记忆与欲望的耦合——英国文化研究中的文化与权力》,徐德林译,桂林:广西师范大学出版社,2007。

[加]约瑟夫·希斯、安德鲁·波特:《叛逆国度:为何反主流文化变成消费文化》,张世耘、王维东译,上海:上海译文出版社,2014。

[美]詹明信:《晚期资本主义的文化逻辑》,张旭东编,陈清侨等译,北京:生活·读书·新知三联书店,1997。

——《后现代主义或晚期资本主义的文化逻辑》,吴美真译,台北:时报文化,1998。

[美]弗雷德里克·詹姆逊《政治无意识》,王逢振、陈永国译,北京:中国社会科学出版社,1999。

［清］张照：《昇平宝筏》，《古本戏曲丛刊（九）》，北京：中华书局，1964。

张恨水：《八十一梦》，南京：新民报社，1946。

张慧瑜：《视觉现代性——20世纪中国的主体呈现》，北京：人民出版社，2012。

张立宪等编：《大话西游宝典》（第二版），北京：现代出版社，2001。

张炼红：《历炼精魂：新中国戏曲改造考论》，上海：上海人民出版社，2013。

张颐武：《在边缘处追索：第三世界文化与当代世界文学》，长春：时代文艺出版社，1993。

［美］张英进：《影像中国——当代中国电影的批评重构及跨国想象》，胡静译，上海：上海三联书店，2008。

——《多元中国：电影与文化论集》，南京：南京大学出版社，2012。

［清］昭梿：《啸亭杂录》，何英芳点校，北京：中华书局，1980。

赵宏本、钱笑呆：《连环画〈孙悟空三打白骨精〉》，上海：上海人民美术出版社，1962。

［日］志贺重昂：《日本风景论》，东京：岩波书店，1995。

［日］中野美代子：《西游记的秘密（外二种）》，王秀文等译，北京：中华书局，2002。

［美］周蕾：《妇女与中国现代性——西方与东方之间的阅读政治》，蔡青松译，上海：上海三联书店，2008。

参考文献

［日］竹内好:《近代的超克》,孙歌编,李冬木、赵京华、孙歌译,北京:生活·读书·新知三联书店,2005。

［清］煮梦:《绘图新西游记》,上海:改良小说社,1909。

祝东力:《精神之旅——新时期以来的美学与知识分子》,北京:中国广播电视出版社,1998。

［宋］作者不详:《大唐三藏取经诗话校注》,李时人、蔡镜浩校注,北京:中华书局,1997。

［明］作者不详:《后西游记》,杨爱群主编:《西游记大系（二）》,哈尔滨:黑龙江人民出版社,1996。

［明］作者不详:《续西游记》,杨爱群主编:《西游记大系（二）》,哈尔滨:黑龙江人民出版社,1996。

后 记

2016年夏，我终于结束了为期九年的大学学习生涯，从北京大学中文系博士毕业。以"孙悟空"为博士论文选题实在是"冒险"的。对于一个"当代文学"研究者来说，这个选题颇有些"僭越"：一方面，是"僭越"了学科边界，把文学作为"跨学科视野"中的一类；另一方面，是"僭越"了学院内部的文学史分期，从晚清一直写到新世纪。而我坚持进行这次"冒险"，是因为我的情感动机是强烈而真实的。作为一名"80后"研究者（眼看就要"90后"），孙悟空在我们这代人的成长史中扮演了相当重要的角色：从动画片《大闹天宫》，到电视剧《西游记》，再到电影《大话西游》及网络小说《悟空传》，孙悟空带给我们欢笑与泪水，记录我们的高蹈与低回。这样说来，我的第一部学术论著是与我的生命存在着情感共振的，我是幸运的，也是幸福的。

在经历近一年的修改后，很高兴这部"北京大学优秀博士论文"可以付梓出版。在此，首先要感谢我的导师陈晓明先生及夫人陆波女士。陈老师象征着"当代文学"学科的理论高度，

后 记

这也使我求教时总是心怀忐忑。六年前,我有幸成为他招收的第一个"直博生"。直博,意味着跳过硕士阶段,用五年时间读取一个文学博士学位,这对于需要阅读积累与日常思考的人文学科来说,可谓难上加难。但是,陈老师总是温暖地鼓励着我,他的包容精神与宽广胸怀是我真正向往的人生境界。同时,也要感谢陆波女士的乐观与豁达,感谢她的北京历史地理散文伴我度过许多个写论文的夜晚。

其次,我要感谢北京大学中文系的诸位老师。感谢戴锦华老师,她的著作让我发现学术语言的可能性,她的课堂让我领略演讲的艺术,而她的情感立场让我真正感受到学院派知识分子的社会温度。感谢邵燕君老师,她的直爽性情教会我不断追问自己的初心,她的仗义侠气更是令学生对她充满信任。感谢贺桂梅老师,感谢她严谨、扎实、厚重的学风,正是这种品质带领我走入了学术研究之门。感谢计璧瑞老师,感谢她的台湾文学研究时刻警示着我:学术应该回到历史中去,并对历史情境抱有"同情之理解"。感谢中国社会科学院的金惠敏老师,感谢他接纳我,成为文学研究所博士后,并时刻给予我最新锐的理论启迪。

最后,我要感谢我的亲人与朋友。感谢我的母亲侯丽娟女士,感谢她多年如一日的照顾,感谢她在我面临人生重大选择时,总是坚定地支持我,让我能够成为我自己。感谢单丹丹、拓璐等同仁对我戏剧创作的启迪与帮助，感谢信跃龙、刘赣豫等北大网球队队友对我的关爱与陪伴。

特别感谢生活·读书·新知三联书店的王振峰师姐对本书出版付出的诸多心力，她严谨认真的专业态度令我深受感动。

初稿 于 2016 年 4 月 北京大学畅春新园
二稿 于 2017 年 5 月 北京市十里堡

感谢读者的喜欢，感谢崔萌老师的支持，让我有机会对本书进行修订。

感谢北京师范大学文学院硕士研究生朱馨月、闫毅航、杨艺静、黄舒云为本书修订工作所做出的努力。四位既是我的学生，也是我的朋友。希望你们喜欢这本书。

2016 年 11 月，澎湃新闻记者沈河西老师对我进行了学术专访，我借机对本书写作过程中的问题意识及方法论进行了简要回顾及自我检视。特收录于此。

形象学研究终将通往自我形象，而自我探索没有终点。

我想，我将永远受惠于本书为我敞开的诸多可能。

修订稿 于 2023 年 7 月 北京师范大学